El día que escapé del gueto

Papá, con falda escocesa.

El día que escapé del gueto

La asombrosa historia del muchacho judío que huyó de los nazis, Chaim Herszman (también conocido como Henryk Karbowski y Henry Carr), tal y como se la contó a su hijo,
John Carr

Traducción de Milo J. Krmpotić

Primera edición: marzo de 2022

Título original: *Escape From The Ghetto*

Diseño de la colección: Enric Jardí
Diseño de la cubierta: Hachette UK
Fotografías de la cubierta: Marie Carr (Trevillion Images) /
  Stephen Mulcahey (Trevillion Images)
Maquetación: Mireia Barreras

© 2021, John Carr, por el texto
© 2022, Milo J. Krmpotić, por la traducción
© 2022, Catedral, por esta edición

Dirección editorial: Ester Pujol

Catedral es un sello de Grup Enciclopèdia
Josep Pla, 95
08019 Barcelona

Impreso en Liberdúplex

Depósito legal: B-698-2022
ISBN: 978-84-18059-97-1
Impreso en la UE

Cualquier tipo de reproducción, distribución, comunicación pública o transformación de esta obra queda rigurosamente prohibida y estará sometida a las sanciones establecidas por la ley. El editor faculta al CEDRO (Centro Español de Derechos Reprográficos, www.cedro.org) para que autorice la fotocopia o el escaneado de algún fragmento a las personas que estén interesadas.

Nota del autor

Hasta donde me ha sido posible, he escrito este libro usando las palabras de mi padre, que he extraído de las numerosas horas de conversaciones grabadas y entrevistas transcritas que mantuvimos a lo largo de muchos años. Aunque titubeara en un primer momento, papá acabó ofreciéndome un recuento completo de la manera extraordinaria en que sobrevivió a los años de la guerra. Posteriormente me dediqué a corroborar todo lo que pude documentándome y a través de extensas entrevistas adicionales.

Su primo Heniek fue un testigo ocular clave de aquel acontecimiento trascendental, la huida misma. En ese sentido, he dejado que sea él quien dé inicio a la historia. Heniek formaba parte de la pandilla de mi padre. El día que coincidimos en las oficinas de la comunidad judía de Lodz, la descripción espontánea y no solicitada que Heniek me ofreció de aquella jornada en el perímetro del gueto fue casi idéntica a las explicaciones de mi padre sobre la manera en que comenzó esta aventura tan poco verosímil. Y resultó clave a la hora de incentivarme a investigar aún más la historia. Bien en cinta, bien en notas tomadas en el momento o muy poco después, registré todo lo que papá me contó acerca de su existencia y condiciones de vida en la Polonia de antes de la guerra, sobre el viaje que le sacó de allí y, por último, sobre lo que sucedió desde el momento en que llegó a Inglaterra y se divorció. ¿Son todas las palabras de este libro exactamente las que él me transmitió? No, no lo son. Para comenzar, papá no recordaba los nombres de todas las personas con las que se encontró por el camino, así que tuve que bautizarlas. Los diálogos entre los individuos que aparecen en el libro reflejan el contenido de las conversaciones que papá recordaba haber mantenido, pero el lenguaje es mío. No obstante, todos los episodios clave que he descrito cuentan acontecimientos que papá recordaba. Si hay en ellos algún tipo de lustre, se trata del lustre de la interpretación.

JOHN CARR

A Glenys Thornton.

I

Éramos tres. Formábamos un equipo. Una pandilla. Una camarilla muy unida. No éramos una banda de hermanos, pero sí una de dos hermanos con un primo añadido. Nuestras madres eran hermanas.

Los hermanos eran Chaim e Israel Herszman (pronúnciese «Hershman»). Yo era el primo. Mi nombre completo judío era Avrum-Hersh Lewkowicz, pero en aquella época casi todos mis conocidos, judíos y cristianos, parientes, amigos y enemigos usaban el mote polaco que me habían dado, que era Heniek. La forma popular del nombre de Israel era Srulek, mientras que Chaim... bueno, él siempre fue Chaim, así que esa es fácil.

Vivíamos al oeste de Polonia, en Lodz, que por entonces era la segunda ciudad del país; una urbe mugrienta, llena de fábricas, políglota y textil, a la que a menudo denominaban el Mánchester polaco. Había quien pensaba que la comparación era un poco cruel para Mánchester. Lodz no estaba demasiado lejos de la frontera con Alemania. Al final resultó que no estaba lo bastante lejos. El 1 de septiembre de 1939, el ejército alemán cruzó la frontera polaca por varios puntos, Danzig fue atacada y la Segunda Guerra Mundial se puso en marcha. Siete días más tarde, una esvástica enorme ondeaba sobre el ayuntamiento de Lodz.

Hasta justo antes de que comenzara la guerra, las familias Lewkowicz y Herszman vivían en la misma casa, en el número 15 de la calle Zagajnikowa (pronúnciese «Zaganicova»). Pasamos allí mucho más tiempo que en cualquier otro lugar que yo recuerde. Por consiguiente, en los años que siguieron, cada vez que pensaba en Polonia, cosa que no sucedía a menudo, ese era el sitio que mi cabeza asociaba con la idea de hogar. Era una casa mixta en un barrio mixto; esto es, una casa de doce apartamentos ocupados por judíos y católicos, en un barrio donde judíos, católicos y a saber quién más vivían pared con pared.

El número 15 era un edificio de dos pisos, amplio y claramente ruinoso, que pertenecía a Mirla Blumowicz, anteriormente Cendrowicz, la madre de nuestra madre: mi abuela. Viuda desde 1902, Mirla había estado casada con Nachman Blumowicz, un hombre emprendedor con una una cartera de propiedades y negocios que permitían a Mirla vivir de manera cómoda con los ingresos que generaban.

Mirla dejaba que sus hijas y sus familias vivieran en el número 15 sin cobrarles ningún alquiler. Eso sí, habría costado dar con alguien, miembro de la familia o no, dispuesto a ofrecer dinero por el privilegio de residir allí. De hecho, pocos meses antes de que comenzara la guerra, las autoridades municipales de Lodz decretaron que el número 15 debía ser abandonado porque ya no era apto para el alojamiento humano. Todo el mundo tuvo que mudarse. Creo que la mayoría de arrendatarios, incluyéndonos a nosotros, acabaron en lugares que también pertenecían a la abuela. Casi todos se fueron a Baluty, el distrito en el corazón del principal barrio judío de la ciudad, a unos tres kilómetros de Zagajnikowa. Los Herszman consiguieron un piso en Wawelska, y nosotros no estábamos demasiado lejos, en Zielna.

Mirla también vivía en Zagajnikowa, pero en otra casa de su propiedad, calle abajo. Se quedó allí durante un tiempo después de que todos nos fuéramos del número 15, pero al final, cuando comenzó la guerra, vino a quedarse con nosotros en Baluty. La estatura un tanto diminuta de Mirla escondía una lengua gigante y áspera, afilada como los dientes de un cocodrilo. La apodábamos Belcebuela, por lo general con ánimo afectuoso, y tenía mucho que ver con el hecho de que dijera en voz alta todo lo que se le pasaba por la cabeza, sin la menor voluntad de respetar los sentimientos del oyente, niño o adulto, pobre o rico. El concepto de «dorar la píldora» y mi abuela se encontraban en senderos que divergían a perpetuidad.

La familia Lewkowicz constaba de mi padre, Moishe; mi madre, Liba-Sura; mi hermano mayor, Yehuda; mi hermana pequeña, Rutka, y, por supuesto, servidor, lo que sumaba un total de cinco personas. En el número 15 ocupábamos la planta baja, mientras que los Herszman estaban en el piso inmediatamente superior. Los miembros adultos de la familia Herszman eran el tío Chil y la tía Chaja-Sura, y, con un conteo final de seis hijos, conformaban una panda bastante ruidosa. Lo siento, pero ni siquiera por entonces lograba recordar el nombre de toda la prole Herszman. Había tres niñas. Era con Nathan, Chaim y Srulek, los niños, con quienes me iba a dar vueltas y jugábamos al fútbol y hacíamos todas aquellas cosas que eran verdaderamente importantes en nuestras vidas.

Los chavales del barrio nos conocían a Chaim, Srulek y a mí, de manera colectiva, como la «Santísima Trinidad». El nombre se lo había inventado Cesek Karbowski, un muchacho católico muy amigo de Chaim. Los Karbowski también vivían en el número 15. Cesek estaba presente el día en que los tres primos nos pusimos a discutir si debíamos adoptar un nombre y, en caso afirmativo, cuál debía ser. Cesek dijo que la de Santísima Trinidad era la elección más evidente, y cuando nos explicó lo que representaba para la población católica y mayoritaria de Polonia, la ironía de que tres pequeños judíos usaran un concepto católico tan venerado nos pareció completa e instantáneamente irresistible. Y así se quedó. Eso sí, mentar la existencia o actividades de la Santísima Trinidad en presencia de mis padres solía abocarte a un tortazo veloz y vigoroso. No pillaban la broma o, en caso de hacerlo, demostraban de manera enfática su disgusto ante ella.

Chaim y yo nos sentábamos el uno al lado del otro en la misma clase de la escuela judía de la calle Magistracka. No cabía duda acerca de la unión que existía entre Chaim y yo, pero dentro de la Santísima Trinidad siempre hubo un vínculo especial entre los dos hermanos. Yo nunca intenté romperlo, debilitarlo ni volverlo más laxo, sobre todo porque sabía que era imposible. Como unidad operativa, todos nos llevábamos perfectamente bien.

Comentamos la posibilidad de preguntarle a Nathan, el hermano mayor de Chaim, si quería unirse a la pandilla. Chaim estaba consagrado a él, lo adoraba como si fuera un héroe. No obstante, Nathan era un poco mayor que nosotros, y resultaba evidente que no deseaba mezclarse demasiado en lo que él veía como «cosas de niños». A pesar de ello, cuando surgía algún problema con Srulek, Chaim solicitaba la opinión o el consejo de Nathan, y fuera la que fuese aquella opinión o consejo, se convertía en una sentencia definitiva. Ni Chaim ni Srulek discutían con Nathan, así que este era una especie de miembro en la sombra de la pandilla. La ventaja principal de que Nathan no fuera miembro de hecho es que nunca tuvimos que buscar un nombre igual de irreverente y divertido para lo que se hubiera convertido en un cuarteto. Quizá habríamos tenido que faltar a otra religión completamente diferente.

El polaco era la lengua de uso diario de la Santísima Trinidad, era la que se hablaba en casa y en la escuela, pero, naturalmente, casi todos los niños judíos que conocía, incluido yo mismo, también hablábamos yidis. Esto se debía a que el yidis había sido la lengua comunitaria de los judíos de Polonia durante los mil y pico años que llevábamos allí, aunque me di cuenta de que algunos de los judíos más pudientes o asimilados se negaban a hablar nuestra lengua histórica pese a conocerla. Mis padres decían que, dejando de lado a las pobres almas perdidas que habían sido asimiladas e intentaban dejar de ser judías, por lo general el rechazo al uso corriente del yidis estaba más relacionado con el esnobismo y el arribismo que con la voluntad de renegar de la fe. Puesto que yo no tenía el menor contacto con judíos pudientes o asimilados, aquello nunca representó un problema para mí. ¿Qué me importaba la lengua que hablara la gente y sus motivos para hacerlo? Mientras pudiéramos comunicarnos entre nosotros, ya me estaba bien.

Cuando la Santísima Trinidad salía a la calle, en caso de necesitar un código y de que no hubiera otros niños judíos en los alrededores, a menudo hablábamos yidis entre nosotros. Pero había que tener cuidado de que no hubiera alemanes cerca. La cercanía entre las lenguas yidis y alemana llevaba a que los más listos pudieran hacerse una idea de nuestras conversaciones pese a no entenderlas en su totalidad. Hubo algunos momentos embarazosos en los que un chico alemán entendió lo que pretendíamos hacer.

Cuando hablo de un «chico alemán» por lo general me refiero a un descendiente de los colonos alemanes, que en su mayoría habían llegado a Lodz a finales del siglo XIX, cuando esta era una ciudad próspera y textil en el extremo occidental del Imperio ruso. En 1939, las personas de etnia germana conformaban casi un tercio de la población total de la ciudad, así que estábamos completamente acostumbrados a ver a alemanes de carne y hueso. Varios buenos amigos de la Santísima Trinidad provenían de familias alemanas. Nos pasábamos todo el rato jugando al fútbol con alemanes y polacos católicos. No se los podía culpar por lo que los adultos idiotas que formaban parte de sus vidas hicieran o creyeran. El fútbol trascendía las preocupaciones triviales de lo que pasaba por ser política en la Polonia de los años treinta.

Por supuesto, la mayor parte de los judíos de Lodz también eran polacos, pero siempre pensábamos y nos referíamos a nosotros mismos primero como judíos, simplemente para distinguirnos de los polacos que no eran judíos. Eso no significaba que fuéramos menos patriotas o que nos importara menos el destino de Polonia. Los judíos habían ayudado a crear la Polonia moderna, habían luchado y habían muerto por ella. Que nos refiriéramos a nosotros mismos como judíos era solo una especie de abreviatura, por lo menos en lo que a mí concernía.

Chaim había nacido en Zyrardow (pronúnciese «Yirarduf»), no muy lejos de Varsovia, mientras que Srulek y yo éramos hijos de Lodz de la cabeza a los pies. Nacido en abril de 1928, Srulek era el pequeñín del trío. Su mote era Srulequito, cosa que no siempre le hacía feliz. A veces, cuando teníamos que presentarnos ante un desconocido, oír que le llamábamos Srulequito le parecía graciosísimo, ya que ninguno de los tres estábamos lo que se dice dotados en el apartado de la altura, ni siquiera frente a otros chicos de la misma cosecha. Ser marcadamente bajo formaba parte de nuestra herencia genética común.

Yo era el siguiente en juventud, habiendo nacido en septiembre de 1926. Chaim estaba en lo alto del árbol cronológico, aunque solo por cinco meses. Había hecho su debut en el planeta Tierra en abril de 1926, el día 20: el del cumpleaños de Hitler.

A medida que la sombra de Hitler se cernía con mayor intensidad sobre las vidas de todos los habitantes de Polonia, pero en particular sobre las vidas de los judíos, fuimos conociendo más información sobre él. Eso incluyó, obviamente, los datos relacionados con su cumpleaños. Cuando Srulek y yo, y el resto de miembros de la familia, de la escuela y de nuestro círculo social más amplio realizamos esa conexión entre Hitler y Chaim, se generó una mezcla de alegría estridente teñida de *schadenfreude* y cierta confusión; o, en otras palabras, la ansiedad de que la coincidencia pudiera presagiar algún tipo de mal augurio. Todos los judíos que conocía por entonces eran profundamente supersticiosos. Todos los judíos que he conocido a lo largo de mi vida eran profundamente supersticiosos.

Sin embargo, para Chaim no existía la menor ambigüedad, la menor diversión, ni desde luego la menor alegría en el vínculo que le unía al *Führer*. Lo detestaba. Los niños se sienten avergonzados con facilidad. No desean ser diferentes, al menos no de una manera que pueda conducir a que alguien se burle de ellos, sobre todo cuando tienen la sensación de que se trata de algo injusto. Chaim se obsesionó bastante con la idea de evitar que se conociera cualquier dato sobre su cumpleaños real, y urdió todo tipo de evasivas complicadas y falsedades para ocultarlo. A nivel racional, Chaim debía de saber que compartir tu cumpleaños con otra persona representaba una coincidencia carente de significado, pero ¿quién ha dicho que la gente, niños incluidos, tenga que mostrarse racional siempre?

Antes de la guerra, todos pertenecíamos al Hashomer-Hatzair, un grupo sionista juvenil y secular, un poco como los *boy scouts* solo que con un marcado carácter de izquierdas, donde niños y niñas participaban en igualdad de condiciones. Todos ansiábamos la posibilidad de ayudar a construir una patria socialista y un paraíso para los judíos en Palestina. El Hashomer-Hatzair organizaba campamentos y otras actividades donde, aparte de estudiar el socialismo, nos enseñaban los conocimientos prácticos que según nuestros líderes nos serían de utilidad cuando acabáramos yendo a la Tierra Prometida. Muy pronto, aquellos conocimientos prácticos iban a hacer las veces también de técnicas de supervivencia.

Inmediatamente después de que el ejército alemán entrara en Lodz, el 8 de septiembre de 1939, las cosas comenzaron a ponerse feas, muy feas, para los polacos de todo tipo, fueran estos judíos o cristianos. Para los cristianos polacos, fue terrible; para los judíos, fue espantoso. No tardamos en darnos cuenta de que las historias procedentes de Alemania, Austria y cualquier otro sitio acerca de la manera en que los alemanes trataban a los judíos no eran mera propaganda, ni el producto de la imaginación enfermiza de algún corresponsal periodístico. Eso era lo que a menudo nos contaban los adultos, se suponía que conocedores del mundo que nos rodeaba, aunque también es posible que solo intentaran protegernos de la fea verdad.

Lo que veíamos y oíamos en las calles se había convertido en nuestro presente y en un futuro indeterminado. Nada nos había preparado para aquella escala de brutalidad feroz y aleatoria. No es que le viéramos las orejas al lobo, sino que este se presentó de cuerpo entero, con ojos vívidos y la boca manchada de sangre.

Cuando tuvo lugar el «suceso», Chaim contaba casi catorce años, yo tenía trece y medio, y Srulek casi doce. ¿Cuál era la media de edad entre nosotros? Demasiado corta. Pero la verdad es que no hay ninguna edad adecuada para enfrentarse a aquello de lo que fuimos testigos o cómplices en aquella época. Hoy día decimos: «Es una mierda, pero son cosas que pasan». Esa expresión no se acerca en lo más mínimo a la hora de captar lo horrible que fue todo aquello.

Hay algo que debes saber acerca de Srulek. Te ayudará a comprender mejor las circunstancias en las que tuvo lugar el suceso; quizá incluso te explique lo que lo provocó o en cierto modo contribuyó a él, porque hasta el día de hoy sigo sin tener clara su cadena causal concreta, ni el peso o la importancia que debo adjudicar a cada una de sus partes individuales.

Srulek tenía un pie zambo. Eso hacía que una de sus piernas estuviera ligeramente torcida, que fuera más corta que la otra, y que cojeara. Y le singularizaba. Chaim insistía en que Srulequito formara parte de nuestra pandilla para que él, o mejor los dos, pudiéramos tenerle vigilado, cuidarle y protegerle, ser sus ángeles guardianes. Albergo la sospecha de que Nathan insistió en que Chaim se encargara de esa tarea, quizá incluso de que le hubiera sugerido que creara la pandilla conmigo desde un principio, para disfrazar su propósito en esencia protector respecto a Srulek. Teníamos que ser un trío, no una pareja. Yo no tuve ningún problema al respecto, aunque a veces pudiera resultar un poco molesto. Me gustaba el empeño desafiante de Srulek para no permitir que la discapacidad se entrometiera en su camino.

Ni Chaim ni yo soportábamos ver que acosaran o maltrataran a Srulek por culpa de su pierna. Así que, tanto en la calle como en los parques, donde pasábamos buena parte de nuestras vidas, con frecuencia y por instinto creábamos una barrera defensiva para repeler cualquier agresión física o verbal contra él. Para un niño de Lodz, la vida callejera podía resultar bastante dura, y las pandillas formaban una parte importante de ella.

El siguiente dato de importancia es que todos los miembros de la Santísima Trinidad teníamos la tez pálida y el cabello claro. Ninguno de los tres parecía judío de manera evidente, ni llevábamos ropa o insignias que anunciaran nuestra filiación religiosa. Por el contrario, si hubieras pasado junto a nosotros al galope sobre un caballo, incluso si te hubieras acercado, te habrías imaginado que éramos otro grupo de golfillos de ascendencia alemana o polaca, y, por tanto, en caso de que siguieras pensando en ello, con toda probabilidad católicos o cristianos de algún tipo. Había muchos protestantes en Lodz, sobre todo alemanes, pero los judíos, o cuando menos aquel pedacito juvenil del Lodz judío, solíamos evitar cualquier sutil distinción teológica y llamábamos «católico» a todo aquel que no fuera judío.

En teoría, todo el mundo sabía que no todos los judíos se parecían al estereotipo clásico del judío pero, a menos que hubiera algún motivo para indagar un poco más, la mayoría de la gente reaccionaba de manera instintiva e instantánea a lo que tenía delante de los ojos. Por consiguiente, la apariencia física era de la mayor importancia y, en nuestro caso, todos parecíamos *goyim* (gentiles), o al menos se nos podía confundir fácilmente con ellos. No tengo la menor duda de que eso ayuda a explicar lo que de otro modo resultaría inexplicable: que Chaim sobreviviera hasta pasado el año 1945.

Chaim tenía los ojos azules y el cabello llamativamente rubio, casi blanco. De no ser un renacuajo pequeño y delgaducho, podría haber sido el chico de uno de los pósteres de la Liga Nórdica. Aquel era otro de los motivos por los que le irritaba estar relacionado por fecha de nacimiento con Herr Hitler. Chaim tenía el aspecto menos judío que cupiera imaginar. Aunque también se le conocía como Rubito, el mote que nuestros correligionarios le dedicaban con mayor asiduidad era el de Yoisel, que en yidis significa «Jesús».

Incluso los niños polacos y alemanes de nuestro círculo le llamaban Yoisel. Algunos pillaban el chiste, otros no. A Chaim no le importaba, o lo aceptaba como algo inevitable, y desde luego que no tenía el menor reparo en sacarle partido a su aspecto. Pero de ningún modo, más allá de los momentos de peligro extremo por la calle, capté el menor indicio de que quisiera desmentir que fuera judío o poner tierra de por medio entre sí mismo y su judaísmo.

En cualquier caso, la cuestión es que, cuando la Santísima Trinidad se reunía para deambular por la ciudad, Chaim, nuestro líder, emitía una potente aura de *goy* que de algún modo envolvía y, la mayoría de las veces, protegía a quienes le rodeaban, cuando menos del ataque de los antisemitas, que eran numerosos en aquellos años previos a la guerra. Eso no quiere decir que evitáramos todos los problemas que surgían en la calle. Las pandillas juveniles de alemanes o polacos, o algún extraño caso que amparara a ambas nacionalidades, podían aún venir a por nosotros con el propósito de hacernos daño o robarnos, tal y como hubieran hecho con cualquier otra pandilla rival o grupo de desconocidos a los que pudieran subyugar. Y nos hacían daño, y sangrábamos, y nos quedábamos sin aquellas propiedades que los agresores se llevaran. Nadie ha dicho que la vida fuera justa para nosotros, los judíos, ¡pese a que no nos atacaran por ser judíos!

Por desgracia, cuando la beligerante pandilla callejera con la que nos topábamos estaba también compuesta por judíos, las cosas podían ponerse interesantes. Cuando esto pasaba —y pasó bastantes veces a la que nos alejábamos de nuestro territorio habitual—, sabíamos casi con total seguridad que lo que había llamado su atención era el aspecto de Chaim. En esos casos, su apariencia jugaba en nuestra contra. Su mata de pelo casi blanco era como una bocina. En tales circunstancias, a fin de reivindicar su estatus de judío, Chaim comenzaba de inmediato a maldecir y hablar en yidis casi a gritos. Eso solía funcionar y distraía a nuestros rivales. No obstante, podía suceder que para sellar el trato nos exigieran un vistazo rápido y perentorio a la polla de Chaim. A veces nos tocaba a los tres mostrar lo que teníamos entre las piernas. Algo muy indigno, pero mejor que recibir una paliza. Tres penes circuncidados colgando juntos solo podía significar una cosa: judíos.

Que selláramos el trato de esa manera no significaba necesariamente que siempre nos libráramos de la paliza, aunque, cuando nos pegaban, me gustaba pensar que no lo hacían de manera tan completa o cruel como habría sido el caso si nuestros colegas judíos hubieran pensado que éramos *goyim*. Lo que con toda probabilidad les molestaba o irritaba era que nuestra apariencia no judía fuera un sendero que nos alejaba del tipo de persecución que los judíos con aspecto de judíos tenían que soportar a diario. Según varios comentarios que escuché, ser judío sin parecer judío era hacer trampa: un ardid cobarde que se adoptaba solo para evitar nuestro propio y poco envidiable destino.

Aunque deseábamos proteger a Srulequito, la verdad era que por lo general no necesitaba demasiado que lo cuidaran. Pese a su pie zambo y su pierna torcida, cuando surgía la necesidad era capaz de moverse con rapidez. En el campo de fútbol, pese a que sus movimientos eran un poco torpes, a veces podía llegar a deslumbrarte. Srulek también era avispado, y tenía el don de la labia para librarse de los problemas. En ese aspecto, se parecía mucho a Chaim. Quiero creer que a mí tampoco se me daba demasiado mal.

No, el problema a menudo era que Srulek no se reprimía. A pesar de su inteligencia callejera, el pie zambo y la pierna tullida habían creado de manera innegable una capa extra de susceptibilidad que podía transformarse con rapidez y facilidad en bravuconería falsa o temeridad; por ejemplo, cuando alguien se mostraba condescendiente o se burlaba de su deformidad. Srulek estaba decidido a que no se rieran de él ni lo marginaran.

Los nazis acabaron declarando que Baluty pasaría a formar parte del núcleo de lo que todos comprendimos que sería un gueto cerrado. Exigieron que los judíos de otras partes de la ciudad y de los alrededores se trasladaran a vivir allí. Tras asesinar a varios miembros prominentes de diferentes órganos directivos judíos y organizaciones comunitarias de Lodz, los nazis eligieron a Chaim Rumkowski como mandamás, o «el más anciano entre los judíos», por darle su título formal al completo. Iba a ser el único responsable de todos los asuntos judíos de la ciudad, así como de toda la comunicación entre los alemanes y los judíos. Rumkowski nombró a algunos asesores para que le ayudaran, pero en realidad el gueto se convirtió en su hacienda, cuando menos en lo referente a los judíos que muy pronto iban a ser encarcelados.

Cuando el gueto se puso en marcha, Rumkowski se encargó de realizar las gestiones para acomodar al inmenso flujo de recién llegados: darles alojamiento, distribuir las raciones de comida —algo crucial— e inscribir a la gente, niños incluidos, para que realizaran labores diversas en las muchas fábricas que siguieron funcionando a toda máquina o que se crearon para producir bienes que contribuyeran al esfuerzo de guerra alemán.

En un área de unos cuatro kilómetros cuadrados, la masificación se volvió crónica y opresiva. Según las mejores estimaciones de las que disponemos, en Baluty había antes de la guerra cerca de 60.000 judíos. El 1 de mayo de 1940, el día en que el gueto se selló de manera definitiva, había más de 160.000. Durante sus cuatro años de existencia, los registros oficiales demuestran que más de 240.000 personas llegaron a vivir allí. La población fluctuaba de un día para el otro según el nivel de deportaciones y llegadas.

Rumkowski también estaba a cargo del hospital del gueto, y de la impresionante gama de actividades cívicas y culturales que uno asociaría con el funcionamiento de cualquier gran asentamiento humano. Había un juzgado, una cárcel y un cuerpo de policía formado en su totalidad por judíos que vivían en el gueto. Todo ello pertenecía al feudo de Rumkowski.

Los alemanes dictaron una orden para que todos los polacos y personas arias abandonaran Baluty antes de que febrero de 1940 llegara a su fin. Supongo que Cesek Karbowski y su familia se unieron a ese éxodo. Después de aquello, nunca volví a verlos en Baluty. Tampoco es que tuvieran elección. Y así fue como, mientras que la mayor parte de los judíos polacos y de otras partes de Europa se veían obligados a ponerse en pie y cargar con todas las posesiones terrenales que pudieran para dirigirse a su nuevo hogar en un gueto a cierta distancia del lugar donde vivían antes, por un giro del destino y un decreto municipal de antes de la guerra el gueto vino a nosotros.

Cuando nos dimos cuenta de que íbamos a vivir en un gueto oficial que acabaría siendo sellado, comentamos la posibilidad de abandonar el nombre comercial de Santísima Trinidad. Cesek ya se había marchado, así que nunca lo supo, pero tuvimos la seguridad de que no le hubiera importado. En su lugar, Srulek propuso Comandos del Gueto. A mí me gustó. Y, aunque quizá no se adecuaba a nuestra edad y aspecto físico, de algún modo se correspondía con nuestro estado anímico y la sensación leonina de agravio y de estar ante una causa justa que compartíamos. Sin embargo, nuestra identidad sacrílega estaba implantada con firmeza entre los demás niños judíos de Lodz con los que compartíamos gueto, así que, a efectos prácticos, la Santísima Trinidad perduró.

Desde el minuto uno de la ocupación alemana de Lodz, la comida —o la falta de ella— se convirtió en una fuente constante de preocupación y charla ansiosa tanto para los polacos como para los judíos, pero sobre todo para los segundos. La mayor parte de los judíos no tardaron en darse cuenta de que confiar únicamente en la distribución oficial a través de cupones que realizaban los nuevos burócratas del gueto jamás sería suficiente para sobrevivir. Nuestras familias se las habían arreglado para reunir unas reservas que guardaban de manera conjunta, pero eran pequeñas y patéticas.

El trapicheo y el comercio de comida dentro del gueto tenían sus riesgos, pero antes de poder acceder a ellos necesitabas algo con lo que trapichear y comerciar. Los Lewkowicz y los Herszman tenían poco o nada en ese sentido, y robar a otros residentes del gueto era difícil y estaba mal. Nuestros padres nos prohibieron que lo hiciéramos, y nosotros respetamos y honramos con sinceridad esa interdicción. En gran medida.

Cuando los nazis emprendieron el lento proceso de sellar el gueto, establecieron un pequeño número de puntos de entrada y de salida oficiales que estaban fuertemente custodiados y patrullados de manera constante. En algunos lugares, eso implicó la construcción de un muro de piedra, cemento, ladrillo o madera, o el montaje de una valla elevada con un encordado de alambre de púas entre un soporte y el siguiente. En otros, al menos de manera temporal, desplegaron rollos de alambre de púas reforzado entre postes afianzados al suelo.

Si pretendíamos hacer algo para incrementar nuestra reserva de alimentos o bienes canjeables de manera significativa, teníamos que entrar en la ciudad, lo cual quería decir que había que actuar deprisa. A saber la solidez o impenetrabilidad que acabaría teniendo el perímetro del gueto. En aquel momento seguía siendo poroso, era evidente, sobre todo allí donde los rollos de alambre de púas extendidos entre postes continuaban siendo el único trazado físico de la frontera.

Cuando se estableció de manera oficial una tierra de nadie a ambos lados del perímetro, acercarse siquiera a la cerca, tanto por dentro como por fuera del gueto, se convirtió en un crimen. La expresión «ir hasta la alambrada» pasó a ser un eufemismo para hablar del suicidio, ya que si lo hacías te disparaban. Aquello tenía a su favor que por lo general se trataba de una muerte rápida y limpia. Nadie hacía demasiadas preguntas sobre un judío al que se encontrara muerto en la proximidad de la cerca dentro de los límites del gueto, o en realidad en casi cualquier lugar del mismo, del mismo modo que tampoco eran motivo de preocupación los cuerpos hallados cerca del perímetro exterior, ya que lo más probable era que aquellas personas hubieran estado intentando comunicarse con un judío o dedicándose al contrabando. Actividades ambas que estaban estrictamente *verboten*.

No obstante, resultaba bastante evidente, incluso al observar los rollos de alambre desde lejos, que los ganchos y las púas podían ser grandes y mostrarse despiadados en caso de que quedaras atrapado en ellos, pero que en muchos lugares los rollos no eran demasiado compactos. Con cuidado y quizá con un palo, o con unos guantes gruesos o algo que te protegiera las manos a la hora de manipular las vueltas, a unos tipos tan pequeños como nosotros no debería costarles demasiado abrirse paso. El gueto era un hervidero de rumores sobre niños y mujeres de cuerpo pequeño que hacían eso mismo con regularidad. Esos rumores persistieron, pero tendimos a subestimarlos hasta el día en que Chaim y yo nos encontramos con uno de los miembros de nuestro grupo del Hashomer-Hatzair, quien nos juró por todo lo que más quería que ya había atravesado la alambrada para entrar y salir del gueto media docena de veces. Aquello nos convenció. Se había abierto la veda.

La Santísima Trinidad se puso a buscar cualquier posible punto de salida. En línea recta, el perímetro del gueto habría medido aproximadamente once kilómetros, pero tenía un montón de giros y curvas, así que en aquellos primeros tiempos parecía haber muchas posibilidades de dar con un punto débil. Roma no se construyó en un día. El gueto de Lodz, tampoco. No tardamos en descubrir que no éramos los únicos que habían tenido esa idea. Cuando pasábamos demasiado rato junto a un posible punto nos acababan echando de allí, bien una pandilla de mayor tamaño o algunos adultos preocupados por nuestro bienestar o que le habían echado también el ojo al lugar, que se planteaban sin duda hacer algo parecido y que no querían que nosotros se lo fastidiáramos.

Al final encontramos un sector del perímetro del gueto donde los rollos de alambre de púas no eran demasiado densos y que parecía no haber sido reclamado por un grupo rival. Sabíamos que eso podía cambiar en cualquier momento. No pensábamos vacilar.

El lugar contaba con una característica adicional extremadamente atractiva. Justo junto a nuestro tramo de perímetro había un edificio abandonado que por poco no rozaba la cerca del gueto. Cabía presumir que el edificio estaba a la espera de que el jefe Rumkowski o alguno de sus amigotes le asignaran un uso, pero mientras tanto el rellano del segundo piso disponía de un lugar cubierto en parte con una vista clara del exterior del gueto y los alrededores, así como del interior del mismo. Aquello era importante.

Era difícil saber cómo reaccionaría la policía del gueto al vernos. Yo supuse que algunos de sus miembros harían la vista gorda y se marcharían a otra parte, o que nos pegarían un grito y nos obligarían a marcharnos. Por desgracia, otros miembros parecían haberse dejado convencer por la filosofía de Rumkowski, quien aseguraba que, si todos obedecíamos las normas de los alemanes y les resultábamos útiles, estos no solo nos dejarían tranquilos, sino que aquello representaría el inicio de una nueva era de oportunidades y prosperidad: una patria judía autónoma y autosuficiente aquí mismo, en Polonia, al menos hasta que aquellos que así lo desearan pudieran marcharse a Palestina.

Nunca quedó claro si Rumkowski creía de veras en lo que decía o si, a fin de transmitir esperanzas a los judíos, intentó ofrecer la mejor versión de una situación que reconocía como espantosa pero inevitable. Fuera cual fuese la verdad, en aquellos primeros días muchos residentes del gueto, no solo policías, se habían apuntado a su causa, y o bien se sometieron a aquel nuevo orden o parecieron apoyarlo. Teníamos que ir con cuidado. No solo la pasma podía acabar con nosotros. Desde el gueto, mirando hacia fuera, los montículos, árboles y callejones no podían estar a más de cien metros de distancia. Tan cerca, y sin embargo tan lejos.

Desde nuestra atalaya en el segundo piso del edificio abandonado se veía una pequeña porción de terreno dentro de la ciudad que contenía lo que parecían ser diversos montículos de hierba. De haber estado en la playa, uno se habría referido a ellos como dunas, y pocos metros a su espalda se elevaban algunos árboles. Nosotros lo llamamos «El Parque de la Libertad».

El Parque de la Libertad colindaba con un complejo de viviendas que parecía escasamente habitado —quizá estuvieran vacías por completo, ya que nunca vimos a nadie en las ventanas—. Eso estaba bien. También vimos que había callejones y aberturas a pie de calle que conducían a un patio, aunque podría haberse tratado del vertedero, con vistas a la calle del otro lado. De todos modos, más o menos conocíamos la zona porque a veces habíamos jugado al fútbol por allí cerca.

En el extremo izquierdo del Parque de la Libertad, según nuestra posición en el segundo piso, había un puesto de guardia sobre la acera, y era posible observar el comportamiento de su ocupante. Por lo general, este era un soldado alemán. Y, cuando no lo era, lucía un uniforme que lo distinguía como guardia, centinela o agente de policía; algo oficial y, por tanto, peligroso. Había guardias diferentes en horarios distintos, pero todos seguían la misma rutina. Normalmente llevaban un rifle al hombro, siempre a simple vista. Querían que todo el mundo supiera que estaban por la labor y que esa labor era la muerte. El guardia patrullaba una sección del perímetro del gueto tanto a la derecha como a la izquierda de su puesto. Aunque el verbo quizá fuera «deambular». Aquello no era una marcha militar.

No había nada demasiado exacto en ello, pero tres veces por hora el guardia desaparecía a la derecha o a la izquierda de la garita y nunca transcurrían menos de cuatro minutos antes de que regresara al principio. Desde dentro del gueto podíamos seguir buena parte de su ruta. Nos dimos cuenta de que, a causa del contorno del perímetro en ambas direcciones, el tipo tardaba unos diez segundos en perder de vista la zona que había delante de su garita, allí donde había emprendido su trayecto y donde este acabaría. Se trataba de un punto de entrada y salida ideal. La garita era nuestra baliza, nuestro marcador.

Fruto de nuestras observaciones sabíamos que, si dejábamos pasar digamos que veinte segundos desde el momento en que el guardia comenzara a caminar en un sentido u otro, dispondríamos de casi cuatro minutos para lidiar con el alambre y cruzar la calle hasta la invisibilidad del Parque de la Libertad o los callejones. Y lo mismo cuando volviéramos al gueto. Veinte segundos después de que el guardia se pusiera en movimiento, dispondríamos de casi cuatro minutos para completar el viaje de vuelta. De hecho, descubrimos que no era extraño que dispusiéramos de más de cuatro minutos antes de que el guardia regresara al punto de partida porque, cuando en uno de los dos extremos se encontraba con su par encargado de patrullar la sección contigua, era normal que ambos compartieran un cigarrillo o charlasen un poco.

Siempre existía la posibilidad de que uno de los guardias alterara su rutina, pero hasta ese momento no había sucedido tal cosa. Las probabilidades parecían favorecernos con claridad. En cualquier caso, éramos invencibles. Completamente imparables.

En la Santísima Trinidad nunca discutimos —de hecho más bien esquivamos— la cuestión de quién saldría a la ciudad en las excursiones que planeábamos, pero había la suposición tácita de que lo mejor sería que fuéramos dos. Cuando piensas birlar algo en una tienda o en cualquier otra parte, resulta esencial contar con un segundo par de ojos, pero también necesitábamos que alguien se quedara en el segundo piso, nuestro puesto de mando, para actuar como vigía y hacernos una señal cuando el guardia comenzara a caminar y todo estuviera despejado.

Acordamos un lapso de tiempo aproximado para el regreso de los dos que salieran. Durante buena parte del año, antes incluso de que se creara el gueto, los alemanes habían decretado que los judíos no podían estar en la calle pasadas las cinco de la tarde. Era nuestro toque de queda. Por ello coincidimos en que teníamos que intentar estar de vuelta dentro del perímetro del gueto bastante antes de esa hora, por si surgían contratiempos o demoras. Y si había algún problema en el exterior, el vigía se quedaría esperando a ver la aparición de una cabeza familiar por detrás de alguno de los montículos de hierba del Parque de la Libertad. No se mencionó la posibilidad de que ninguno de los dos regresara. Aquello no entraba en nuestros planes.

Desde el principio, yo había asumido que Chaim y yo seríamos los dos que salieran. Debería haberme imaginado que no sería tan evidente. Todo aquello relacionado con la Santísima Trinidad estaba siempre rodeado por una penumbra de incertidumbre, dada la determinación de Srulek por que no le trataran de forma diferente. Esa discusión aún estaba por llegar.

Pese a la certeza subyacente de que éramos imbatibles, un cierto grado de pragmatismo prestaba moderación a nuestras convicciones. Coincidimos en que debíamos hacer una prueba. Validar el concepto. Quizá se nos había pasado algo, algún detalle importante. A saber cómo sería la vida «ahí fuera» en esos momentos. Los tres llevábamos ya tiempo sin acercarnos a las principales zonas comerciales de Lodz. Si por algún motivo imprevisto aquello no iba a funcionar, necesitábamos saberlo lo antes posible para poder trazar una nueva estrategia aún mejor.

En el gueto habíamos encontrado bobinas sin usar del mismo alambre de púas del que estaba hecho el perímetro que planeábamos atravesar, así que todos tuvimos la oportunidad de hacer una especie de prueba de vestuario para aprender a abrirnos paso. Resultó que no hacía falta ningún palo, pero sí que improvisamos unos guantes hechos con una tela pesada, parecida al fieltro. No obstante, éramos conscientes de que ningún experimento pausado iba a ser igual que el producto genuino. Necesitábamos comprobar la comodidad con que podíamos atravesar la cerca de verdad en el punto exacto que habíamos elegido, y cuánto tardaríamos en pasar al otro lado y alcanzar la protección de los callejones o del Parque de la Libertad. Estuvimos de acuerdo en que solo uno de nosotros debía realizar la prueba.

¿Quién iría? Ya te he contado que ninguno de los tres vestíamos como judíos, ni parecíamos judíos de manera evidente. Ninguno tenía un marcado acento judío, así que poco y nada nos diferenciaba en ese apartado. Srulek no se postuló para ser el artista en solitario y, aunque la verdad era que yo no quería ir, tampoco me apetecía convertirlo en un problema, así que sentí un alivio tremendo cuando Chaim insistió en que debía ser él por su excelente dominio del alemán. Ni Srulek ni yo pusimos reparos. La suerte estaba echada.

Este era el plan:

Chaim se situaría tras una pared que formaba parte del patio contiguo al edificio de observación junto al límite del gueto. Eso le ocultaría a la vista de cualquier persona tanto dentro como fuera del gueto; de hecho, de cualquier persona que no fuéramos Srulek y yo. Los dos ocuparíamos nuestra posición en el segundo piso del edificio y nos prepararíamos para transmitirle a Chaim tres señales. La primera indicaría que todo estaba en calma: que no habíamos detectado a ningún agente de policía, testigo potencial o entrometido que pudiera intentar detener, perturbar o denunciar nuestras diligencias. La segunda llegaría cuando el centinela comenzara a patrullar y todo estuviera despejado también de ese lado. Y la tercera indicaría que seguía sin verse a nadie, tanto en el lado del gueto como en el lado polaco, así que la travesía debía comenzar de inmediato.

Tras acordar todo esto, decidimos intentarlo al día siguiente a las 11 de la mañana y, pasara lo que pasase, Chaim debía estar de vuelta a las 15h de esa misma tarde. Eso nos proporcionaría un margen cómodo hasta el toque de queda. A su regreso, Chaim se escondería detrás de uno de los montículos del Parque de la Libertad y esperaría a vernos en el edificio de observación. Nos enviaría una señal para indicarnos que estaba allí, preparado y ajeno a cualquier peligro. Nosotros le enviaríamos una señal informándole de que le habíamos visto. El saludo siguiente y final indicaría que las condiciones se prestaban para que volviera a cruzar.

Llegó el momento de la verdad. Hacía mucho frío, pero a las 11 de la mañana Chaim se quitó la ropa de abrigo, más voluminosa, y la guardó en una mochila. Srulek y yo nos dimos cuenta de que llevaba puesto un crucifijo. Yo ya lo había visto antes pero, a juzgar por su reacción, creo que no era el caso de Srulek. Chaim nos miró, nos guiñó un ojo, sonrió y dijo:

—¿Para qué ser Yoisel si no puedes llevar crucifijo?

Srulek y yo subimos al segundo piso mientras Chaim iba

a agacharse detrás del muro en espera de las señales. Cuando le hice la tercera, sin la menor vacilación Chaim avanzó hacia la alambrada y tiró la mochila por encima de esta antes de comenzar a abrirse paso a través de los ganchos y las púas. No habíamos comentado lo de pasar nada por encima, pero era evidente que Chaim había pensado en ello o estaba improvisando. Eso nos animó. Estaba claro que se sentía confiado. Al salir al otro lado de la alambrada —tardó apenas quince segundos—, Chaim recogió la bolsa y echó a correr directamente hacia uno de los callejones, donde supuse que sacaría la ropa de abrigo para volver a ponérsela. A partir de ese momento, la mochila sería el receptáculo en el que recogería, ocultaría y cargaría el contrabando. De principio a fin, Chaim cruzó y desapareció de la vista en menos de un minuto. Perfecto.

Srulek y yo pasamos el día juntos, en ascuas, casi incapaces de hablar mientras intentábamos no pensar en el número inmenso de cosas que podrían haberle salido mal a Chaim. Quizá alguien de nuestro antiguo barrio, sabedor de que era judío y de que no debía estar fuera del gueto, le había visto y traicionado. O, puesto que no tenía dinero para comprar, lo habían pillado robando, y sin nada que le permitiera demostrar su identidad, el cuento chino que había preparado para tal eventualidad se había venido abajo. Ya estaba muerto, o lo habían capturado y torturado, y había revelado quiénes eran sus cómplices. Nosotros íbamos a ser los siguientes, y yo solo esperaba que perdonaran al resto de nuestras familias.

Nos mantuvimos alejados de aquellas partes del gueto donde resultaba más probable que nos encontráramos a alguno de nuestros parientes o a alguien que nos conociera. No queríamos que nos preguntaran por el paradero de Chaim. Nos aseguramos de estar de nuevo en el edificio que daba a la alambrada hacia las 14.50. Nos pareció que pasaban siglos antes de que la cabeza de Chaim apareciera tras un montículo, pero aparecer, apareció. Le hicimos una señal con la mano para indicarle que le habíamos visto y él nos la devolvió para decirnos que esperaba a que le hiciéramos saber que podía dar el siguiente paso con seguridad.

Funcionó como en un sueño. A nuestra señal, Chaim salió corriendo de detrás del montículo y fue directo hacia la alambrada con la mochila en una mano y un montón de ropa en la otra. Tiró ambas cosas por encima, realizó su delicado baile para pasar a través del alambre, recogió los bártulos y se dirigió hacia el edificio, donde nos abrazamos entre aplausos y gritos de alegría.

Lo que no pudimos camuflar ni reprimir fue la manera en que todos comenzamos a temblar, con una mezcla de miedo y alivio. Le pregunté a Chaim por lo que había pasado durante su odisea.

—Ya sabíamos que antes de la guerra robar en una tienda no era sencillo en el mejor de los casos —dijo—. Pues ahora es diez veces peor. Para comenzar, en las tiendas no hay gran cosa, no tienen nada que ver con lo que solíamos encontrarnos, y tanto da que sean tiendas de dueño polaco o de dueño alemán, aunque es posible que las alemanas tengan algo más de producto. La cuestión es que en todos los lugares donde venden comida parecían vigilar muchísimo, sobre todo cuando era algún niño el que se paseaba por allí. Sin otra persona que haga guardia, robar es demasiado peligroso. Teníamos razón al pensar que es un trabajo para dos personas.

A continuación, Chaim volcó el contenido de la mochila. El botín era pequeño, deprimente. Se había traído un zapato de niño, un poco gastado pero que no estaba demasiado mal. Alguno de nuestros padres o quizá la hermana mayor de Chaim podrían cambiarlo por algo. Había un periódico alemán, los dos extremos de una hogaza de pan rancia y, lo mejor para el final, diez manzanas que habían conocido tiempos mejores pero que sin embargo eran perfectamente comestibles, al menos bajo los patrones del gueto. Habíamos demostrado fuera de toda duda que nuestro plan funcionaba.

Lo primero que le pregunté a Chaim fue:

—Las manzanas... ¿cómo es posible?

—No son de ninguna tienda. Cuando me di cuenta de lo difícil que iba a ser conseguir algo decente para comer, decidí ir a visitar a la señora Jawinski. ¿Te acuerdas de que tiene un huerto en la parte trasera de su casa? Bueno, pues suele recoger las manzanas que no le han robado los chicos de la zona y que no se ha comido su familia y las guarda en un barril en el sótano. Le dije que mi familia estaba muy apurada de dinero y que buscaba cosas para comer. Sin decir palabra ni hacer una sola pregunta, me llevó al sótano y me dio las manzanas. No creo que pueda volver por allí, pero al menos esta noche y mañana nuestras familias se alimentarán bien. De manzanas.

Tenía un millón de preguntas sobre los motivos por los que Chaim había pensado que era seguro ir a ver a la señora Jawinski, pero pensé que de momento lo dejaría estar.

Al día siguiente, Chaim volvió a salir y regresó con más cosas y mejores. Yo dejé muy claro que no pensaba salir solo. De todos modos, acordamos que dos pruebas ya eran suficiente. El tiempo corría. Estábamos preparados para el acontecimiento principal, para hacerlo en serio.

Fue entonces cuando Srulek se puso manos a la obra. Estaba decidido. Tanto daba cuál de los dos saliera, Chaim o yo, que él sería el otro. Srulek sugirió que yo me encargara de la labor de vigilancia. Irían Chaim y él. Me quedé estupefacto. Ni Chaim ni yo habíamos anticipado ese giro de los acontecimientos. Yo pensaba que su reticencia previa, y el hecho de que no se hubiera presentado como candidato para la primera prueba experimental, constituían un reconocimiento implícito de que había límites para lo que un niño con una pierna torcida y un pie zambo podía hacer. Pero todo eso saltó por los aires. A Chaim y a mí nos pareció una locura, pero también sabíamos, a raíz de experiencias previas, que tendríamos que poner mucho cuidado a la hora de lidiar con esa situación.

Lo intentamos todo. Primero le dijimos a Srulek que era demasiado pequeño; luego le dijimos que parecía demasiado judío y que tenía demasiado acento al hablar en polaco. Nada de eso funcionó, así que, por supuesto, acabamos mentando su pierna. Fue un grave error. Srulek perdió la cabeza por completo, prácticamente comenzaron a salirle espumarajos por la boca.

Siguió una discusión acalorada, y al final nos rendimos. No tuvimos valor para insistir en que una aventura de esas características se encontraba más allá de la capacidad de Srulek. Aquello lo habría dejado devastado por completo.

El resultado fue que yo acepté hacer de vigía y transmitir las señales. Chaim iría primero y, en esta ocasión, en vez de dirigirse directamente hacia el callejón, como había hecho en los dos casos anteriores, buscaría refugio tras uno de los montículos del Parque de la Libertad. Durante el siguiente ciclo, Srulek cruzaría y se dirigiría hacia los callejones. Cuando este abandonara la alambrada, Chaim saldría del Parque de la Libertad y lo seguiría de cerca. Al llegar los dos a los callejones se pondrían la ropa de abrigo y saldrían hacia el centro de la ciudad.

El momento había llegado. Subí al punto de observación del segundo piso. Vi que las prendas externas de Chaim y Srulek iban a parar a la mochila. De nuevo, Chaim llevaba el crucifijo alrededor del cuello, pero esta vez no hubo comentarios al respecto. Llevó la mochila hasta la alambrada y la tiró por encima. Hasta ahí, todo bien. Chaim cruzó, recogió la bolsa y se dirigió al montículo del Parque de la Libertad. Se agachó tras él e hizo la señal de que estaba en posición. Cuando el centinela desapareció en su siguiente deambulación, le hice la señal a Srulek para que se pusiera en movimiento. Se acercó a la alambrada y con cautela comenzó a sortearla de la manera que habíamos comentado entre nosotros, que habíamos practicado y que habíamos visto hacer a Chaim dos veces. Srulek incluso se había atrevido a acercarse a la alambrada durante la segunda excursión de Chaim para ver cómo lo hacía desde más cerca.

Entonces se produjo el desastre. Por un motivo u otro —nunca fui capaz de averiguar si había tenido algo que ver con su pie zambo y su pierna torcida, o si fue solo por mala suerte—, la pernera de la pierna buena de Srulek se enganchó en el alambre. En un primer momento, desde mi posición elevada en el segundo piso, vi que no se dejó llevar por el pánico e intentó desengancharse con calma. Bajé y fui a agacharme detrás de una pared. Estaba mucho más cerca de él, pero me quedé quieto, fuera de la vista, esperando que Srulek se liberara y volviera a entrar en el gueto o siguiera adelante. El margen de cuatro minutos comenzaba a acabarse.

Con toda probabilidad Srulek sentía que esos minutos eran horas y, a medida que los preciosos segundos corrían, el pánico acabó por hacer acto de presencia. Intentó realizar lo que pareció un movimiento de ballet poco elegante, pero eso tuvo el efecto de hacer que los ganchos y púas se clavaran en su carne. Dejó escapar un grito terrible, que se debió de escuchar hasta en la luna. Yo seguía sin moverme, agachado allí, deseando que Srulek se liberara.

Oí que Chaim le gritaba que se calmara, que se concentrara en quitar lentamente los ganchos, pero entonces sonó un grito aún más fuerte. Este debió de oírse en los planetas exteriores del sistema solar. Supongo que se le clavaron más ganchos y púas, o que estos se habían hundido un poco más en su carne. A continuación vi que Chaim realizaba un movimiento repentino, y le perdí de vista.

Lo siguiente que supe fue que un guardia venía hacia nosotros, se acercaba hacia la sección de alambrada en la que estaba Srulek, amarrado y atrapado a todos los efectos. A juzgar por el estado de su ropa, diría que estaba cagando en algún punto de su ruta o que se había detenido a echar una meada cuando oyó los gritos. Fuera cual fuese la explicación, mientras avanzaba se peleaba con los botones y tiraba del gabán para pasárselo sobre la guerrera, que batía al viento y dejaba su camiseta a la vista. Y hablaba con alguien que de manera evidente estaba también al otro lado de la alambrada, pero cerca. Lo hacían en alemán. Me quedé pasmado al darme cuenta de que la persona con la que mantenía esa conversación era Chaim, quien había abandonado la protección del montículo y se dirigía con decisión hacia el soldado, riéndose y señalando a Srulek. El soldado, por su parte, continuó avanzando hacia Srulek mientras comenzaba a descolgarse el rifle del hombro. Estaba claro cómo iba a acabar la situación. Mal. Iba a disparar contra Srulek, y yo no tenía ni la menor idea de lo que Chaim estaba haciendo o planeaba hacer. A mi juicio se trataba de un esfuerzo serio por conseguir que lo mataran junto a su hermano.

El soldado había llegado junto a la alambrada, del lado de la ciudad, y seguía avanzando hacia Srulek mientras se preparaba para apuntar. Chaim cotorreaba con él a medida que también se iba acercando. La mirada de Srulek transitaba disparada entre Chaim y el soldado; no entendía nada, estaba completamente desconcertado y profundamente aterrorizado. Capté que Chaim y el joven de uniforme con el rifle hacían mención a un «conejito judío».

Era evidente que el centinela pensaba que, dado su aspecto y su fluidez con el lenguaje, Chaim era un chico alemán que, como él, se había visto atraído hacia el lugar por los gritos del judío y ahora tenía la intención de disfrutar de la caza. Sin dudar un solo segundo, mientras se aproximaba a Srulek le dijo a Chaim que no debería estar tan cerca de la alambrada, pero que podía entender que quisiera ver morir a un judío.

Siguieron hablando y Chaim llegó casi al lado del hombre. En el momento en que este levantaba el rifle, con un único movimiento fluido Chaim se pasó la mochila al frente, metió la mano en ella, sacó un cuchillo enorme y acto seguido lo hundió profundamente en la zona expuesta de la camiseta, que cubría la zona blanda y carnosa del bajo vientre del centinela. Aquello duró un segundo. El hombre dejó escapar un rugido tremendo; de inmediato, su rostro adoptó una expresión que transmitía horror e incomprensión. Soltó el rifle y cayó al suelo sujetándose la barriga. No estaba muerto, pero la muerte no tardó en llegar. Chaim saltó sobre el hombre, que había quedado boca abajo, y volvió a usar el cuchillo. Esta vez le rasgó la yugular. Recuerdo que más tarde pensé: «¿De dónde sacó Chaim la enteraza para hacer algo así? Ni siquiera sabía que llevara un cuchillo en la mochila».

Vi que un enorme chorro de sangre brotaba de la herida en el cuello, y eso me llevó a actuar de manera instantánea. Salí corriendo de detrás del muro y me acerqué a la alambrada para intentar liberar a Srulek. Chaim había tenido la misma idea. Desde el otro lado, se introdujo en la maraña en la que Srulek había quedado ensartado. Lo sacamos de aquel embrollo entre los dos. Al quitarle los ganchos de metal no sonaron los mismos alaridos de antes porque, mientras Chaim realizaba aquella intervención en bruto sobre el terreno, yo mantuve una mano sobre la boca de Srulek. Este se resistió y se retorció, pero ningún ruido escapó de él. Aunque mi amigo estaba claramente angustiado y sufría mucho, no se había desmayado. Tampoco perdió la cabeza. Srulek y yo nos quedamos en el lado del gueto mirando a Chaim, que seguía en medio de la alambrada, mientras retrocedía cubierto de... bueno, en realidad empapado en sangre, hasta salir otra vez del gueto. El rostro del centinela estaba a apenas un metro o así. Parecía palidecer con rapidez mientras la sangre seguía brotando de él, aunque ahora a un ritmo menos feroz y eruptivo. Si no había muerto ya, se estaba desvaneciendo con rapidez y era incapaz de realizar ningún movimiento o comentario coherente.

Por un instante nos quedamos petrificados, clavados al suelo. Comenzábamos a asimilar la enormidad de lo que acabábamos de hacer. Chaim fue el primero en hablar:

—Será mejor que nos vayamos de aquí lo antes posible. Si los alemanes se enteran de quién ha hecho esto, no nos matarán solo a nosotros, con toda probabilidad de manera lenta y muy dolorosa, sino que también matarán a nuestras familias y quizá también a nuestros vecinos, solo por diversión. Tenemos que desaparecer por todos ellos y por nosotros mismos. Vámonos. ¡Ya mismo!

Ese «¡Ya mismo!» lo gritó más que decirlo.

Tras la llegada del ejército alemán a Lodz, todos habíamos sido testigos de situaciones espantosas en las calles, pero rara vez habíamos estado tan cerca de una de ellas, y nunca habíamos sido sus instigadores ni habíamos tenido una participación activa. Por mucho que el guardia fuera con toda probabilidad un nazi, ver a alguien morir con tanta rapidez, y por nuestra propia mano —o por la de Chaim, en todo caso— nos produjo una profunda conmoción. Con tanta sangre por todas partes, con Chaim aún en medio de la alambrada con aquel aspecto de aprendiz de vampiro, Srulek y yo nos quedamos paralizados por la incertidumbre de lo que nos aguardaba de manera inmediata.

Sin vacilar, sin comentarlo entre nosotros, los dos soltamos un «¡No!» furibundo.

La verdad es que fuimos demasiado cobardes, estábamos demasiado asustados. ¿Cómo iba la Santísima Trinidad a aguantar ahí fuera, en la Polonia ocupada por Alemania? ¿Qué demonios íbamos a hacer? ¿Cómo íbamos a sobrevivir? Sin documentos, sin dinero. Sin nadie que nos ayudara. Duraríamos un día, quizá ni siquiera eso.

Intentamos convencer a Chaim de que volviera a entrar. Hasta donde sabíamos, no había ningún testigo. Si regresábamos de inmediato a la acogedora familiaridad del gueto, todo iría bien. Chaim intentó convencernos, pero no tardó en darse cuenta de que no pensábamos cambiar de opinión. Había un centinela muerto ante nuestros pies. Eso no iba a cambiar. Estar plantados junto a la alambrada no ayudaba. Alguien a uno u otro lado podría vernos en cualquier momento. Le rogamos que regresara.

Chaim negó con la cabeza y acabó diciendo:

—Si no venís ahora mismo, regresad tan rápido como podáis y no le contéis esto a nadie. A nadie en absoluto. Sin excepciones. Yo buscaré un lugar seguro y de algún modo os sacaré de aquí.

Con la promesa de que la Santísima Trinidad no sería derrotada, acabó de salir de la alambrada, sacó la ropa de Srulek de la mochila y nos la tiró antes de salir pitando hacia un callejón al otro lado de la calle. No volví a ver a Chaim hasta casi cincuenta años después. Y no fue en ningún lugar cerca de Polonia.

La Santísima Trinidad no cayó derrotada, pero se disolvió en la alambrada aquel día. Durante los años que siguieron, Srulek y yo nunca comentamos lo que había sucedido. Ni una sola vez.

Permanecí en el gueto de Lodz hasta marzo de 1944, trabajando en una fábrica de zapatos. Un día, mi padre recibió un aviso diciéndole que debía ir a un campo de trabajo fuera del gueto. Pude establecer la veracidad del documento, y que no se trataba de que lo estuvieran enviando al campo de exterminio de Chelmno o a Auschwitz, sobre los que en aquel momento ya nos conocíamos el percal. El problema era que mi padre se encontraba débil en extremo. Sin nadie que pudiera cuidar de él, pensé que ni siquiera sobreviviría al viaje, y ya no hablemos de que fuera a durar mucho cuando llegara al campo de trabajo. Me dirigí a la Administración del Gueto y les convencí para que me dejaran ocupar el lugar de mi padre. Ellos aceptaron. Y yo salí.

Después de la guerra, me enteré de que papá murió cuatro meses después en el hospital del gueto, el 18 de julio de 1944. Tenía cuarenta y un años. Mi madre, Rutka y Yehuda estuvieron a su lado en ese momento. Aquello me reconfortó, pero no mucho. El día que papá murió yo estaba en Buchenwald, trabajando en una fábrica donde se hacían engranajes para los tanques Tiger.

Mamá, Yehuda y Rutka fueron deportados a Auschwitz un mes más tarde, el 20 de agosto de 1944. Durante la selección, Yehuda fue a la derecha y mamá y Rutka, a la izquierda. Yehuda sobrevivió. Ellas, no. Después de la guerra, cuando nos reunimos al fin, Yehuda me contó que las últimas palabras que le dijo mi madre fueron: «No me olvides».

Nunca lo hizo, y yo tampoco. Sigo echándome a llorar cuando me los imagino despidiéndose bajo el sol abrasador de agosto.

Viví lo suficiente como para encontrarme de nuevo con Chaim. Fue en Londres, Inglaterra. También conocí a todos sus hijos. El mismo número que tuvo la familia Herszman de Lodz, aunque los seis de Chaim fueron varones. *Oy!* Solo cuando nos reunimos de nuevo pudo Chaim contarme la extraordinaria historia de lo que le sucedió después de aquel funesto día junto a la alambrada.

II

Mi madre, Chaja-Sura Blumowicz, y mi padre, Chil Herszman, nacieron en 1896 y 1895, respectivamente. Mamá era la mayor de las tres hijas de Mirla *Belcebuela* Blumowicz. La tía Ruchia nació en 1899 y se casó con un hombre llamado Aron Levinson, y Liba-Sura, la madre de Heniek, la benjamina, nació en 1902, justo después de que muriera su padre, el abuelo al que nunca conocí. Las esposas y madres Lewkowicz, Herszman y Levinson formaban un triunvirato muy unido dentro del más amplio matriarcado de las Blumowicz. Antes de casarse, mamá estaba cerca de ganarse la vida ayudando a administrar las propiedades de la Belcebuela y como maestra a tiempo parcial de alemán, sobre todo para adultos, tanto judíos como católicos, que habían decidido que mejorar sus conocimientos del idioma podría resultar interesante o útil. Sobre todo, útil.

En contraste con el estatus más de clase media de mamá, papá pertenecía a un estrato completamente diferente de la sociedad: era un trabajador manual que estaba empleado en una fábrica de tejidos de Zyrardow, a unos cincuenta kilómetros al sudoeste de Varsovia, a ochenta kilómetros de Lodz. Zyrardow estaba cerca del pueblo de Mszczonow (pronúnciese «Mschonuf»), el antiguo hogar ancestral de los Herszman.

Más allá de eso, nunca supimos gran cosa sobre nuestra familia paterna. Papá tenía parientes en Varsovia, y a menudo, muy a menudo, se refería a otro Herszman, un ancestro reciente que había sido un rabino famoso o algún tipo de pez gordo en la secta Amshinov de los judíos jasídicos. Cuando hablaba de aquel religioso, papá solía mirar hacia el infinito con expresión melancólica y una pizca de remordimiento. Creo que, en lo más hondo, papá siempre soñó con convertirse en un estudioso del Talmud, quizá incluso en un rabino, quizá en ambos, pero le habían engañado en algún punto del camino y no acababa de saber cuándo, dónde ni por qué se habían torcido las cosas.

Papá no cayó en los símbolos, ropajes, costumbres y accesorios del jasidismo, pero era profundamente religioso y un estricto practicante. O al menos era tan profundamente religioso y practicaba de la manera más estricta posible dadas sus circunstancias domésticas, ya que de algún modo había acabado casándose con mamá. Es posible que ella hubiera sido más religiosa al principio, pero poco a poco se fue desgastando por culpa de las circunstancias, entre las que destacaban tener seis hijos y la pobreza, siempre la pobreza.

Lo cual nos lleva a la manera en que mamá y papá acabaron casándose, la historia que mamá compartía con cualquiera que quisiera escucharla o que pudiera oírla. No hará falta decir que yo no estaba presente cuando mamá y papá se conocieron, pero en el seno de la familia esa historia se aireaba y compartía si no a diario... bueno, sí, en los malos momentos más de una vez al día. La verdad era que, fueran cuales fuesen las intenciones de mamá, y estas no siempre resultaban del todo claras, la historia no solo se contaba en el entorno íntimo, cerrado y en su defecto privilegiado de *chez* Herszman. En los momentos de tensión —que se daban con gran frecuencia y que por lo general estaban relacionados con el hecho de que no hubiera suficiente dinero para hacer esto o aquello, por ejemplo comer—, las finas paredes de nuestro piso en el edificio de finos muros de madera en el que vivíamos llevaban a que la casa entera, la calle entera, el barrio entero, quizá Lodz y Polonia enteros pudieran verse honrados con algún fragmento de las circunstancias prematrimoniales de mis padres. Una casamentera los ayudó a conocerse. No podría haber sido de ningún otro modo. Primero, porque era una costumbre tradicional, aunque en declive en las ciudades y alrededores de la Polonia del siglo XX. Segundo, y más crucial, porque no vivían cerca el uno de la otra. Y tercero porque, aunque hubieran vivido cerca, sin la intervención de la casamentera lo más probable era que nunca se hubieran conocido. Sus contextos social, económico, quizá incluso religioso eran tan diferentes... Y esas diferencias, que con el tiempo se fueron expandiendo y magnificando, se añadían al supuesto misterio o peculiaridad de la manera en que la casamentera había hecho que se juntaran.

Era algo que a mamá la angustiaba: «¿Por qué lo hice? ¿Por qué me casé con él? Si pude elegir... ¿En qué estaba pensando? ¿En qué pensaba mi madre al permitirlo? ¿Por qué no me puse firme? Un montón de mis amigas rechazaron los matrimonios que les presentaban las casamenteras. ¿Por qué lo hice? A mis hermanas no les fue tan mal... ¿Qué hice mal? A aquella casamentera debieron de sobornarla, o estaba borracha, o la sobornaron estando borracha».

Aquellas solían ser las frases introductorias de mamá cuando comenzaba a quejarse por lo que le estuviera yendo mal en cualquier momento dado. Todo aquello que le disgustaba, cualquier acontecimiento desafortunado, era atribuible al error original de haber decidido casarse con mi padre, y la casamentera había desempeñado un papel singular en aquel vil asunto. Según mamá, la explicación más plausible era el soborno antes que la borrachera. Todo el mundo acaba recuperando la sobriedad, mientras que cuando el dinero cambia de manos es para siempre. Y se preguntaba, de nuevo en voz alta, convirtiéndolo por tanto en otro acontecimiento esencialmente comunitario, qué miembro de la familia extensa de los Herszman habría pagado a la casamentera. Porque tenía que haber sido un Herszman, un alma bondadosa que buscaba acabar con la soltería miserable de Chil. Mamá reconocía que se había tratado de un acto de generosidad por parte de aquel desconocido, pese a que las consecuencias para ella hubieran sido, de manera manifiesta, horribles y permanentes.

Aquella era su interpretación benévola. Pero a veces se abandonaba a especular con escenarios alternativos y más oscuros. ¿Era posible que el propio Chil hubiera sobornado a la casamentera? De ser así, no habría podido utilizar su propio dinero porque nunca lo había tenido. Quizá había chantajeado a alguien tras descubrir su participación en un asunto en verdad terrible. Y la víctima del chantaje había sobornado a la casamentera como pago, o «quizá la persona cuyas acciones terribles había descubierto Chil era la misma casamentera, y hacer que él se casara conmigo fue la manera que tuvo ella de sacárselo de encima. Fue chantaje, no un soborno».

Papá desestimaba sus palabras diciendo que eran imaginaciones, pero parecía ser capaz de dejar que le entraran por un oído y le salieran por el otro. Mamá era inasequible al desaliento, y no la harían callar. Llevaba todo aquello metido en la cabeza. Cuando crecí un poco comencé a preguntarme por el efecto que oír esas palabras de manera constante tendría sobre la autoestima de papá. No creo que ayudaran, y es posible que eso sirva para explicar su aire de resignación y abatimiento permanentes. La vida le había repartido una pésima mano de cartas. No había nada que hacerle. Tenía que jugar con lo que le había tocado. Nathan, mi hermano mayor, me aseguró que aquello era habitual en las familias judías y que no debía inquietarme ni preocuparme.

Mientras mamá seguía a lo suyo y subía el volumen, lo único que yo veía era el familiar movimiento que realizaba papá al encogerse de hombros, quizá mientras elevaba una oración silenciosa pidiéndole a Dios que interviniera. Llegué a pensar que papá debía de haber reconocido y aceptado una verdad subyacente. Él no llevaba la vida que había deseado tener. Mamá no llevaba la vida que había deseado tener. Así que la rabia y belicosidad de ella no eran más que imágenes especulares de su propia sensación de fracaso. Mamá se limitaba a expresar sus sentimientos con mayor exuberancia y asiduidad.

Sin embargo, como la esposa judía obediente que fue en un principio, después de la boda mamá se trasplantó de Lodz a Zyrardow para estar con su recién estrenado marido. Papá podía ser un trabajador manual, pero era un trabajador manual altamente cualificado, o al menos eso nos dijo siempre. No tengo ni idea de lo que hacía en la fábrica, pero se tratara de lo que se tratase sus empleadores debían de compartir aquella opinión, ya que le habían encontrado una casita adosada cerca de la fábrica. Aunque diminuta según todos los testigos, la casa era para ellos solos. No compartían los servicios ni los espacios interiores con nadie, lo cual resultaba poco habitual para un obrero de la época. Era evidente que papá guardaba buenos recuerdos de la temporada que pasaron en la casa de Zyrardow. Cada vez que hablaba de ella, aunque fuera de manera momentánea, la melancolía desaparecía. Sonreía. Regresaba a un lugar feliz. Tres de los niños Herszman nacimos allí: Nathan en 1923, mi hermana Chana en 1924 y yo en 1926.

Al final, la estancia de mamá en Paletolandia duró solo cinco años y medio. Para su gusto fueron cinco años y medio de más, pero en 1928 la salvó otra recesión económica en el ámbito fabril. Hubo despidos y en esta ocasión papá fue uno de los afectados. Se volvió imposible llegar a fin de mes o pagar el alquiler. Marcharse al hogar original de papá, en Mszczonow, era impensable. Mamá tenía sus límites. No obstante, la abuela Blumowicz, la Belcebuela, intervino y ofreció a la familia Herszman alojamiento gratuito en una de las casas que poseía en Lodz, en la calle Zagajnikowa número 15. A mamá aquello le pareció un milagro menor, una oferta irrechazable. Estaba absolutamente encantada de poder regresar a Lodz, de «volver a casa» y reunirse con su familia; en especial, con sus dos hermanas. Iba a volver a lo que a sus ojos era una metrópolis sofisticada y brillante, la gran ciudad.

Tal y como ella misma solía decir: «Si Lodz no es el centro del universo será un sustituto condenadamente bueno hasta que ese centro del universo aparezca».

Le dio las gracias a quien fuera responsable de las carencias del capitalismo que habían dejado a su marido sin empleo y que por tanto les obligaban a regresar a Lodz y a la civilización: «Una bendición encubierta. Por fin algo que me salía bien».

En Lodz nacieron tres niños Herszman más. Srulek en 1928, Czypa en 1932 y por último Golda, en 1937. Aunque los hermanos nunca tuvimos la sensación de que mamá se arrepintiera de haber dado a luz a ninguno de nosotros, ni a tantos de nosotros, sus cavilaciones sobre las deficiencias de papá y sus frecuentes reflexiones sobre su vida miserable no ayudaban demasiado a generar una sensación de paz y tranquilidad domésticas.

Papá no se mostró exactamente entusiasmado con el traslado de Zyrardow a Lodz, pero aceptó que a la fuerza ahorcan y que, en aquel caso, las manos que hacían fuerza eran las de la Belcebuela. Al llegar a Lodz papá tuvo que ganarse la vida, pero las fábricas allí habían sufrido el impacto de la misma recesión que había provocado los despidos en Zyrardow. Nadie contrataba a nadie. Y acabó volviéndose aún más dependiente de las Blumowicz, que lo acogieron en el negocio familiar del reciclaje. Le dieron espacio y un cobertizo-almacén en un enorme patio que había detrás de Zagajnikowa para que ejerciera de trapero. Era un trabajo sucio, no cualificado. En una jerarquía de profesiones y ocupaciones no era con exactitud la más baja de todas, pero tampoco andaba muy lejos. Más adelante, cuando caía de manera ocasional en los abismos de la autocompasión y su estoicismo habitual le abandonaba de manera momentánea, papá reconocía que aquel no había sido el tipo de promoción profesional que había bosquejado para sí mismo. Las cosas empeoraban porque se sentía culpable por no sentir siempre una gratitud absoluta e incondicional por la ayuda que le ofrecían la Belcebuela y los demás miembros del clan Blumowicz. No había otros Herszman adultos cerca en los que pudiera confiar, con los que pudiera confesarse o con los que pudiera compartir aquellas ideas no precisamente admirables, pero en una o dos ocasiones nos las comentó a Nathan y a mí. Papá se había visto abandonado entre las Blumowicz, pero seguía adelante porque eso es lo que hacen los buenos judíos. El destino podría haberse mostrado más amable, pero no había sido así. ¿Qué podía hacerle? Era la voluntad de Dios.

A veces, el hecho de que cada una de las familias que integraban el clan Blumowicz tuviera su participación en el negocio del reciclaje provocaba tensiones. Las discusiones eran habituales; normalmente no acababan a puñetazos, pero podían ser muy acaloradas. Mientras deambulaba por la ciudad, un pariente que se especializara en, digamos, lo textil podía recoger y traer de vuelta un trozo de metal abandonado, que debería canjear con el pariente encargado de los metales. En el momento en que se intentaba establecer una tasa de cambio justa entre lo metálico y lo textil, o entre dos tipos de materiales dispares, era cuando comenzaban los problemas.

La especialidad de papá en el reciclaje eran el papel y el cartón. Cuando salía con el caballo y el carro en dirección a un barrio donde resultaba improbable que algún conocido me viera, a veces me presentaba voluntario o dejaba que me obligaran a acompañarle para ver lo que encontrábamos. Durante el resto de mi vida, nunca pude pasar de largo junto a un contenedor callejero o un vertedero sin echarle un ojo para determinar si había algo de valor en ellos que pudiera recuperar para aprovecharlo o venderlo. Muy pronto iba a descubrir que aprender a sacarle el mayor partido a objetos que otros considerarían basura me sería muy útil para ayudarme a sobrevivir.

El número 15 de la calle Zagajnikowa era grande, barullero y muy ecuménico. Siete de los doce pisos estaban alquilados por católicos muy pobres —tenían que ser muy pobres y estar desesperados para haber acabado allí—. Los otros cinco pisos estaban ocupados por judíos; esto es, las tres hermanas Blumowicz y sus familias, que, al igual que nosotros, vivían allí sin pagar alquiler, junto con una persona que decididamente no formaba parte de la familia y un anciano solitario que quizá lo hiciera, aunque eso nunca quedó claro.

Había otro Blumowicz joven, Nachman, un primo diez años mayor que yo. No vivía en el número 15, pero lo veíamos de vez en cuando, aunque apenas me acuerdo de él porque se fue de Lodz en 1934 rumbo a Palestina. La importancia que tuvo se debió a que, al llegar a Palestina, comenzó a escribir a todos sus parientes del viejo país, nosotros, diciendo que debíamos irnos a vivir con él a su kibutz lo antes posible. ¡No nevaba! ¡Nunca! O al menos no había nevado de momento, y se llevaba la mar de bien con los árabes del lugar. Ya había aprendido los fundamentos de la lengua árabe. Que nadie aceptara aquella invitación iba a ser motivo de un gran y sentido arrepentimiento.

En el número 15, los dos pisos de mayor tamaño se encontraban en la planta baja. Los ocupaban los Lewkowicz y los Levinson. Nosotros estábamos en el primer piso. Nuestro apartamento era un poco más pequeño, y eso provocó algunas fricciones entre mamá, sus hermanas y Mirla porque los Herszman llegaron a los seis niños, mientras que los Levinson y los Lewkowicz nunca pasaron de los tres. De acuerdo, llevaban más tiempo que nosotros viviendo allí, así que nos superaban en la jerarquía temporal, pero mis padres opinaban que esta debía contar menos que la fecundidad.

Los Karbowski, católicos, que estaban también en el primer piso, iban a desempeñar un papel muy importante en mi vida, de una manera que no podían saber y que nunca se habrían imaginado. Su piso y el nuestro compartían rellano, pues los separaban unos pocos metros. Las puertas estaban siempre abiertas. Mamá estaba muy unida a sus hermanas, pero las relaciones con una hermana pueden resultar complicadas y ellas estaban en el piso de abajo, no tan a mano como los Karbowski. Jadwiga, la señora Karbowksi, estaba en el lugar adecuado. Mamá y la señora K se ayudaban entre sí y cada una cuidaba de los hijos de la otra cuando así lo exigían las circunstancias. Aquel era un acuerdo desigual porque los Karbowski solo tenían dos hijos: Mieczyslaw, conocido como Mietek, el mayor, y Czeslaw, conocido como Cesek, el pequeño, que prácticamente tenía la misma edad y constitución que yo. Pronto nos hicimos amigos, ya que compartíamos una pasión profunda por el fútbol y las travesuras.

Intenté introducir a Cesek en mi pandilla, la Santísima Trinidad. Al fin y al cabo, era a él a quien se le había ocurrido ese nombre y quien nos había explicado su significado subversivo, pero los otros dos vetaron la idea. De todos modos, Cesek solía acompañarnos cuando salíamos de maniobras y, cuando yo no estaba con la Santísima Trinidad, estaba con él. Las cosas no eran demasiado complicadas. Por Navidad, más de una vez me había ido a cantar villancicos con Cesek con la esperanza de que el público me lo agradeciera con alguna rosquilla caliente. Eso me había procurado los primeros indicios de lo que significaba ser católico, así como mis primeras rosquillas. Las canciones eran extrañas, pero eran fáciles de aprender. Y, lo más importante, las rosquillas estaban deliciosas, así que... ¿a mí qué me importaba?

En los años treinta, Lodz era una ciudad de tercios a menudo irritables: polacos, alemanes y judíos. Es probable que la minoría alemana no sumara un tercio matemático exacto, pero constituía un grupo lo bastante numeroso y sustancial como para darles la calificación de subconjunto de importancia dentro de la población total. La irritabilidad afectaba principalmente a los adultos, pero, sobre todo a medida que transcurrían los años treinta, los chicos de mayor edad fueron cayendo también en el sinsentido. Creo que mi cabello rubio y mis ojos azules me salvaron en parte de lo peor del mismo. Desde luego no por completo, pero no me atacaron ni me insultaron tan a menudo como a mis amigos de aspecto más judío y sus familiares.

Entre los polacos había muchísimos chicos de cabello rubio y ojos azules. Eran incontables. Los chicos alemanes de ojos azules y cabello rubio también eran un lugar común. Sin embargo, incluso entre el último elemento del puzle humano y urbano que era Lodz —mi elemento, los judíos—, un niño de cabello rubio y ojos azules, aunque sin duda raro, no llevaría a que el editor del periódico del lugar, judío o no, le reservara la primera página. Alguien me dijo una vez que uno de cada diez judíos, hombres y mujeres, podía ser rubio o de tez muy clara. No tengo ni idea de si era verdad, pero sin duda había visto a otros judíos de Lodz que tenían un aspecto más nórdico que mediterráneo o propio de Oriente Próximo, aunque no recuerdo haber visto a nadie que fuera tan rubio como yo de pequeño y hasta bien entrada la adolescencia.

Estoy bastante convencido de que el temblor genético que me hizo rubio llegó por mi lado materno, ya que Heniek Lewkowicz también tenía el cabello bastante claro. ¿Qué teníamos Heniek y yo en común? La sangre Cendrowicz, pues Cendrowicz era el apellido de soltera de nuestra abuela en común, también conocida como la Belcebuela. Pero papá tampoco era tan moreno, y tampoco lo fue el puñado de sus parientes a los que recuerdo haber conocido con el paso de los años, así que quién sabe... Probablemente fue una mezcla específica de genes lo que me llevó a ser rubio de manera tan llamativa. Fuera cual fuese la explicación, acabé teniendo muchos motivos para estarle agradecido a mi cabello, aunque de pequeño no siempre lo viera de esa manera.

Combinado con otros dones divinos, en especial mi talento para los idiomas, tener el pelo rubio y los ojos azules me ayudó a escapar a la muerte, al menos durante la guerra.

Según contaba mamá, mi facilidad para los idiomas quedó de manifiesto cuando era muy pequeño. Ella solía decir con orgullo que yo podía leer y escribir en polaco antes de comenzar la escuela, lo cual creo que sucedía a los seis años. En casa, pese a que papá sentía una marcada preferencia hacia el yidis, hablábamos siempre polaco. Todos los niños Herszman, como cualquier otro crío judío que hubiese conocido de pequeño, hablaban el yidis con fluidez. Pero mamá se mostraba inflexible. En casa tenía que hablarse en polaco. También iba a clases extraescolares para aprender hebreo y estudiar la Torá. El hebreo comenzaba a dárseme bien, pero la guerra puso fin de manera abrupta y prematura a mis estudios.

No obstante, fue durante la visita de una pariente Herszman que normalmente vivía en Francia cuando, según mamá, mi capacidad para captar idiomas extranjeros comenzó a brillar de verdad y fue advertida. Creo que la pariente se llamaba Dinah Herszman. Venía a Lodz un par de veces al año para ver a papá y a una amiga. A veces, cuando la amiga se las arreglaba para conseguirle un trabajo dando clases de francés a algunos de los vecinos más acomodados de la ciudad y sus familias, Dinah se quedaba varios meses en casa. También daba clases gratuitas a cualquiera de sus allegados que estuviera interesado, y mamá, que hablaba el alemán con soltura, me obligó a ello. En resumidas cuentas, no tardaron en declarar que yo era uno de los alumnos más precoces y que aprendían a mayor velocidad entre todos aquellos a los que Dinah había enseñado francés, en el país que fuera. Desde siempre. Aquello me avergonzó, pero de algún modo logré superar la vergüenza.

Sin duda, saber un poco de francés me iba a ser de mucha ayuda más adelante. De hecho, acabé dominando el idioma a la perfección, pero en aquel momento hablar alemán era mucho más importante. Mamá me había instruido bien, y con tantos alemanes en la ciudad había un montón de oportunidades para practicarlo. Por lo general desplegaba mi talento para la lengua alemana para evitar problemas por la calle con los chicos alemanes, y a veces con los adultos. Eso también me llevó a comprender que tener talento para los subterfugios podía resultar vital para mantenerte a salvo. Me di cuenta de los beneficios de ser un camaleón, de poder cambiar de forma. Yo podía pasar de ser alemán a polaco por necesidad o por mero capricho. A veces, el uso del yidis también podía ser de gran ayuda.

Igual que con mis motes. Yoisel o Rubito. Eran intercambiables. Respondía a cualquiera de los dos, o a ambos.

Era consciente de que, cuando me llamaban Yoisel, lo que mis correligionarios querían decir en realidad era que no parecía uno de ellos; o, más bien, que parecía uno de los otros. Tenían razón, y además nunca llevaba adornos o artefactos que pudieran sugerir una conexión con el judaísmo. No se trataba de algo elaborado, ni de una estrategia calculada por mi parte, al menos no al principio. La realidad era que parecía un *goy*, y no podía hacer nada al respecto. Mi apariencia me había permitido obtener rosquillas católicas, y había aprendido bien esa lección, pero en el futuro la Iglesia católica y yo íbamos a relacionarnos de muy diversas maneras, y no todas felices.

III

No recuerdo con exactitud cuándo me di cuenta por primera vez de que la de judío era una condición que podía costarte la vida. En la Polonia de antes de la guerra, a menudo te entraba la sensación de estar rodeado de peligros en todo momento. Sin embargo, recuerdo con perfecta claridad el día en que comencé a apreciar el hecho de que ser judío podía tener consecuencias funestas, fatales de verdad, no solo para los judíos sino también para los amigos de los judíos. La cosa comenzó con un partido de fútbol.

Yo estaba loco por el fútbol. Hasta donde sabía, casi todos los chavales de Lodz eran propensos a ello. Polacos y alemanes, gentiles y judíos. Cuando el clima lo permitía, durante las vacaciones de verano y cada fin de semana, por toda la ciudad había chicos que se reunían en torno a cualquier pedazo de terreno razonablemente plano en busca de un partido o para pelotear un poco. En mi barrio, el campo de preferencia era una extensión de baldosas que había sido el patio de una fábrica o un taller de gran tamaño desaparecido mucho tiempo atrás.

El carácter plano y relativamente liso de las baldosas era importante. Eso se debía a que ninguno de los miembros de mi fraternidad futbolera poseía o podía pedir prestada con regularidad lo que podríamos denominar una pelota de verdad; en aquel momento, una pelota de cuero. Estas eran demasiado caras, pero tampoco íbamos a permitir que una minucia como la indigencia nos impidiera jugar.

Por lo general, uno o más de los jugadores que se presentaban traía algo consigo que se parecía a una pelota. Puesto que mi padre y mis tíos estaban en el negocio del reciclaje, yo casi siempre estaba en condiciones de reunir una cantidad suficiente de trapos con los que, tras unirlos con fuerza, conseguir una esfera casi perfecta. Al final del partido, si el balón no había quedado reducido a sus elementos constitutivos por las patadas recibidas, los retales se desmontaban de todos modos. Se podría decir que reciclábamos lo reciclado. A veces, cuando disponíamos de paja, colocábamos un poco en el centro de nuestra pelota de trapo. Esto la volvía algo más ligera. En cualquier caso, nuestras pelotas solían durar el tiempo suficiente como para acabar el partido. Cuando no era así, simplemente lo dejábamos cuando se desintegraban hasta tal punto que era imposible jugar con ellas.

Aquellas pelotas de trapo nunca dispusieron de las propiedades aerodinámicas del producto genuino, lo cual implicaba, entre otras cosas, que nuestros partidos tendían a contar con menos remates de cabeza. Eran más bien encuentros a ras de suelo, que solían ser «al primero que llegue a cinco» o «al primero que llegue a diez» en vez de partidos completos. La lluvia era nuestro tormento. Por mucha fuerza y pericia con que la comprimieras, las pelotas de tela no tardaban en volverse inutilizables a la que se mojaban. Ese era otro motivo por el que preferíamos las baldosas, planas y con buen drenaje. Los charcos eran anatema. Solo jugábamos sobre la hierba cuando el suelo era muy firme y estaba completamente seco, lo cual parecía ser una rareza. Cuando el barro se pegaba a la pelota, esta se volvía demasiado pesada y su forma, aún más irregular. Las superficies de asfalto eran aceptables y los adoquines tampoco estaban mal, pero sin duda eran inferiores por su irregularidad.

Evidentemente, en la escuela teníamos una pelota de verdad, pero solo la sacaban cuando jugábamos contra otras escuelas o para entrenar justo antes del partido. En otras palabras, durante la mayor parte del tiempo aquel preciado objeto estaba, según la mitología escolar, escondido dentro de una caja fuerte en el armario del despacho del director, bajo llave y protegida por conjuros y maleficios reforzados por el saber intimidatorio de que nuestros padres y todos los rabinos entre Lodz y Jerusalén conocían a aquel hombre y confiaban en él. Para el caso, aquel balón podría haber descansado junto a las Joyas de la Corona en la Torre de Londres.

Yo pensaba a menudo que el hecho de que la escuela dispusiera de una pelota de fútbol, que casi con total seguridad estaría hecha de piel de cerdo, implicaba que en algún momento las autoridades rabínicas debían de haber declarado que no pasaba nada por tocar, patear o golpear con la cabeza aquella epidermis porcina. Mientras nos abstuviéramos de consumir todo lo que había recubierto en algún momento, estaríamos fuera de peligro.

También había pelotas de verdad cerca, muchas, docenas, ¿cómo saberlo? El problema era que estaban al final de la calle, en la mayor iglesia católica del barrio. Los balones de la iglesia eran para uso exclusivo de sus grupos juveniles. Estos consistían principalmente en un enorme conjunto de monaguillos, muchos de los cuales, según Cesek, se habían presentado voluntarios para realizar aquella labor religiosa solo a fin de poder jugar con una pelota de verdad. Lo cual a mí me parecía lógico.

Fueron muchas las veces en que la Santísima Trinidad discutió dónde, exactamente, era más probable que guardaran las pelotas. A veces incluso logramos hablar de esas pelotas sin sonreírnos ni soltar una risita. A veces. Codiciábamos los bienes ajenos, pero a lo grande. ¿Dónde guardaban las pelotas entre un partido y otro? ¿Cuál era el equivalente al despacho del director en una iglesia católica? Cesek intentó averiguarlo para nosotros, pero regresó con informaciones contradictorias. Al final, no obstante, decidimos que, incluso aceptando que pudiéramos encontrar el lugar donde guardaban los balones, y aun si averiguábamos la manera de llegar hasta ellos y lográbamos hacernos con uno, tendríamos en nuestro poder un objeto tan raro y manifiestamente caro que no podríamos llegar a utilizarlo nunca en público. Por de pronto, estaba la cuestión del ingenioso halo blanco que habían pintado a gran tamaño en cada balón para prestar énfasis a su estatus santificado. No pensábamos que pudiéramos ser capaces de restregar aquella señal sin dejar un indicio en forma de superficie rugosa, pálida y santa.

No. En cuanto corriera la voz de que la Santísima Trinidad disponía de una pelota de cuero de verdad, todo el mundo en un radio de tres kilómetros y medio se enteraría, probablemente en menos de una hora. Suponiendo que algunos chicos mayores no se presentaran de inmediato para quitárnosla, empleando o no la violencia contra nuestras personas, cuando la Iglesia católica denunciara el robo a la policía nuestra fama recién adquirida garantizaría que la policía nos identificara con rapidez como los malhechores más probables y nos detuviera. La policía de Lodz no era famosa por sus simpatías hacia los judíos y, si se les daba una razón para sospechar de la participación de unos judíos en un crimen contra una institución católica, se podía confiar en que se esforzarían un poco más de lo normal. Aun así, a mí me habrían preocupado un poco más mis padres y el rabino. Sin duda, el director de la escuela también se enteraría y tendría algo que decir al respecto. Robar era malo. Robarle a la Iglesia católica o a un apéndice deportivo de la misma era imperdonable. Los *goyim* no necesitaban excusas para hacer que nuestra comunidad lo pasara mal. Regalarles una de ese tipo era impensable.

Al final, con gran pesar, y demostrando un grado de sabiduría y autocontención poco común entre las personas de nuestra edad, decidimos que no tenía sentido correr el riesgo de que nos pillaran intentando robar algo que en realidad no íbamos a poder usar y sobre lo que con toda probabilidad no podríamos ni siquiera hablar. Una *chutzpah* de la magnitud que teníamos en la cabeza carecía de sentido o propósito si su fruto debía permanecer oculto. Y ahí se acabó todo. El «gran robo futbolístico de Lodz» nunca llegó a despegar. No obstante, los balones católicos y yo no nos habíamos dicho la última palabra. Ni mucho menos.

Mientras esperábamos en el campo de baldosas a que apareciera el número suficiente de jugadores para comenzar un partido, los chicos tendían a congregarse en grupos que reflejaban su afiliación religiosa o lingüística. La palabra clave ahí es «tendían», pues ciertamente no era algo que se pudiera decir de todos ellos. En un barrio mixto como el nuestro, y sobre todo entre los jugadores de fútbol, se daban numerosas amistades y relaciones capaces de atravesar las divisiones que tanto parecían preocupar a los adultos. La guerra iba a hacer que eso cambiara, pero aún faltaba para que llegara.

En aquellos días prebélicos, en el campo de juego, entre aquellos niños de diez a catorce años, lo único que importaba era lo bien que se te diera driblar con el balón, o con algo parecido a un balón. Se te juzgaba por la facilidad con que pudieras robárselo a un rival que fuera camino de tu portería o, al intentar construir un ataque, por el acierto y la consistencia con que pudieras pasárselo a alguien de tu equipo. Quizá, por encima de todo lo demás, se te juzgaba por la gracia y la frecuencia con que pudieras hacer pasar la pelota entre los montones de ropa sobre el suelo que solían representar los postes del equipo rival. Aquellas eran las cosas importantes de la vida. La política, la religión... ¿quién las necesitaba?

No obstante, incluso a los once años de edad tendrías que haber sido increíblemente burro para no darte cuenta del hecho de que en la Polonia de los años treinta pasaban muchas cosas malas. Era un lugar donde tensiones difíciles de entender podían tener las consecuencias más funestas, incluso cuando tú solo querías jugar un partido de fútbol. Y, si alguien de nuestro círculo lo ignoraba, estaba a punto de descubrirlo.

Domingo 20 de junio de 1937. Acababan de comenzar las vacaciones de verano. Todos nos sentíamos de fábula ante la perspectiva de no ir a clase durante un par de siglos. Un surtido diverso de chicos deambulaba cerca del campo de baldosas de la zona. A media tarde se habían reunido algo más de veintidós muchachos. No todo el mundo iba a jugar, pero el partido estaba en el horizonte. Cesek Karbowski estaba allí con Mietek, su hermano mayor, y también mis dos hermanos.

Por lo que yo recuerdo, e iba a revivir los acontecimientos de aquel día muchas veces, habría apenas cinco alemanes, unos ocho judíos y sobre una docena de polacos. Recuerdo el número de polacos porque un chico nuevo que aún no se había contagiado del espíritu rebelde de nuestros empeños futbolísticos señaló que los polacos eran el único grupo que podía conformar un equipo homogéneo en lo religioso, lo étnico y lo lingüístico. ¿A quién le importaba ese tipo de homogeneidad? A nosotros no.

No todos nuestros padres habrían puesto objeciones a ese tipo de fraternización intercomunitaria. Mi madre sabía de ella y la aprobaba. Y, cuando mamá aprobaba algo, papá lo aceptaba. No obstante, a partir de las charlas que manteníamos pude deducir que varios padres no se habrían mostrado tan comprensivos o relajados. Lo mejor era no correr riesgos. Perder a Heinz, a Bogdan o a Moishe porque tenían que ir a visitar a su abuela en Varsovia o Fráncfort era una cosa. Perderlos porque habían recibido un mal golpe durante el partido del día anterior formaba parte del orden natural de las cosas. Pero todos sabíamos que teníamos que cuidarnos de la posibilidad de perder a Heinz, a Bogdan o a Moishe porque sus padres hubieran descubierto lo que consideraban una transgresión racial o religiosa. Guardar *schtum* (silencio) o mostrarse vago era la mejor política. En consecuencia, existía un entendimiento no verbalizado de que en un primer nivel todos formábamos parte de una conspiración que intentaba mantener a la mayoría de adultos posibles en la ignorancia acerca de las vidas secretas de los jóvenes futbolistas de Lodz.

Aquel día, como cualquier otro día, tras formarse los dos equipos hubo que darles un nombre. Podía ser Polonia contra el Resto del Mundo, o Alemania contra los Estados Unidos. Pero recurrimos a otro descriptor de uso frecuente e irreverente. Decidimos jugar Palestina contra Roma. Había alemanes y polacos en ambos bandos, y casi tantos católicos jugaron con Palestina como judíos jugaron para Roma.

El campo estaba cerca de una extensión abierta de hierba. No acababa de ser un parque, se trataba más bien de un prado descuidado que realizaba un esfuerzo muy decidido por volverse salvaje. Un sendero que casi nadie usaba recorría el prado y atravesaba directamente nuestro campo. Mientras jugábamos, la gente abandonaba con educación la línea recta del sendero para tomar una ruta un tanto más larga alrededor de sus límites, permitiendo así que los chicos continuaran con sus heroicidades deportivas, paródicas o reales, sin interrumpirlas. Y no fallaba: disponer de algún tipo de público, aunque fuera fugazmente, espoleaba a algún que otro jugador a realizar actos atléticos aún más extravagantes. Quizá se imaginaban que aquellos espectadores casuales eran en realidad ojeadores de incógnito en misión secreta para el equipo juvenil de Polonia o alguno de los clubs grandes. La gloria y la fama deportiva, y el acceso permanente a un balón de verdad, estaban al alcance de la mano.

Aquel día en particular, mientras el partido seguía su curso, me di cuenta de que un grupo bajaba por el sendero y se dirigía hacia nosotros. Eran como unos diez. Muy pronto se hizo evidente, mientras se pavoneaban, se balanceaban y se tambaleaban, cantando y maldiciendo en voz alta, que la mayoría de ellos, quizá todos, estaban idos, probablemente por culpa del alcohol.

Dos ancianas acababan de pasar junto a nosotros y, ya dándonos la espalda, avanzaban por el sendero hacia los gamberros. Tres jóvenes, uno de los cuales era de manera evidente el líder de la manada, se separaron del resto y se dirigieron hacia las mujeres. El líder les dio un manotazo para que dejaran caer las bolsas de la compra y él y sus compañeros invitaron a las mujeres a bailar mientras realizaban reverencias exageradas y gestos falsos de caballerosidad. Cuando las mujeres protestaron y dejaron a las claras que no estaban interesadas y que preferían continuar con su trayecto, les contestaron con más gestos, en esta ocasión obscenos. El aire se llenó de carcajadas estridentes e irrespetuosas mientras los idiotas se maravillaban ante su propio ingenio.

Tras abandonar su intento de bailar con las mujeres, el grupo de tarados prosiguió su avance. Hacia nosotros. Nathan dio gritos para que todo el mundo siguiera con el partido e intentara no prestarles la menor atención. Supongo que todos esperábamos que o bien nos dejaran tranquilos, o que interrumpieran el partido de manera momentánea, hasta darse cuenta de que aquellos niños no les iban a ofrecer ninguna diversión de verdad. No sería nada del otro mundo.

Ya habíamos vivido ese tipo de situaciones muchas veces antes, aunque por lo general no había tantos agresores en potencia. Tan solo uno o dos camorristas. Todo acabaría en un par de minutos. El mundo seguiría girando. Podríamos continuar con el partido.

No pudo ser. A medida que se acercaba, quedó claro que el grupo no tenía la menor intención de seguir el lateral del campo educada o tranquilamente. No pensaban rodearlo en absoluto. El líder no tardó en identificarse como Adolf. Tenía que llamarse Adolf. Su cara me resultó familiar. Le había visto antes por el barrio. Más tarde nos enteramos de que se apellidaba Kazimierczak. Llevaba un mandil de cuero repleto de ranuras, solapas y bolsillos. Al parecer, Adolf era carpintero o trabajaba en una carpintería o algo parecido. El motivo por el que llevaba puesta la ropa de trabajo en domingo nunca lo sabré. Quizá había tenido que ir a trabajar esa mañana y se había encontrado con sus amigos después para tomar un trago... un montón de tragos.

Adolf se plantó en medio del campo de juego, con los brazos en jarra, fulminándonos con la mirada, y anunció que el partido se había acabado. En ese mismo instante. No tardó en ponerse de manifiesto que lo que le había sacado de sus casillas era la visión de unos chavales que obviamente eran judíos jugando al fútbol con unos chicos que parecían recién salidos del techo de la Capilla Sixtina. El espectáculo de armonía religiosa que se estaba practicando delante de sus ojos desorbitados por el vodka tenía que acabar. Si hubiera sabido que algunos de los chicos que no parecían judíos eran de etnia germana en vez de polacos quizá le habría dado un infarto. No tuvimos esa suerte.

—Menuda mierda, joder. ¿Qué coño estáis haciendo vosotros, los católicos, jugando al fútbol, o a lo que sea, con estos sucios judíos? Id a confesaros y rezad porque el cura os perdone.

Al principio, los chicos intentaron ignorar el flujo de vituperios que les llegaba, no solo por parte de Adolf, sino también del resto de la pandilla, que se le habían unido con obscenidades similares mientras algunos se separaban del grupo con la intención de soltarle una patada a alguno de los jugadores. Sin éxito.

En aquel estado de ebriedad no resultaba demasiado difícil evitar que te pillaran, y eso no hizo más que aumentar su enojo. Aun así, varios de los jugadores se limitaron a largarse, abandonando el partido por completo para encaminarse hacia la seguridad de sus hogares. Otros se alejaron hasta interponer una distancia cómoda desde la que observar el desarrollo del drama. Y vaya si el drama se iba a desarrollar.

Uno de los grupos incluía a Srulek, Nathan, los hermanos Karbowksi, un par de chicos más y a mí. No es que nos hubiéramos mantenido firmes, pero sabíamos que aquellos borrachines no podrían pillarnos y pensamos en reírnos un poco a su costa. Y luego estuvo la pequeña cuestión de la pelota. Los patanes no habían logrado atrapar a nadie, así que decidieron coger el balón, que estaba en una especie de tierra de nadie. Mietek avanzó un poco e intentó chutarlo para que no llegaran a él, pero no lo alejó demasiado. Fue a chutarlo de nuevo. Más tarde, Mietek insistió en que no le dio bien, y de no ser por el tic en su ojo mientras lo decía quizá le hubiera creído. En cualquier caso, Mietek estrelló la pelota desde cerca contra las partes bajas de Adolf, que cayó al suelo sujetándoselas y gritando de dolor.

Mientras Adolf se retorcía en el suelo y soltaba una ristra de obscenidades y amenazas terribles, Mietek avanzó hacia él con la intención de recuperar la pelota, pero un par de los compinches de Adolf echaron a correr hacia él, así que retrocedió. La pareja cogió el balón y comenzó a desgarrarlo entre carcajadas demoníacas. Aquello comenzaba a ser una pequeña locura.

Lo que quedaba de nuestra pelota de tela acabó en posesión de Adolf. Mientras este se esforzaba por ponerse en pie, mostró los restos en alto y se rio de lo que definió como nuestro «rastrero pedazo de mierda».

Sacó de debajo del mandil un escoplo grande y lo clavó en el balón. Usándolo a medio camino entre la palanca y el cuchillo, comenzó a separar los últimos trozos de tela. No quedó más que una serie de tiras desgarradas con algo de la paja que habíamos puesto en el centro.

Llegado ese punto, todos teníamos ya claro que aquel día no habría más fútbol. El partido estaba destrozado. Su espíritu estaba destrozado. La pelota estaba destrozada. Fuera de nuestro alcance y de cualquier intento de reparación.

Nathan, Cesek, Srulequito y yo estábamos plantados algo más atrás, observando con detenimiento a Mietek, que se había puesto en guardia delante de Adolf. Se trataba de un desafío, no es que se estuviera preparando para pelear. Mietek no se acercó demasiado, pero no tardó en hacernos saber que podía olerle desde aquella distancia.

—Dios santo, apestas como una destilería.

Aquello no ayudó demasiado a mejorar el ánimo y la conducta de Adolf. Mietek, que contaba catorce años, era varios centímetros más bajo que Adolf y, según averiguamos después, tres años menor. Supongo que Mietek calculó que su mayor agilidad y el hecho de que no estaba borracho le permitirían mantenerse alejado de las garras de aquel memo ebrio. Seguía sin haber ninguna señal de que Mietek pensara echarse encima de Adolf pero, a la vez, pese a nuestras súplicas para que se alejara, era evidente que estaba furioso ante aquel abuso y destrucción escandalosos, por no mencionar el abominable fanatismo del grupo. Mietek tenía la espina clavada y no había manera de convencerle para que abandonara la zona de peligro.

—¿Te consideras cristiano? ¿Te consideras católico? Tú no perteneces a ningún tipo de cristianismo que yo conozca. Eres tan malo como Hitler y sus matones. Vete de vuelta al cuchitril del que hayas salido y déjanos tranquilos. No soy yo el que debería ir a confesarse. ¡Eres tú!

Adolf le lanzó un puñetazo, y Mietek lo esquivó. Adolf perdió el equilibrio y, con un sonido de tela rasgada, cayó de morros mientras de algún modo el mandil le cubría la cabeza y el torso. Durante un breve instante, lo único que pudimos ver todos los presentes fue un par de piernas que se agitaban y un brazo que esgrimía un escoplo.

Todo el mundo se rio, incluyendo a los amigos de Adolf. Este se puso en pie con un odio ardiente aún más feroz en la mirada. A esas alturas, tras percibir que el peligro se encontraba demasiado cerca y que era demasiado grande para su comodidad, Mietek ya había salido disparado. Había que evitar ese escoplo como fuera. Todos soltamos un suspiro de alivio mientras veíamos a Mietek abandonar el escenario de la humillación de Adolf y de nuestro partido arruinado.

Los jugadores que quedaban se desperdigaron y los borrachos se quedaron bailando espasmódicamente en medio del campo, disfrutando de aquella sencilla victoria como los imbéciles que eran. Pero, mientras los primeros desaparecían en todas las direcciones posibles, Adolf llamó a Mietek y le advirtió que iba a pagar por haberle estropeado la ropa y por haber intentado hacer que quedara como un idiota. Sus palabras de despedida fueron:

—Sé quién eres y dónde vives. Si hasta vives entre judíos, joder. Volveremos a vernos.

Durante el camino de regreso a Zagajnikowa no dimos importancia a las amenazas de Adolf. Era el alcohol quien había hablado por él. Supongo que asumimos que, cuando tanto a él como a sus colegas se les pasara la cogorza, no volveríamos a saber de ellos. En eso nos equivocamos por completo.

La desgracia llegó dos días después. La madre de Mietek le mandó a hacer un recado. Eran las 9.30 de la mañana. Adolf le estaba esperando fuera, en la calle. Estaba solo y concentrado. Meditando. Era demasiado ignorante para conocer la frase que dice que la venganza es un plato que se ha de servir frío, pero se trataba de eso. No hubo ninguna duda al respecto. Las personas que estaban en la calle en ese momento contaron después que, nada más salir Mietek de la casa, Adolf se impulsó contra la pared de la vivienda del lado opuesto de la calle en la que había estado apoyado y, regresando a la vida, le gritó algo sobre que pasara el rato con «los sucios judíos». Yo estaba en el piso de arriba y oí el jaleo, así que decidí bajar a ver qué pasaba. Por ese motivo no vi el momento en que se produjo el golpe, pero escuché el grito mientras me acercaba a la puerta del edificio.

Al salir a la calle vi a Mietek tirado en el suelo. La sangre le salía a chorros de una herida en el cuello o en el pecho, era difícil identificar su origen. Mientras miraba, paralizado, horrorizado e incrédulo, la fuerza del chorro comenzó a disminuir de manera visible. Nunca había visto un cadáver, pero segundos más tarde fui consciente de que estaba observando un cuerpo que estaba a punto de serlo, si es que no lo era ya. Y se trataba de un amigo. De un compañero de fútbol y vecino, el hermano mayor de mi mejor amigo. En ese momento no lo sabía, pero estaba destinado a participar pocos años después en una escena similar, solo que iba a ser yo quien esgrimiera el instrumento mortal e hiciera que la vida de una persona se escurriera de esa manera.

Mietek no tardó en quedarse inerte. Un charco de líquido espeso y rojo se había juntado bajo su cuerpo y alrededor del mismo. Una mujer del barrio que pasaba por allí gritaba, señalaba y lloraba:

—El chico no ha hecho nada. Nada más salir de la casa ese hombre se le ha acercado y lo ha apuñalado. Ay, Señor, bendícenos y sálvanos.

Si señalaba era para dirigir nuestra atención hacia el final de la calle, donde vi a dos hombres vestidos de uniforme que sujetaban a alguien contra el suelo. Resultó que los soldados pasaban en ese momento en moto y también lo habían visto todo, de modo que habían aparcado el vehículo para ir detrás del agresor.

Cuando vi que los soldados arrastraban a alguien hacia nosotros y comencé a comprender lo que había ocurrido, mis ojos se llenaron de lágrimas de rabia y de miedo. Era Adolf. Supe de inmediato lo que había sucedido. Recordé las palabras con las que se había despedido Adolf. No bromeaba, y sus amenazas no habían sido vanas. Había asesinado a Mietek. Se había tratado de un asesinato premeditado, al menos por lo que a mí se refería. Al final, los juzgados polacos lo iban a ver de una manera diferente.

Sin pensar, corrí hacia Adolf gritándole todas las obscenidades que mis jóvenes oídos habían absorbido y memorizado. Al llegar a él le pateé y golpeé tanto como pude, hasta que alguien me cogió por detrás y tiró de mí para apartarme.

En el mismo lugar donde unos instantes antes estaba mi amigo, aquella estrella del fútbol que te esquivaba y pasaba a tu lado dibujando un zigzag y que se reía y gastaba bromas, ahora había un revoltijo sanguinolento. Fue un milagro que no se llevaran a Adolf a rastras para lincharlo. De no haber sido por los soldados que lo retenían, y que habían pasado a defenderlo, quizá habría sido así, y no cabe duda de que se habría tratado de un linchamiento intercomunitario. Todos los que habían bajado a la calle estaban conmocionados, mudos de la rabia. Judíos y cristianos.

Había habido peleas y violencia antes. No era nada nuevo. Pero aquello... Yo nunca había visto nada parecido. Algo nauseabundo, maligno y completamente ajeno a nosotros se había abierto paso hacia el interior de nuestras vidas.

Una de las mujeres que vivía al otro lado de la calle salió con un cubo de agua. Quizá pensó que Mietek simplemente había quedado inconsciente por un golpe. Gritó su nombre y le tiró el agua por encima. Obviamente, no surtió ningún efecto, aparte del de diluir el charco de sangre y extenderlo por la acera y por la calle.

Entonces llegó la madre de Mietek. Por la expresión desconcertada de su rostro en el momento en que atravesó la puerta de la casa, quedó claro que no tenía ni idea de lo que había sucedido ni a qué se debía aquel jaleo. La seguían de cerca Cesek y mi madre. Los lamentos y el dolor que a continuación se apoderaron, abrumadores, de la señora Karbowski y de mi madre me partieron el corazón. Los padres nunca deberían tener que enterrar a sus hijos, y sin duda jamás deberían tener que ver su cuerpo sin vida, ensangrentado, recién asesinado, yaciendo sobre la acera de la calle en la que viven.

Estaba claro que la mujer del cubo de agua aún no se había enterado de lo sucedido, pues apareció con otro cubo y comenzó a acercarse a Mietek con la intención de volver a tirárselo por encima. Todos nos pusimos a gritarle que dejara estar lo del agua. No necesitábamos agua; necesitábamos un milagro.

La mujer del cubo se sumó a aquella sensación de caos surrealista. Cuando se percató de lo que había ocurrido en realidad, dejó el cubo en el suelo, entró en su casa y regresó con un rosario en la mano. Se arrodilló sobre la acera, hizo el signo de la cruz y comenzó a rezar por el alma de Mietek, y para que Jesús ofreciera alivio y consuelo a su desconsolada familia.

Antes de que acabara el día, ya estaban culpando del incidente a los judíos. Los muchachos judíos habían provocado a Adolf, un buen patriota polaco, y Mietek había tenido la mala suerte de meterse de por medio. Por supuesto, Adolf no había intentado matar ni herir a nadie. Se vio provocado por el sentimiento anticatólico que expresaban los judíos, los asesinos de Cristo, que vivían en aquella casa cuya dueña también era judía. Adolf perdió la cabeza momentáneamente y agitó su escoplo de carpintero en defensa de Jesús, del papa y de todos los santos del cielo. Fue un accidente. Un trágico accidente que jamás habría sucedido si los malditos judíos no se hubieran involucrado.

De no ser por los dos soldados polacos que pasaban por allí y fueron testigos de todo el asunto, estoy seguro de que habría aparecido alguien jurando que Mietek se había abalanzado sobre el escoplo al no mirar por dónde iba. O peor, que lo había matado yo, o si no algún otro desafortunado judío que hubiera pasado caminando por allí o que estuviera en el barrio en ese momento. Cualquier judío serviría.

Los periódicos de Lodz ofrecieron diversas versiones del incidente, pero ninguno de ellos contó toda la verdad. Retratar la muerte del católico Mietek como resultado del antisemitismo, o relacionarla de algún modo con este, habría representado una dosis demasiado potente de honestidad. Ni siquiera los medios judíos le dieron demasiada importancia. En cuanto a mí, nada de lo que dijeran los periódicos podía importarme. Sabía lo que había visto con mis propios ojos en el campo de fútbol y sobre la acera. Había oído lo que dijeron los soldados mientras arrastraban a Adolf de vuelta a la escena del crimen que había cometido. Había oído el testimonio de primera mano de la mujer que lo había visto todo. Mietek estaba muerto. Nada iba a devolvérnoslo. Un fanático acérrimo antisemita lo había asesinado.

Las familias Herszman y Lewkowicz abandonaron en masa la ciudad durante cuatro días, hasta que las cosas se calmaron y nuevos detalles sobre lo que en realidad había sucedido aquel día comenzaron a filtrarse poco a poco por el barrio y el resto de la urbe.

Nos quedamos en la casa de veraneo y fines de semana de Szjandla Lewkowicz, la abuela de Heniek y Yehuda. La palabra rusa para ese tipo de domicilio era *dacha*, y todavía era de uso corriente en Polonia. Su *dacha* estaba a unos quince kilómetros de Lodz y se encontraba en las profundidades de un bosque, con un montón de pinos y de lagos. Yo había estado allí alguna vez, pero Heniek y Yehuda eran habituales del lugar y conocían bastante bien la configuración del terreno. El recuerdo de aquellos escasos días en la casa quedó grabado en mi memoria. Cada rumor que producían las hojas durante la noche podía anunciar la llegada de una muchedumbre sedienta de sangre o de sus representantes, y con ello me refiero a la policía polaca. Nunca vinieron, pero la convicción de que podrían aparecer dijo mucho acerca de la escasa fe que tantos judíos tenían por entonces en el Estado polaco y algunas de sus instituciones.

Adolf acabó yendo a juicio, y fue declarado culpable de homicidio culposo. En otras jurisdicciones, eso se conoce como homicidio involuntario. De algún modo, el juez aceptó que no había pretendido asesinar a Mietek. Fue difícil de creer. Cuando alguien saca un escoplo y lo agita delante del pecho de otra persona, y en efecto se lo clava, ¿cómo es posible que sus acciones sean vistas bajo una luz tan generosa? Adolf fue condenado a tres irrisorios años de cárcel. Mietek era católico, no judío, pero vivía entre judíos y tenía amigos judíos. Los judíos de Lodz eran conscientes de que, si un católico hubiera sido asesinado por uno de los suyos en circunstancias similares, las cosas habrían acabado siendo muy diferentes.

IV

De pequeño, aparte de las cuestiones familiares propias del día a día, mi vida parecía orbitar en torno al fútbol, a la escuela y a no meterme en problemas en la calle. La muerte de Mietek me sirvió como recordatorio de la manera en que podían acabar las cosas.

Puedo afirmar con sinceridad que, en aquella época, nunca inicié ni empleé ningún tipo de violencia, gratuita o vengativa, contra nadie, en particular porque, siendo tan pequeño y delgaducho, sabía que lo más probable era que acabara recibiendo yo. Atormentar a los niños más pequeños tampoco tenía sentido, no fuera que tuvieran un hermano mayor, un padre o un tío que luego viniera a por mí. En esencia, yo era una persona pacífica en virtud de mi poderoso instinto de conservación. Pero quizá la palabra «virtud» no sea la más adecuada. Es posible que «no violento a fuerza de cobardía» sea más acertado.

Desde muy pronto me di cuenta de que, aunque los problemas podían presentarse en todo tipo de formas, tamaños y colores, en el fondo solo los había de tres clases. La primera, aquella que solía resultarme más familiar, era la clase que uno se busca por sí solo. Por ejemplo, cuando el hijo de la señora Jawinski me pillaba robando en el huerto de su madre, tal y como había sucedido algunas veces, yo recibía una paliza. Nunca tuve la sensación de que a la señora Jawinski le hiciera gracia que me pegaran. Simplemente no se oponía a ello de manera activa. Siempre que nos encontrábamos en la calle, la señora Jawinski me sonreía o me saludaba con gestos claros de afecto. Ser un niño de aspecto angelical, con el cabello rubio y los ojos azules, tenía muchas ventajas. Ella sabía que yo era judío, pero nunca mostró una sola señal de que le importara. No, que yo fuera angelical parecía resultar suficiente para ella. Luego estaban los autobuses y los tranvías que daban vueltas por la ciudad. Buscar la manera de colgarse de ellos desde fuera para ir de paseo podía llevar a que tu trasero acabara enrojecido por culpa de la parte más afilada de la bota de un policía, o con los morados resultantes de una colisión imprevista con la tierra firme o una farola. Nathan era todo un campeón mundial en ese tipo de gorroneo con el transporte público.

El caso es que la clase de problemas derivada de una visita al huerto se podía evitar con facilidad no visitando ese huerto. Eso presentaba la lamentable consecuencia de que acabaría comiendo menos manzanas, peras y ciruelas, pero no se puede tener todo. Y lo mismo con los autobuses y los tranvías. Podíamos ir caminando. Solo que tardábamos más.

Luego estaban las dos clases de problemas sobre los que uno tenía un control limitado o nulo. A uno de ellos podríamos llamarlo mala suerte, casualidad o descuido. El lugar erróneo en el momento equivocado; por ejemplo, cuando te adentrabas tú solo en un barrio desconocido y te pillaba una pandilla de matones callejeros con el propósito de pegarte, robarte o hacerte ambas cosas.

La tercera clase de problemas podía afectar hasta a los individuos más cautos, prudentes y despiertos; incluso a un anacoreta, como los estilitas sobre los que había leído. Tras la muerte de Marshal Pilsudski, en 1935, el antisemitismo entre los polacos se volvió más descarado, público y frecuente. Lo que dijeran los relativamente escasos líderes católicos y el número aún menor de líderes de la comunidad germana que lo criticaron no pareció tener ningún efecto. Para los antisemitas polacos y alemanes de Lodz fue mera cháchara.

Las actitudes y comportamientos antisemitas no fueron de ninguna manera propios de todos los alemanes y polacos. En ambas comunidades hubo muchísimas personas decentes, que se negaron a alterar sus costumbres, tan arraigadas, de cortesía y respeto y de aceptación de la diferencia.

Lo que sucedía en la puerta de al lado, en Alemania, donde el tipo con el que compartía cumpleaños estaba al mando, parecía estar pasando de mal a peor a terrorífico. El número creciente de judíos que regresaban a Lodz procedentes de Alemania daba testimonio de ello. Muchos llevaban décadas viviendo y trabajando allí. Algunos incluso se trajeron a sus esposas alemanas, judías o no. Contaban historias de judíos a los que maltrataban y asaltaban constantemente por la calle, y a los que incluso asesinaban. Los negocios judíos eran objeto de boicot, cuando no los destrozaban. Las universidades despedían a profesores eruditos. Se les negaba el acceso a un trabajo y mucho más. Todo esto fue encontrando ecos cada vez más sonoros en las calles de Lodz.

Tras el *Anschluss* con Austria, en marzo de 1938, y en especial después de la *Kristallnacht* alemana de noviembre de 1938, todo subió un peldaño. Un discurso en Berlín provocó la violencia en Piotrkowska, nuestra calle principal. Los alemanes de Lodz comenzaron a pavonearse con mayor osadía, lo cual enfureció a los polacos casi tanto como a los judíos. Los comentarios de Hitler sobre los eslavos en general y los polacos en particular habían conducido a que estos últimos no sintieran demasiado aprecio por sus vecinos. Para nuestra satisfacción, la mayoría de los alemanes habituales de nuestros partidos siguieron jugando con nosotros hasta el inicio mismo de la guerra, aunque no dejamos de reparar en que uno o dos de ellos habían comenzado a marcar las distancias. Eso era imperdonable. El resto del equipo coincidía por completo en ello.

Los acontecimientos que se estaban desarrollando en Alemania bajo el liderazgo de Hitler, cada vez más preocupantes, me llevaron a odiar aún más el hecho de que compartiéramos cumpleaños.

Años más tarde, al volver la vista atrás me sonreía pensando en los extremos a los que fui capaz de llegar para abordar algo que quizá debería haber ignorado o considerado una molestia menor sin mayores consecuencias. No obstante, de niño, lo último que uno desea, desde luego lo último que yo deseaba, es destacar, ser diferente, al menos de una manera que lleve a los demás a burlarse de ti o a convertirte en objeto de su desprecio o compasión. Ya era bastante malo que mi aspecto fuera tan diferente al de la mayor parte de mi comunidad. La tontería del cumpleaños hizo que me sintiera peor.

Muchos de los amigos judíos que conocían la conexión del 20 de abril no se resistían a llamarme Yoisel, el Nazi. El Rubio de Berlín y Adolf se encontraban también entre sus opciones favoritas. *Heil* Chaim disponía de una cierta cualidad rítmica que funcionaba extremadamente bien con los chicos alemanes. Incluso después de decirlo por centésima vez se reían a carcajadas. En polaco, la cadencia tampoco estaba mal, pero daba igual porque todo el mundo entendía la parte del «*Heil*» y comenzaban a partirse de la risa, sobre todo cuando el insulto venía acompañado del saludo nazi con el brazo rígido.

Obviamente, no podía hacer nada para esconder, suprimir o alterar la verdad sobre mi cumpleaños ante la gente de la escuela, mi familia y amplias partes del barrio, que ya estaban al tanto de aquella cruel intersección entre el hecho biológico y la circunstancia cronológica. Tendría que aprender a vivir con sus dardos y sus flechas. Sabía que era la combinación del cumpleaños, mi aspecto y mi religión lo que me convertía en un regalo para cualquier listillo, pero estaba decidido a no permitir que se extendiera más allá de los confines propios de aquel momento.

Hice algunos cálculos. En Polonia había unos tres millones de judíos. Más que en Nueva York, así que se trataba de la mayor concentración mundial de judíos. Suponiendo que los cumpleaños judíos estuvieran distribuidos aleatoriamente a lo largo de los 365 días del año, eso significaba que debía de haber en Polonia más de 8.000 judíos que sufrían la misma maldición que yo. Puesto que Lodz contaba con una población de unos 200.000 judíos, lo más probable era que hubiera unos 550 en mi propia ciudad que podrían haber formado o integrado el «Club de los judíos polacos que compartían cumpleaños con Hitler». Me pregunté qué aspecto tendría el carnet de socio. ¿Un pastel con velas y una esvástica por un lado, la estrella de David por el otro, y la bandera polaca sobreimpresionada pero claramente visible? Eso ofendería a casi todo el mundo. Por supuesto, me gustó la idea.

Pero ¿cómo era posible que yo no conociera ni hubiera oído hablar siquiera de alguno de los miembros en potencia de aquella hermandad recóndita? ¿Y si el resto de judíos del 20 de abril había emigrado para evitarse aquella vergüenza y bochorno? ¿Habían optado por engañarse a sí mismos desde una profunda negación? ¿Había en algún lugar un rabino generoso que hubiera encontrado en los libros sagrados algo que dijera que en circunstancias extremas estaba permitido adoptar una nueva fecha de nacimiento?

¿Era yo el último o el único judío de Polonia que pensaba de aquella manera? ¿Por qué no existía algo parecido a un grupo de apoyo para judíos con fechas de cumpleaños desafortunadas? Quizá no hubiera tantos días tan malditos como yo percibía el 20 de abril.

La idea brillante que se me acabó ocurriendo no fue del todo original. Iba a mentir. Me inventaría una nueva historia. Creíble pero falsa.

Quede claro que, mientras permanecí en Lodz, no conocí a demasiadas personas en circunstancias en las que la fecha de mi nacimiento pudiera aparecer de manera natural en nuestra conversación, pero sí hubo una o dos, así que fui capaz de practicar mi historia y pulirla.

Tras una pequeña investigación, descubrí que el poeta más famoso en lengua polaca, Adam Mickiewicz, nació un 24 de diciembre. El día de Nochebuena. En adelante, si el tema de mi cumpleaños volvía a surgir con gente o instituciones que no me conocieran, esa sería la fecha que les daría. Nunca surgió, pero en cualquier caso yo estaba preparado. Escoger el día de Navidad mismo habría llevado con toda probabilidad a que, pensando que me estaba pasando de listo o siendo sarcástico, me preguntaran al respecto o lo pusieran en duda. Era un poco como decirle que habías nacido el 20 de abril a un nazi. Por otro lado, el día de Nochebuena era bastante fácil de recordar. De manera un tanto cómica, aquella broma privada también me brindaba cierta proximidad respecto a mi tocayo, el Yoisel real y original.

También había observado que la Navidad parecía ser de enorme importancia para las dos terceras partes de cristianos que componían la ciudad de Lodz. La mayoría de ellos parecían sentirse felices y generosos, sobre todo si se habían tomado una copa o tres. Incluso desarrollé historias explicando, por ejemplo, que cumplir años tan cerca de Navidad era una desgracia porque todo el mundo me daba un solo regalo en vez de dos. Algunos experimentos previos con la mentira me habían enseñado que hay que alinear mentiras menores colaterales o de apoyo para que la mentira titular no sea objeto de discusión y permanezca sin examinar.

Luego estaba la pequeña cuestión de mi nombre. Si alguien se hubiera tomado la molestia de elaborar un listado de los nombres más inequívocamente judíos, me juego algo a que el de Chaim Herszman estaría allí, en la parte alta. Herszman podría haber sido un apellido alemán. Había alemanes no judíos que se apellidaban Hirschmann, así que, hablado, el apellido Herszman no te indicaba de manera automática ni fiable nada acerca de las creencias religiosas de su dueño ni sobre el estado de su pene, suponiendo que esa persona dispusiera del mismo. No obstante, a la que le pegabas el Chaim por delante, era como agitar un estandarte con una menorá de seis metros en el medio.

A veces, a medida que fui creciendo, durante las vacaciones escolares, cuando no salía a ayudar a papá con el carro ni me iba a jugar al fútbol, intentaba encontrar un trabajo eventual en un comercio o en un puesto del mercado, barriendo o cargando cajas. Me pagaban con algunas monedas o con algo para comer o que me pudiera llevar a casa, quizá una col para la cena. Aquel era un gran premio que me proporcionaba muchos puntos con mis padres, pero también miradas desdeñosas y pullas por parte de mis hermanos. Nathan y yo desarrollamos una pequeña rivalidad amistosa a la hora de proveer comida para la mesa familiar, pero siempre lo hicimos con buen talante, y tanto mamá como papá parecían satisfechos ante nuestro ingenio e independencia.

Con los puesteros judíos del mercado, era evidente que mi nombre nunca iba a representar un problema. Pero, cuando no me conocían, me echaban un vistazo, se figuraban que era *goy* y me decían que me largara. Con frecuencia no se mostraban tan educados, sobre todo cuando lo decían en yidis, pensando que yo no les entendería.

Podía ser que lo dejara estar y siguiera buscando, pero, cuando no había dónde escoger, les contestaba en yidis. Eso solía provocar una de dos respuestas. O bien se enfadaban e intentaban soltarme una patada, presumiblemente por incredulidad o por sentirse mortificados, o atravesaban un proceso que comenzaba por la sorpresa y continuaba con la vergüenza o la curiosidad. A veces acababan dándome algún trabajo a modo de disculpa, y a veces no. Mi madre afirmaba que yo tenía una sonrisa irresistible.

Con los comerciantes o puesteros polacos o alemanes, las cosas solían ser más directas. Cuando les hablaba en su propio idioma, parecían asumir con naturalidad que yo era uno de ellos. Pero, en caso de que surgiera la cuestión de mi nombre, no tardé en aprender que contestar Chaim Herszman llevaba a menudo, aunque no siempre, a que las cosas tomaran un giro poco útil de inmediato. El empleo podía acabarse de manera abrupta y sin cobrar. Aquello me hizo pensar. Tras el salto del falso cumpleaños, un nombre falso parecía el siguiente paso lógico.

Tenía claro que necesitaría un nombre que sonara neutral, que no sugiriera nada que pudiera llevar a alguien a sentirse ansioso de manera automática, en un sentido o en el otro. Obviamente, como con mi cumpleaños, no iba a funcionar con la familia, en la escuela o allí donde ya me conocieran.

En ese sentido no podía hacer nada. Pero yo pensaba sobre todo en aquel mundo más amplio que venía hacia mí, no solo en los puesteros del mercado y de las calles de Lodz.

Compartí mis ideas con Cesek. Este pensó que elegir el día de Nochebuena como fecha de nacimiento había sido un tanto innecesario, pero en la cuestión de mi nombre estuvimos de acuerdo. Cesek tenía un interés material en ello, ya que, cuando iba en busca de un trabajo temporal, a veces me acompañaba. Diversos trabajos resultaban más sencillos de hacer entre dos pares de manos. Por ello, cuando algo me iba mal, indefectiblemente a él le acababa yendo mal también. Cuando me despedían porque había un Chaim en la casa, los dos nos quedábamos sin cobrar o recibíamos una patada en el trasero, o ambas cosas a la vez, y en el caso de Cesek aquello llegaba acompañado de una advertencia para que no se relacionara con los judíos.

Decidimos que yo sería el primo de Cesek. En caso de que me preguntaran, diría que estaba de visita en Lodz, pero que normalmente vivía en una granja a las afueras de Zakopane, la parte más alejada y remota de Polonia de la que supiéramos algo. Comprobarlo representaría todo un engorro en relación con los delitos menores y relativamente triviales a los que podíamos enfrentarnos. Cesek había estado allí hacía poco, visitando a unos parientes. Me contó lo que recordaba del lugar. Los dos estábamos seguros de que podría sortear cualquier pregunta superficial sobre Zakopane y sus alrededores.

Así nació Henryk Karbowski, siendo Henryk lo más cercano a Chaim que se me ocurrió en ese momento.

Por supuesto, era improbable que alguien en Lodz se preocupara por pedir que hicieran una comprobación allá abajo, en Zakopane. Si surgía algo, había unos Karbowski en

Lodz con los que podrían hablar. Los padres de Cesek. Eso debía de bastar, así que solo necesitábamos cuadrarlo con ellos. Cesek y yo le explicamos todo el asunto a su madre. La señora Karbowski lo pilló de inmediato:

—Nunca se sabe cuándo podrá serte de utilidad.

Aquella premonición fue algo sobre lo que iba a reflexionar más de una vez en el futuro.

Así que ya tenía un nombre católico, un alias que no tardaría en convertirse en un *nom de guerre*. Lo cual me lleva a hablar de nuevo sobre fútbol. Para la mayor parte de los chicos católicos de nuestro barrio que contaban entre ocho y trece o catorce años y amaban el fútbol —es decir, casi todos ellos—, la acción se concentraba en los campos de juego durante los sábados. Estos se encontraban cerca de la iglesia y era posible que fueran de su propiedad. En cualquier caso, la iglesia gestionaba varios equipos. Algunos de ellos estaban muy organizados, clasificados por edad y habilidad. Jugaban contra equipos de otras partes de la ciudad y de los alrededores en ligas y competiciones bien definidas. La selección de los equipos para los partidos fuera de competición era un poco más casual. Dependía de quién se presentara. Un poco como con nuestros partidos. No obstante, la cuestión era que siempre se jugaba con balones de cuero de verdad.

Para Cesek y para mí, los balones de cuero, los campos planos con césped y las porterías con postes y redes tenían un gran atractivo. Estábamos decididos a jugar en el mismo equipo. Debe decirse que es posible que nos motivara tanto la sed de diabluras como nuestro amor por aquel hermoso juego. Robar un balón quedaba descartado por los motivos que he comentado antes. El desafío había pasado a consistir en conseguir que un judío y su mejor amigo entraran en uno de los equipos de fútbol dirigidos por la Iglesia católica.

¿Quién iba a imaginarse que un judío quisiera jugar a fútbol en sábado, y mucho menos como católico? Pues uno de los miembros de la Santísima Trinidad, claro. Un judío al que a menudo confundían con un *goy*, que amaba el fútbol con locura y que había probado las rosquillas católicas.

No tardó en abrirse un camino ante nosotros. Según Cesek, el padre Nawrat, el cura ligeramente miope que estaba a cargo de esas cosas, no necesitaba más que haberte visto de manera vaga o ser consciente de que habías estado cerca de la iglesia para que pudieras participar en uno de los partidos sin preguntarte nada; al menos, en uno de los partidos informales que organizaba. A veces también los arbitraba, lo cual, a raíz de sus problemas de vista, solía tener extrañas consecuencias. Cesek y yo coincidimos en que esos partidos sí se encontraban a nuestro alcance, al menos para comenzar. Y ya veríamos cómo iba. Quizá pudiéramos progresar un poco más. Probar y ver. De hecho, todo fue notablemente bien, al menos durante un corto período de tiempo.

El primer desafío consistió en grabar mi rostro en la memoria del cura. Acordamos que debía abrazar el catolicismo. Convertirme en monaguillo, en acólito, parecía el camino más evidente. No se nos ocurrió una manera mejor de acercarnos lo suficiente para que el clérigo nos viera y recordara.

Contaba con la experiencia de los villancicos navideños, que me habían proporcionado una noción de la naturaleza extraña del catolicismo. Disponía de un crucifijo y de la apariencia física. Lo único que necesitaba era dar algunos pasos más en dirección a Roma y tendríamos vía libre. La idea de que asistiera en una misa católica como monaguillo era una locura en muchos y muy diversos niveles, pero, cuanto más lo pensábamos y hablábamos de ello, más decididos y más seguros estábamos de que podríamos conseguirlo. Se lo conté a Nathan. Pienso que no se creyó que fuéramos en serio. Se rio, pero no intentó detenernos.

Por entonces, Cesek llevaba dos años siendo monaguillo, pero antes había tenido que tomar una especie de curso de entrenamiento. Entre semana había una lista de turnos. Él solía asistir en alguna misa matutina, a las seis o un poco más tarde. Por lo general eran dos los acólitos que ayudaban en aquellas misas de a diario, pero si uno no se presentaba el otro procedía solo. En cualquier caso, las misas de entre semana quedaron descartadas. Era demasiado difícil organizarlo para que yo me presentara como sustituto de última hora y compartiera turno con Cesek. El riesgo de que nos descubrieran era muy elevado, resultaba inaceptable.

Las misas mayores de los fines de semana, los domingos y las fiestas de precepto eran un poco diferentes. Sí, seguía habiendo un turno para los monaguillos principales, pero Cesek me contó que siempre había un grupo más amplio, y que la organización para vestirse y demás era un poco más descuidada, si no caótica.

Había un pequeño número de respuestas en latín que todos los monaguillos debían conocer. Cesek me aseguró que no costaba mucho aprendérselas y repetirlas. Le recordé que tenía un don para las lenguas. Lo único que tenía que hacer era memorizarlas y regurgitarlas cuando todo el mundo lo hiciera. Como parte de mi preparación, los dos domingos siguientes me colé en la parte trasera de la iglesia para familiarizarme con el montaje. No me pareció demasiado complicado, y me encantó el olor a incienso.

Cesek me explicó el proceso para subir al altar; es decir, para que el padre Nawrat reparara en mí. Era bastante directo. Ese día tan solo tenías que entrar en la sacristía por una puerta lateral de la iglesia, coger un sobrepelliz y una sotana con pinta de que fueran a quedarte bien y a continuación seguir al cura hasta el altar, donde el proceso comenzaría de manera más o menos inmediata. En una misa mayor, mientras hubiera suficientes sotanas y sobrepellices, y mientras la cola fuera hasta el altar de manera ordenada y no faltaran asientos, todo iría bien. No habría nadie con un palo tallado contando a la gente.

Una buena sincronización era capital. Para evitar tener que conversar con cualquiera de los demás monaguillos que habría en la sacristía, íbamos a retrasar nuestra entrada hasta un par de minutos antes del comienzo de la misa. A partir de ese momento nos dejaríamos llevar por la corriente. Igual que una bailarina del coro del Folies Bergère, podías perderte entre la multitud, esconderte a plena vista, solo que en la iglesia no hacía falta dar patadas acrobáticas. Solo tenía que mover los labios y recitar cuando todo el mundo lo hiciera.

Esperamos a saber que el padre Nawrat iba a oficiar una misa mayor él solo. El plan funcionó de perlas. Fue como una seda. Cesek y yo entramos en la sacristía bromeando y riéndonos, como si fuéramos los dueños del lugar. Cesek saludó a algunos conocidos mientras me ocultaba en parte con su cuerpo. Cogimos los ropajes y nos quedamos atrás, lejos de la multitud apiñada. Copié todos los movimientos de Cesek. Los demás monaguillos que me vieron a su lado creyeron que no debía ir a su escuela, sino a otra de la zona, y mi apariencia, el hecho de que estuviera con Cesek, aquel crucifijo visible de manera quizá demasiado ostentosa llevaron a que no hicieran preguntas. ¿A ellos qué les importaba? No tenían motivo para suponer o imaginar que había algún acto de perfidia en marcha.

De hecho, uno de los monaguillos me conocía y sabía que yo era judío, pero pareció quedarse completamente pasmado. Nos guiñamos un ojo el uno al otro. No dijo nada, y más tarde le hicimos partícipe de la broma. O eso pensamos.

Durante el servicio, cuando llegaron las respuestas a las oraciones, encantamientos o lo que fuera en latín, fui capaz de colaborar con el resto. Cesek había sido un buen maestro. Oía las primeras sílabas y era capaz de pronunciar el resto *con brio*.

Y así fue que, durante un período de varias semanas y en el nombre del fútbol, me familiaricé lo bastante con la liturgia católica en latín y sus rituales, además de con algunos himnos comunes y oraciones, como para aprobar el examen de seguidor de Jesús a la manera romana. Al final, por supuesto, me descubrieron. Pero tuve una buena racha. Durante cuatro semanas pude jugar al fútbol con una pelota de cuero de verdad y al lado de Cesek. Oh, dichoso. Misión cumplida.

Hubiera preferido que aquella fase de mi relación con Roma llegara a su fin de manera diferente, pero ahí quedó eso. Por sorpresa, un nuevo cura vino a dar misa uno de los días en que yo interpreté el papel de monaguillo. El padre Nawrat se había puesto enfermo de manera inesperada. Antes de emprender la procesión hacia el altar, el nuevo cura se dirigió a todos los chicos que hacían cola en la sacristía y les preguntó a qué escuelas iban. Yo vacilé, luego una cosa llevó a la otra, el chico que sabía la verdad se fue de la lengua y de inmediato se produjo un alboroto. A Cesek y a mí nos mandaron a casa.

Los dos lo pagamos caro. Obtuvimos el tipo de notoriedad transitoria que Nathan había predicho para nosotros en caso de que nos pillaran robando balones católicos. Todo el mundo en nuestras respectivas escuelas se enteró de lo que habíamos hecho. Nuestros amigos futboleros parecieron dividirse entre quienes opinaron que la correría había sido graciosa y quienes pensaron que estábamos locos, o que éramos unos malvados, o las dos cosas a la vez. El mundo de los adultos, en cambio, se mantuvo unido: todos se pusieron furiosos. A veces se quedaron sin palabras por la rabia y la incredulidad. Por lo general, las dos fueron de la mano.

Una procesión de tipos grandes, enojados y de mano fácil —maestros, rabinos y curas— visitó Zagajnikowa. Todos dijeron estar profundamente conmocionados, y es probable que con algunos de ellos fuera así. Mucho más tarde, cuando el escándalo ya se había apagado, uno de los visitantes enojados, un amante del fútbol que desempeñaba un puesto menor en nuestra sinagoga, me dedicó un asentimiento de cabeza y una sonrisa pícara. Eso me hizo sentir envalentonado, pero en aquel momento, inmediatamente después de que nos pillaran, los maestros, rabinos y curas que visitaron nuestra casa soltaron una avalancha de improperios contundentes.

Y así fue como aprendí que dos de las principales religiones del mundo coincidían en que el fútbol intercomunitario no llevaba a nada. Si no tenían ningún otro punto en común, en aquel al menos hubo unanimidad. Alabados fueran.

V

La estructura física de Zagajnikowa 15 se encontraba en mal estado y estaba deteriorándose con rapidez. El marco de la puerta de calle se desplazaba constantemente hacia un lado, dejando a su espalda la pared hasta entonces contigua. Cerrar la puerta, colocarla en su sitio y que permaneciera dentro de su arquitrabe torcido, requería de cierto grado de destreza. El viento retumbaba al pasar por varios huecos visibles y de tamaño cada vez mayor. En invierno rellenábamos aquellos agujeros con trapos y papeles para que no entraran la nieve ni las ráfagas heladas de viento. Cerrar con demasiada fuerza una ventana o alguna de las puertas interiores hacía que las paredes temblaran y que varios de los tablones de madera del suelo en pasillos, escaleras y rellanos se hundieran de manera alarmante. Contrariado, un exarrendatario que hasta hacía poco había estado pagando su alquiler denunció la propiedad ante el ayuntamiento. No era el primero que lo hacía. Los agentes de la autoridad local vinieron a visitar el edificio y le dieron a la Belcebuela una larga lista de cosas que debía arreglar, clasificándolas por lo que consideraron su grado de emergencia.

Según lo que nos dijo, la Belcebuela no tenía el dinero necesario ni para arreglar el primer elemento de la lista, y todo lo demás era ya una utopía. Al final, las autoridades municipales informaron a los residentes del edificio de que este ya no se podía considerar seguro ni habitable. Tuvimos que irnos todos, aunque nos permitieron continuar con el negocio del reciclaje. Pudimos seguir utilizando el patio trasero y los cobertizos de almacenaje que había en él.

A principios de 1939 nos mudamos a Baluty, la principal zona judía de Lodz. Me corrijo: la principal zona de judíos pobres de Lodz. Encontramos un apartamento en Wawelska, a pocos kilómetros de Zagajnikowa. La familia de Heniek y los Karbowksi se mudaron a lugares cercanos. La Santísima Trinidad continuó y mi amistad con Cesek se mantuvo, aunque no por mucho tiempo más.

A medida que pasaba el año, los comentarios sobre una posible guerra comenzaron a sonar cada vez más alto, de manera cada vez más insistente, asustándonos cada vez más. Estaban en boca de todos. Jóvenes y ancianos, judíos y gentiles, polacos y alemanes, aunque en el caso de estos últimos por lo general se daban desde una perspectiva un tanto diferente. Dicho lo cual, también fue quedando claro que no todos los miembros de la minoría alemana de Lodz eran simpatizantes de los nazis. Algunos se mostraron abierta y extremadamente hostiles a ellos: socialistas, comunistas, personas de profundas convicciones religiosas o aquellos a los que les satisfacía el estado actual de las cosas y que de manera decidida no sentían ninguna inclinación hacia el tipo de grandes trastornos y peligros que formaban parte integral de la guerra.

Apenas pasaba un día sin el rumor —algunos lo llamaban «noticia»— de que alguna familia judía rica se había marchado a algún sitio u otro, por lo general al extranjero, dejando atrás solo a sus criados para que vigilaran aquellos bienes de valor que no habían podido llevarse consigo o despachar. Yo no pensaba que tuviéramos tantos judíos ricos en Lodz, pero sin duda había algunos. Los judíos que quedaban atrás, la mayoría, se sintieron como si los estuvieran abandonando en un barco que se hundía mientras las ratas, bien alimentadas, huían. Sin embargo, en lo que a mi madre concernía, en lo más profundo de nuestros corazones nadie podía culpar a nadie por hacer lo que todos hubiéramos hecho en un santiamén, sin pensarlo dos veces. El impulso por proteger a parientes y amigos es poderoso. Aquellos que se iban, por las buenas o por las malas o porque tenían dinero, no eran ratas en absoluto; y, si lo eran, pertenecían a un tipo de ratas que todos aspirábamos a ser. Aquellos judíos no hicieron nada más que proteger a sus seres queridos, probablemente renunciando a sus raíces y a todo lo que les resultaba familiar y apreciaban, quizá empobreciéndose en el proceso. Pero ¿quién no habría hecho lo mismo si le hubieran dado un cuarto de esa oportunidad, y no digamos ya la mitad?

Nos enteramos del pacto entre Hitler y Stalin, conocido oficialmente como el pacto Molotov-Von Ribbentrop, el tratado de no agresión entre Alemania y la Unión Soviética, el 23 de agosto de 1939. Pocas semanas después iban a repartirse Polonia, una vez más. ¿Qué decía esa vieja frase de Karl Marx? ¿Que la historia se repite dos veces, primero como tragedia y después como farsa? Pues en el caso de Polonia se equivocó. Aquello no fue ninguna farsa.

El pacto selló el destino de Polonia. También selló el destino no solo de los judíos polacos, sino de los judíos de buena parte de Europa. La guerra era inevitable, y solo el más ciego de los optimistas ciegos, o de los idiotas que se engañaban a sí mismos, podía seguir creyendo que los alemanes no llegarían muy pronto a Polonia.

Esa misma noche, la red entera de la familia Blumowicz, incluyendo a sus optimistas ciegos y a los idiotas que se engañaban a sí mismos, regresó a Zagajnikowa, al piso de la Belcebuela. A medida que la charla avanzaba —y por charla me refiero a los gritos y las discusiones sobre lo que debíamos hacer en ese momento en que la llegada inminente de los alemanes estaba ya bastante garantizada—, resultó evidente que las diferentes ramas del clan se habían presentado allí con posiciones bastante bien elaboradas, que no podían haberse materializado justo aquel día.

Antes de que el debate arrancara por completo, todos los adultos dijeron lo mucho que lamentaban —oh, cómo lo lamentaban— no haber aceptado la invitación que Nachman Blumowicz les cursó en 1934 para que se mudaran a su kibutz en Palestina. Pero a lo hecho, pecho. Aquello era cosa del pasado y había que ocuparse del presente. Todos teníamos que centrarnos.

La Belcebuela, que tenía sesenta y nueve años y estaba cada vez más débil, dejó claro que no pensaba irse a ninguna parte apelando a su vejez y dolencias crecientes. En efecto, iba a morir un año y un día más tarde. Pero esa noche, en medio del fervor, declaró:

—Entiendo vuestra preocupación. Tenéis que pensar en vosotros y en vuestros hijos, pero los alemanes no se molestarán por una anciana soltera como yo. Y, de todos modos, ¿qué pasará con mis propiedades si no estoy aquí? El resto tenéis que tomar vuestras propias decisiones. Sin miedo. Ya encontraré a alguien que me ayude a recoger los alquileres. No os preocupéis por eso, ni os retraséis en hacer lo que creáis que más os conviene. Cuando os hayáis establecido en algún otro sitio y las cosas aquí se hayan calmado, si mis viejos huesos me lo permiten ya vendré a visitaros.

Desde un primer momento, la rama Levinson, dirigida con locuacidad por el tío Aron, aunque ni la tía Ruchia ni sus hijos mostraron la menor señal de disensión, nos aseguró que el pacto Hitler-Stalin no implicaba necesariamente que Alemania fuera a invadir Polonia. Ahí teníamos a un idiota que se engañaba a sí mismo. El tío Aron pensaba que Polonia y los polacos estaban siendo engañados por la propaganda alemana, diseñada para asegurarse de que el país se sometiera con rapidez y un número reducido o nulo de víctimas, al menos por su lado. ¡Mirad lo que pasó con Austria y los Sudetes! Ni un solo tiro. Claro, todos sabíamos que los alemanes tenían ambiciones expansionistas, dijo, pero «ya les daremos algún territorio. De todos modos, ¿a quién le importa Danzig? Llevamos siglos viviendo con los alemanes entre nosotros, ¿no es así? Nos acostumbraremos a tener algunos más a nuestro alrededor. Y sí, a los nazis no les gustan los judíos. ¿A quién le gustan los judíos, además de al resto de judíos? Y a veces ni siquiera. Esto pasará. Siempre pasa. Los judíos encontrarán la manera de adaptarse y sobrevivir».

El tío Aron también pensaba que, si Francia y Gran Bretaña dejaban a las claras que la invasión de territorio polaco significaría ir a la guerra, los alemanes entrarían en razón. Se retirarían y se moderarían un poco. Todo aquello era alta política y drama para obtener concesiones sobre el territorio, y se podría resolver a través de canales diplomáticos. Los alemanes sabían que no podían ganar una guerra contra los ejércitos occidentales, tan amplios y bien equipados. Si él, un contable de Lodz, lo sabía, Hitler también debía de saberlo.

—Es todo una gran partida política de faroles y dobles faroles —dijo.

Y suponiendo que nos invadieran... Era una tontería que nos alteráramos tanto e hiciéramos planes para esto y para aquello. Aron recordó a todo el mundo que la propaganda que se había emitido sobre los alemanes durante la anterior guerra mundial «había acabado siendo una sarta de chorradas». La Belcebuela asintió vigorosamente con la cabeza ante ese punto:

—En aquel momento, muchísimos judíos lucharon en el ejército alemán, y la mayoría de oficiales y soldados alemanes a los que la gente de Lodz conoció durante la ocupación de la ciudad actuaron de manera completamente decente y civilizada.

Todos teníamos que calmarnos. Aquel era el contenido de su mensaje.

«Son todo pamplinas», era el resumen de la postura del tío Aron. El idiota volvió a la carga. Pasara lo que pasase, los Levinson se quedaban ahí. No querían oír hablar, hablar y mucho menos tomar parte en aquel «ridículo sinsentido».

—¿Que debemos escondernos todos en alguna parte? No seáis pueriles. ¿Enfrentarnos a los alemanes? ¿Con qué? ¿Con planes de huida? ¡Es ridículo! ¿Y adónde iríamos? ¿Quién nos daría visados? Incluso los británicos y los americanos nos los han negado. Todo el mundo lo sabe. Pero digamos que de repente comienzan a caer visados del cielo. ¿Quién tiene el dinero necesario para marcharse a uno de esos lugares míticos? Si los judíos de Lodz somos ratas atrapadas dentro de una caja, tenemos que encontrar la manera de que la caja trabaje para nosotros.

Los Lewkowicz se mostraron igual de firmes, pero en otro sentido. Pensaban marcharse a Varsovia. Caminando, si hacía falta; de hecho, estaban bastante seguros de que sería la única manera de llegar hasta allí, a juzgar por la cantidad de gente que ya se había puesto en marcha. El tío Moishe estaba convencido de que nuestra orgullosa capital tendría una buena defensa, y de que, con la ayuda de las fuerzas aéreas británicas y francesas, podríamos resistir el tiempo necesario para que los aliados desembarcaran con sus tropas en la costa báltica y se unieran a las fuerzas polacas en una guerra terrestre que solo podría tener un resultado: la derrota de los alemanes, que llegaría con rapidez.

Por supuesto, el tío Moishe no quería ir a Varsovia para presentarse voluntario; simplemente pensaba que allí estaría más seguro. Más seguro que en Lodz, que tenía la mala fortuna de encontrarse mucho más cerca de Alemania. Si se equivocaba y Varsovia quedaba amenazada, en la capital habría más opciones para escapar, quizá hasta en dirección a países extranjeros que aceptarían a refugiados sin visado en caso de guerra. El tío Moishe estaba convencido de que los visados no jugarían ningún papel.

Yo nunca había visto a papá tan abatido y derrotado. Dijo que se alegraba de que los Lewkowicz pensaran que podrían llegar a Varsovia y, a continuación, si era necesario, salir de Polonia, pero que ellos disponían de más dinero que los Herszman y que no tenían niños pequeños de los que preocuparse. Por nuestro lado, Golda solo tenía dos años y Czypa era aún una niña frágil de siete. Ir caminando hasta Varsovia no era una opción para nosotros. Los Herszman nos quedábamos. No teníamos elección. El tío Moishe y la tía Liba-Sura nos aseguraron que encontrarían la manera de sacarnos a todos, incluso a los Levinson, cuando estos se dieran cuenta de lo idiotas que habían sido. No sé bien quién llegó a creerse que algo así podía suceder, pero todos parecimos agradecerles la voluntad.

Todos, hasta los Levinson, intervinieron a continuación para sugerirnos escondites en Lodz o en los pueblos de los alrededores. Los anotaron en una lista para ir a comprobarlos lo antes posible. Discutimos la posibilidad de construir refugios en el bosque, casas en lo alto de los árboles, quizá incluso de buscar una *dacha* abandonada, preferiblemente de algún ciudadano próspero de Lodz del que se supiera que ya se había marchado al extranjero. No salió nada de todo aquello. Las cosas se desarrollaron con mucha mayor rapidez de lo que ninguno de nosotros había creído posible. El tío Aron había hablado de ratas atrapadas en una caja, pero en realidad fuimos como conejos paralizados por los faros del coche, quietos y deslumbrados por el impulso aplastante de aquella adversidad que se acercaba, veloz y abrumadora.

El 26 de agosto, el concejo municipal de Lodz comenzó al fin a considerar lo que se debía hacer para evitar o minimizar los daños a la ciudad y sus habitantes en caso de que se declarara la guerra. De repente, todo nos pareció intensa, urgentemente inminente. El alcalde Kwapinski solicitó voluntarios que se dirigieran a las comisarías de policía y se apuntaran para ayudar a construir defensas de diferentes tipos. Se dijo que más de 50.000 personas respondieron a su llamamiento. No estaba mal para una ciudad de 600.000 habitantes, con una sustancial minoría alemana.

Judíos devotos y asimilados se pusieron a trabajar codo con codo junto a sus vecinos polacos y el pequeño número de alemanes que fueron lo bastante valientes como para dar un paso al frente. Nathan, Chana —mi hermana mayor—, Srulek y yo acompañamos a nuestro padre varias veces. Vi a Heniek y a los Lewkowicz, incluso los Levinson estaban allí, poniendo su granito de arena. Fue heroico, pero también resultó patético. Cavamos zanjas y preparamos barricadas y cañoneras, pero más como un acto de rebeldía, o quizá como una especie de oración pagana en lo que resultó ser un intento fallido por apaciguar a los dioses de la guerra. Aquel exiguo esfuerzo no duró demasiado. Menos de una semana. Los comandantes del ejército polaco acabaron por pedirle al ayuntamiento y a la policía que interrumpieran la actividad de los voluntarios porque los civiles les estorbaban. En vez de salir a cavar, la Santísima Trinidad fue a observar a un ejército que se preparaba para la batalla. No era algo que se viera cada día.

El 1 de septiembre, el ejército alemán cruzó la frontera polaca a través de diversos puntos. Dos días después, Gran Bretaña y Francia le declararon la guerra. Había comenzado la Segunda Guerra Mundial. Como suele decirse, el resto es historia. No obstante, aquel pedazo de historia en particular, mi pedazo de historia, aún no estaba escrito.

Lo que había comenzado como un goteo y más tarde había sido una corriente, se convirtió entonces en una inundación inmensa de refugiados que se derramó sobre Lodz. La mayoría se dirigían al noroeste, su destino era presumiblemente Varsovia. Muchos eran judíos, y muchos eran polacos, pero también había alemanes que en principio querían alejarse de cualquier combate, o quizá tan solo de los nazis. Me imagino que no revelarían su identidad en el seno de aquella masa en movimiento. Vi a algunos de mis compañeros alemanes de fútbol entre los rezagados. Nos saludamos con la mano. De rubio a rubio. No pudimos hacer nada más.

El 6 de septiembre, tal y como habían prometido, los Lewkowicz se sumaron a aquella migración hacia el noroeste, y lo hicieron a pie. Antes de irse, Heniek vino a verme y me dijo entre susurros:

—La Santísima Trinidad no se ha acabado. Tenemos que suspender nuestras operaciones de manera temporal, en espera del resultado de las hostilidades. Volveremos a por vosotros, colegas. Me aseguraré de que mis padres cumplan con su promesa.

Heniek tenía razón al decir que la Santísima Trinidad no se había acabado. Y tenía razón al decir que sus padres iban a volver a Lodz. Pero no exactamente de una manera que cualquiera de nosotros hubiera podido concebir, y desde luego no tan pronto.

Aquel día, el 6 de septiembre, quedó claro que las autoridades polacas de Lodz, incluyendo a la policía, se habían sumado al éxodo. Oí a varios adultos polacos y judíos manifestar su decepción. Dijeron que esperaban algo más de los líderes a los que habían escogido y sus funcionarios.

Pero era absurdo suponer que los nazis hubieran prestado atención a un intermediario solo porque hubiera sido elegido o porque representara a alguien que había sido elegido. En el Reich, las elecciones formaban parte del pasado. ¿Por qué deberían de haberles importado las elecciones ajenas, y en especial las polacas? La verdad era que, al identificarte como un líder polaco de cualquier tipo, tus opciones se reducirían a la horca o el fusilamiento. La doctrina de la «raza superior» sostenía que los judíos eran lo peor de lo peor, pero los polacos también eran *untermensch,* así que había apenas un milímetro genético entre los dos. Polonia iba a convertirse en el único territorio ocupado donde, por toda una variedad de infracciones, incluyendo muchas de carácter menor, un ciudadano polaco, judío o gentil, podía ser ejecutado de manera sumaria. Y lo fueron, en grandes cantidades.

Todo aquel que pudo marcharse antes de la llegada del ejército alemán hizo bien, pero el hecho de que los últimos vestigios de la autoridad establecida, cívica y política, estuvieran desapareciendo de manera tan visible y tangible ahondó la sensación de pánico y desesperación entre los que se quedaron atrás. Y nosotros nos encontrábamos entre ellos.

Mientras que muchos judíos de Lodz, igual que la familia

Lewkowicz, habían decidido dirigirse hacia Varsovia o se habían encaminado hacia el sudoeste, el número más amplio puso rumbo al este, hacia Rusia o alguna otra parte de la Unión Soviética. Cierto, el pacto Hitler-Stalin había precipitado la guerra, pero había algo falso en él. ¿Acaso no había millones y millones de judíos en la Unión Soviética? ¿Acaso no eran judíos la mitad de los miembros del Partido Comunista Soviético? Tendrían que solidarizarse con nosotros y dejarnos entrar. Estaba claro, ¿verdad? Y muchos de aquellos judíos soviéticos se encontraban en la frontera con Polonia. Lo más probable era que tuvieran familia en Lodz. Éramos un grupo cosmopolita, nosotros, los judíos. Eso no se podía negar.

Papá siempre se mostró un tanto displicente ante la idea de que los soviéticos fueran a tratar mejor a los judíos que los alemanes. Cuando nació, su parte de Polonia también pertenecía al Imperio ruso del zar. Había crecido oyendo las historias de los pogromos, y veía a los bolcheviques como un mero recambio del zar, lo que por tanto no presagiaba ningún cambio para mejor, al menos en lo que a los judíos se refería.

No obstante lo anterior, el 6 de septiembre la Unión Soviética cobró de repente una importancia inédita para los Herszman. Aquel fue el día en que Nathan se despidió de nosotros con lágrimas en los ojos. Su destino era Rusia, y el suyo, un viaje cargado de gran miedo, gran esperanza, gran amor y gran desesperación.

Papá no declaró que estaba trabajando en ese plan cuando el clan Blumowicz se reunió la noche del anuncio del pacto Hitler-Stalin. Cuando le pregunté por sus motivos, me contestó tan solo que no tenía ninguna relevancia directa para la discusión sobre lo que las familias pensaran hacer en su conjunto. Que Nathan se dirigiera hacia el este tenía que ver únicamente con los planes de un miembro de la familia Herszman. Hasta el momento de su marcha, Nathan podría haber cambiado de idea, o mamá y él podrían haberlo hecho e insistido en cancelarlo todo. En tal caso, habríamos quedado como unos estúpidos y unos indecisos. El viaje de Nathan era nuestro plan de emergencia. Si los Lewkowicz no cumplían su promesa de sacarnos de allí, Nathan sin duda lo haría. Y, por supuesto, si Nathan nos sacaba, haríamos lo que los Lewkowicz habían prometido y ofreceríamos asilo a todos nuestros parientes.

Dirigirse a la Unión Soviética era la menos mala de las opciones. Hasta ahí llegaba el entusiasmo de papá por aquella idea, mientras que mamá la respaldaba y fomentaba; quizá se le hubiera ocurrido a ella. Salvar a un hijo era mejor que no salvar a ninguno. ¿Era esa la idea que tenía en la cabeza? Nathan se dirigiría al este solo. Quise acompañarle, pero fallaron en mi contra. Tanto Nathan como mis padres dijeron que tenía que quedarme y ayudar a asegurar que todo el mundo estuviera a salvo. Aquella responsabilidad, aquella orden, iba a pesar mucho sobre mí.

El plan era que Nathan se uniera a uno de los grupos de refugiados que salían de Lodz en dirección a la Unión Soviética. Cuando se hubiera establecido allí, encontraría la manera de hacer que todos nos reuniéramos con él. Menuda responsabilidad para alguien que no había cumplido aún diecisiete años. Los Karbowski tenían mapas de Polonia y fuimos a verlos para trazar una ruta posible, que Nathan memorizó, aunque nos imaginábamos que lo más probable sería que siguiera a un grupo de gente con la misma idea que él, volviéndose invisible entre la muchedumbre. La unión hace la fuerza. Esa era nuestra esperanza.

Incluso durante aquella primera y fatídica semana de guerra, judíos y polacos que habían abandonado Lodz camino de Varsovia y de otros puntos de la brújula regresaban contando historias terribles sobre lo que habían visto mientras intentaban escapar. El lento avance de las columnas de refugiados por las carreteras principales y congestionadas, y también por numerosos caminos rurales, llevó a que los cazas alemanes pudieran ametrallarlos a placer, cosa que hicieron sin importarles que no hubiera ninguna señal del ejército polaco cerca.

Por lo tanto, el valor y la determinación de Nathan representaban un atisbo de esperanza, un acto positivo y optimista destinado a la preservación de la familia Herszman. El momento concreto de la partida resultó muy emotivo para todos. Mis padres se quedaron con los más pequeños, y yo bajé a la calle para acompañar a Nathan durante un trecho. Le había dicho a todo el mundo que solo quería despedirme, pero tenía la secreta esperanza de que él cediera y me llevara consigo. No fue así. Nathan no dejó de recordarme mis responsabilidades, que tenía que ser el hombre de la casa y ayudar a mis padres con lo que estuviera por venir. En la esquina nos echamos a llorar de nuevo. Nos dimos otro abrazo. Nathan me juró que no tardaríamos en volver a encontrarnos. Regresaría en cuestión de semanas, un par de meses como mucho, igual que Moisés, para conducirnos a una vida nueva y mejor. Contaba conmigo para que las cosas siguieran en orden hasta entonces. Acto seguido, tras un nuevo abrazo lleno de lágrimas, se fue. Le grité:

—No te preocupes por nosotros. Estaremos bien. Tú vuelve rápido y sácanos a todos de aquí.

Pero lo cierto es que sentí de manera instantánea el peso del mundo sobre mis hombros. Mientras Nathan desaparecía de mi vista, un vacío enorme y siniestro se abrió frente a mí. No tenía ni idea de cuándo volvería a verle de nuevo, si es que llegaba a hacerlo; de cómo podría estar a su altura u honrar su mandato para que mantuviera a todos los Herszman unidos y a salvo. Tardé un rato en dejar de llorar.

El plan de Nathan era mejor que no tener ningún plan, y sabíamos que muchos otros judíos estaban haciendo exactamente lo mismo. Todos ellos no podían estar equivocados, ¿verdad? Habíamos tomado nota y nos sentíamos agradecidos por la oferta de los Lewkowicz de sacarnos de allí en cuanto se hubieran establecido y estuvieran a salvo en otra parte, pero regresaron al poco de marcharse. El plan B de los Herszman se convirtió en el plan A de los Herszman.

Los Lewkowicz habían llegado a Varsovia a pie, pero la devastación de la ciudad y el pandemonio anárquico general que había en ella les convencieron de que estarían mejor de vuelta en la familiar Lodz. Y regresaron también a pie. Su descripción de la congestión y los peligros derivados de viajar por carreteras principales fueron un motivo de preocupación, pero mis padres se convencieron a sí mismos de que un joven solo y lleno de recursos como Nathan, con una mochila a la espalda y sin tener que cargar con críos ni objetos pesados, encontraría la manera de abrirse paso. Y quizá las carreteras hacia el este no estuvieran tan mal. La Unión Soviética no atraería a todo el mundo. Si la cosa no funcionaba, Nathan siempre podría regresar, como habían hecho los Lewkowicz. ¿Verdad? Pues no lo hizo.

Durante aquellos primeros días de septiembre de 1939, recibimos informaciones sobre lo que estaba pasando a través de la radio en polaco y alemán, y en inglés gracias a la BBC. De algún modo, todo el mundo consideraba que escuchar la BBC era importante, ya que se creía que sería la gente menos propensa a exagerar o a contar mentiras descaradas sobre el progreso de las hostilidades. Ninguno de nosotros hablaba inglés demasiado bien, pero una persona de nuestro mismo edificio sí lo hacía, así que venía a escuchar y traducir para las numerosas familias que se congregaban a su alrededor.

No obstante, el 8 de septiembre se acabó todo para Lodz. Durante los días previos habíamos oído el estruendo de las armas, habíamos visto los destellos del fuego de artillería al atardecer. Los soldados polacos, desmoralizados y derrotados con claridad, no tardaron en entrar en la ciudad, huyendo del combate. No habría una última batalla, ni una resistencia feroz. No habría ningún *Götterdämmerung*.

La caballería alemana entra en Lodz.

La llegada de la Wehrmacht no vino acompañada de ninguna pompa ni de ningún drama. Resultó bastante decepcionante. De manera bastante prosaica, casi relajada, comenzaron a aparecer unos soldados con aspecto de haber salido a dar un paseo vespertino, solo que con su uniforme de combate al completo, acompañados de remolques tirados por caballos en los que llevaban suministros. Parecían recelosos, en busca de francotiradores o de cualquier señal de resistencia armada. No encontraron ni lo uno ni lo otro. Entonces llegaron los oficiales de caballería, a lomos de sus monturas, seguidos de las autoridades del ejército, en coches oficiales que avanzaban veloces entre sus filas. En un primer momento, los soldados se ciñeron a las vías principales, pero poco a poco fueron adentrándose por toda la ciudad. Así que en eso consistía que te ocupara el enemigo... En las aceras, a lo largo de aquellas calles principales, los niños corrían excitados, sin entender en lo más mínimo el significado de lo que sucedía, aquello de lo que eran testigos. En aquel momento, a todos, incluyéndome a mí, nos pasó lo mismo. Sin embargo, siendo un chico judío, estaba nervioso y no compartía la emoción de algunos de mis pares.

Las banderas de colores rojo y blanco con la esvástica no tardaron en aparecer por todas partes, incluyendo el ayuntamiento y el resto de puntos estratégicos de la ciudad. El Estado Mayor del ejército alemán estableció su cuartel general en el Grand Hotel de la calle Piotrkowska, la calle mayor, que muy pronto pasó a llamarse Adolf Hitler Strasse. Los polacos se sentían humillados. Los judíos se mantenían en un estado de terror calmo; en su mayoría no salían de casa, pero yo sí. Yo salía a observar, llevado probablemente por una curiosidad morbosa antes que por cualquier otro motivo, pero también con la voluntad de comprobar si mi aspecto continuaba protegiéndome. Así fue.

La población civil alemana de Lodz comenzó a salir a las calles en grandes cantidades, triunfante y ahora beligerante, consciente de que la llegada de sus protectores armados implicaba que estarían a salvo. Llevaban brazaletes con la esvástica, vitoreaban, aplaudían y abrazaban a sus compatriotas. A aquellos héroes conquistadores. Vi a uno de mis amigos habituales del fútbol con insignias nazis por todo el cuerpo. Al menos él tuvo la delicadeza de avergonzarse y explicarme que, aunque pensaba que era una chorrada, sus padres le habían obligado a hacerlo. Esperaba que pudiéramos seguir jugando juntos y que hubiera un partido pronto. Eso no volvió a ocurrir.

Un puñado de polacos idiotas, quizá con la esperanza de congraciarse con sus nuevos jefes, también saludaron la llegada de la Wehrmacht como un acto de liberación de la tiranía judía y sus títeres comunistas y corruptos del gobierno de Varsovia. Sus compatriotas les pusieron mala cara y les reprendieron con severidad, no por expresar abiertamente su antisemitismo, mucho menos por su anticomunismo, sino por su evidente falta de patriotismo y sentido de la proporción. Por muy malos que pudieran ser los judíos o los comunistas (no pretendían discutir ese punto), ningún polaco prudente y en su sano juicio debería estar dispuesto a aceptar a los alemanes como una forma de liberación, ni para deshacerse de nadie, ni para mejorar en ningún aspecto.

Aquella nueva situación no era nada positiva. A las pocas horas de que los primeros soldados alemanes aparecieran en Lodz, algunos de los escasos judíos que había por la calle fueron asesinados o maltratados, y tiendas y hogares judíos fueron atacados, sus bienes robados y sus instalaciones destrozadas, a menudo inutilizándolas por completo. En pocos días, muchos comerciantes judíos que anteriormente se habían negado a conceder créditos a clientes alemanes, o de quienes se sospechaba que se acostaban con una esposa, una hermana o una hija alemana, o que habían ofendido a los alemanes del lugar de un modo u otro, fueron víctimas de venganzas. El 13 de septiembre, el mismísimo Hitler realizó una visita a sus tropas victoriosas en Lodz, lo cual pareció prender la chispa de un nuevo episodio de *uber*-brutalidad contra los judíos de la ciudad.

Se emitió una proclamación que prohibía todos los servicios religiosos durante los días más sagrados del calendario judío. Se prohibió que los judíos usaran el transporte público y que caminaran por las principales calles de la ciudad. Corrió un rumor según el cual iban a cerrar todas las escuelas. En un principio eso provocó cierta confusión y consternación entre los miembros más jóvenes de la comunidad judía. ¿Hasta qué punto eran malvados los alemanes si una de las primeras cosas que hacían era asegurarse de que no hubiera más clases? La respuesta no tardó demasiado en llegar, pero aún necesité un tiempo antes de darme cuenta de que, a la edad de trece años, mi formación académica se había acabado. Se había evaporado en cuanto las botas militares pisaron Lodz. A partir de ese momento tendría que aprenderlo todo sobre la marcha, y vivir de mi ingenio. Es algo que me llena los ojos de lágrimas. Aunque solo fuera consciente de ello muchos años después, perder la oportunidad de gozar de una educación duele. Dicen que la infancia dura toda la vida. No cabe la menor duda de que en mi caso esto se cumplió.

Al mes siguiente, comenzando por las dos sinagogas más hermosas y de mayor tamaño, famosas en toda Polonia y mucho más allá, todos los templos judíos de la ciudad fueron incendiados. Nuestros nuevos amos y señores anunciaron que Lodz pasaría a llamarse Litzmannstadt, en honor de un general alemán que había muerto cerca de allí durante una de las batallas de la Primera Guerra Mundial. Los nombres de todas las calles también se germanizaron; que Piotrkowska se conviertiera en la Adolf Hitler Strasse fue el primer caso, y el más ofensivo. A modo de pequeño acto de resistencia, los judíos de Lodz ignoraron aquellos cambios de nombre lo mejor que pudieron, pero lo que no pudieron ignorar fue la realidad más amplia de la germanización. Que toda aquella parte de Polonia se había incorporado al Reich mismo. Las leyes polacas dejaron de aplicarse. La ley alemana prevaleció. El *Lebensraum* en acción.

El 14 de noviembre se promulgó un decreto que exigía a todas las tiendas de Lodz que colocaran una señal indicando si sus dueños eran alemanes, polacos o judíos. Así se ajustaron las cuentas con aquellas tiendas de dueño judío que habían escapado al populacho durante el estallido inicial de destrucción y robo antisemita. Un par de días más tarde, otro decreto requirió que todos los judíos lucieran una estrella amarilla. Muchos comerciantes polacos dejaron de permitir que los judíos entraran siquiera en sus locales. De todos modos, cada vez eran menos los judíos que se acercaban a las principales zonas comerciales. Se jugaban la vida. No solo se arriesgaban a ser atacados por los vecinos, sino que los soldados y oficiales alemanes podían, sin el menor motivo o explicación, llevárselos a rastras durante una semana o más y obligarles a realizar tareas arduas, humillantes o carentes de sentido para, a continuación, en vez de permitir que el esclavo regresara a su casa, limitarse a pegarle un tiro o colgarle. El carácter impredecible y arbitrario de aquellas desapariciones era otra forma de terror, un aspecto adicional y perturbador en extremo de la vida de los judíos de Lodz durante los primeros días de la guerra.

No voy a transformar esta historia, mi historia, en un catálogo de los horrores y atrocidades que los nazis dirigieron contra los judíos de Lodz. Dios sabe que fui testigo de muchas durante ese período. Tampoco quiero transmitir la impresión de que solo lo pasaron mal los judíos. Muchísimos polacos fueron asesinados o mutilados por culpa de actos de violencia indiscriminada, igual que diversos célebres alemanes opuestos a los nazis. Oskar Seidler, líder del Partido Socialista alemán, fue asesinado en octubre de 1939. Guido John y Robert Geyer, ambos dueños de fábricas, fueron asesinados. El doctor Juliusz Bursche, obispo de la iglesia evangélica de Augsburgo, fue enviado a Sachsenhausen, un campo de concentración cerca de Berlín, donde falleció en 1942. No se toleraba la menor oposición, ni siquiera por parte de otros alemanes. Nadie estaba a salvo.

De manera sorprendente, por esa época llegó una postal de Nathan. Tras una interrupción relativamente corta debida a la disrupción bélica, una forma de normalidad regresó y el sistema postal reanudó sus operaciones. En la postal, Nathan nos decía que se encontraba bien y que estaba en Radom, camino de visitar a la tía Deborah en Wlodawa. No teníamos ninguna pariente llamada Deborah, ni familia de ningún tipo en Wlodawa, pero la ciudad estaba junto al río Bug, que se había convertido en la frontera oriental de la Polonia ocupada por los alemanes, allí donde el fascismo y el comunismo se encontraban y se daban la mano.

El mensaje de Nathan era evidente. Allí era donde iba a intentar cruzar la frontera para completar la primera parte de su misión. Recibir noticias de Nathan resultó muy emocionante y enormemente alentador para toda la red familiar de los Blumowicz. En medio de la realidad agobiante y lúgubre de nuestra vida cotidiana había surgido un destello de luz y esperanza. Les contamos a los Lewkowicz y a los Levinson lo que Nathan pensaba hacer, el plan que habían trazado los Herszman. El escepticismo de los adultos acerca de la posibilidad de que ese plan acabara cumpliéndose fue manifiesto, pero para el resto de nosotros fue un momento de felicidad. Nos alegró saber que Nathan seguía vivo y que se encontraba muy lejos de Lodz. Si aquella parte del plan había funcionado, ¿por qué el resto no? Todos necesitábamos creer que sería posible.

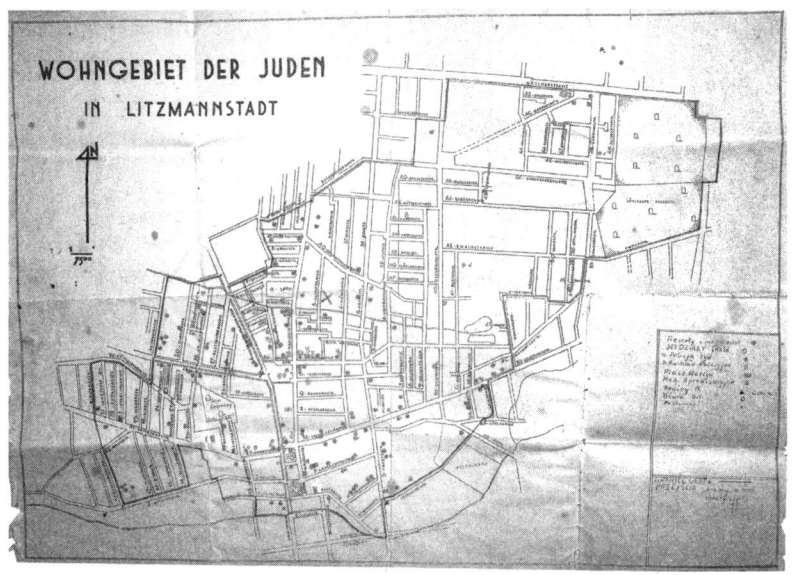

El gueto. La X señala el hogar de los Herszman.

VI

Noviembre de 1939 nos trajo la noticia de que Lodz iba a convertirse en el primer gran gueto de la nueva hegemonía alemana. Baluty, que conformaba el núcleo del mismo, se había ganado a pulso su reputación como el barrio más insalubre, decrépito y peligroso, oscuro, descuidado y antihigiénico de toda la ciudad. A medida que las cercas y los muros se elevaban, el gueto comenzó a cobrar una forma física más pronunciada. Éramos como las famosas ranas dentro de la olla de agua que se va calentando de manera gradual. Entre los que ya estábamos allí no hubo una sensación inmediata de pánico. Fui consciente de que el hecho de vernos acorralados nos provocaba una ansiedad creciente, pero, puesto que las barreras físicas que acabarían convirtiéndose en las fronteras de nuestras vidas no se completaron y acabaron de la noche a la mañana, las cosas continuaron más o menos como siempre. De momento.

Los polacos católicos y los vecinos de etnia germana que vivían en Baluty comenzaron a marcharse, los Karbowski entre ellos. En su último día como residentes de Baluty, Cesek vino a verme para darme su nueva dirección de Lodz. Nos aguantamos las lágrimas de la manera más varonil posible para unos chicos de trece años y a continuación nos despedimos hablando sobre el primer partido de fútbol que jugaríamos en cuanto todo aquel jaleo se arreglara. Tendría que ser con un balón de cuero de verdad. En eso nos mostramos de acuerdo. ¿Pensé entonces que no volvería a verle? No estoy seguro, aunque cuando desapareció al girar la esquina tuve la sensación de que se trataba de un momento definitivo. En aquel punto de mi vida, al margen de Nathan, de quien tenía asumido que regresaría pronto a por nosotros, nunca me había despedido de verdad de nadie, y sentí la pérdida de mi amigo de inmediato. Por supuesto que no fue la última pérdida que tuve que sentir, pero al tratarse de la primera resultó especialmente dolorosa.

Nuevos residentes judíos comenzaron a aparecer por Baluty en números cada vez mayores, aferrados a las escasas posesiones que habían sido capaces de reunir y cargar. Puesto que en aquellos primeros tiempos la mayoría de judíos nuevos llegaban de otras partes de Lodz y sus alrededores, estos conocían la reputación de Baluty, si es que no la habían experimentado de primera mano. Para aquellos que ya nos habíamos establecido en Baluty o que procedíamos de otras partes de Lodz, la constatación de que habría un límite nuevo y trascendental en nuestra geografía fue real y perturbadora, pero las sensaciones de aquellos judíos con raíces en lugares más lejanos difirieron notablemente. Muchos de ellos llegaron anticipando algo horrible y se sorprendieron ante lo mucho que habían subestimado lo malo que iba a ser aquello.

Las vistas, los sonidos, los olores y la extrañeza general de Baluty, sus condiciones cada vez más claustrofóbicas, podían provocar un efecto especialmente grave en el caso de los judíos que procedían de situaciones más acomodadas, quienes de repente se encontraban en lo que para ellos era un entor-

El gueto de Lodz. El cartel dice: «Zona residencial judía. Prohibido el paso».

no extraño y desagradable. Aquello bien podría haber sido otro planeta. La *schadenfreude* es una de las emociones humanas menos nobles, y de manera bastante apropiada pertenece al léxico de nuestro opresor. No obstante, resulta excepcionalmente apta para describir los muy poco caritativos vendavales de carcajadas en los que podía prorrumpir la chusma del gueto cuando el cabeza de familia de un clan más pudiente era amonestado en público por su esposa o uno o más miembros de la familia por no haberlos sacado de Polonia cuando eso aún era posible, porque mira dónde habían acabado. Allí, en Baluty. Acto seguido salía a relucir una letanía de parientes lejanos y amigos que sí habían salido de Polonia y se señalaba su paradero actual, que por lo general se encontraba muy alejado de cualquier punto ocupado por el ejército alemán o al que este pudiera llegar. El pobre desgraciado que sufría la bronca, se informaba al resto del mundo, era «el genio que nos dijo que los alemanes serían razonables. No os creáis toda la propaganda, nos dijo. ¿Esto es ser razonable? ¿Estar en un gueto? He perdido toda mi ropa, y no tenemos baño ni criada. Tú eres demasiado mezquino y tenías demasiado miedo... Pero tu hermano... menudo *mensch*. Tendríamos que haberle escuchado a él y haber hecho lo que hizo cuando lo hizo. Fue lo correcto. En Alejandría no vivirá rodeado de basura. Es posible incluso que en este momento esté sentado tomando el sol de Palestina».

Estaba claro que Aron Levinson no había sido el único idiota optimista que se había engañado a sí mismo. A medida que la población del gueto crecía, en las calles, en las tiendas y por todas partes fue quedando patente que muchas personas parecían estar de mal humor y tenían propensión a discutir. En las mejores circunstancias, provocar una discusión entre judíos no costaba demasiado. Y aquellas no eran las mejores circunstancias. La policía del gueto estaba ocupada, ejercían de mediadores y consejeros además de hacer cumplir la ley, aunque eso cambió cuando el crimen comenzó a aumentar en el gueto. Había que mantener bajo vigilancia constante cualquier lugar donde se procesara o almacenara comida. Si apartabas la mirada de algo durante un segundo, ese algo desaparecía. Cualquier trozo de madera tenía valor. Se podía quemar para mantener el calor o para cocinar. En aquellos edificios a los que aún no se les había asignado un propósito, te encontrabas con que se habían llevado una escalera entera. Y a veces, en los edificios ocupados y en uso constante, descubrías de manera similar que las puertas, los tablones del suelo y otras partes habían desaparecido, robados por personas frenéticas por conseguir combustible o algo que intercambiar por comida.

La administración judía no tardó en designar un trabajo para papá. Lo metieron en un grupo de equipos de dos personas que cada día, sin importar el clima que hiciera, tenían que arrastrar una carreta hasta las diferentes letrinas comunitarias que había esparcidas por el lugar. ¿En qué consistía su labor? En meter paladas de excrementos humanos en un contenedor de mayor tamaño y luego vaciarlo a tiempo para que se pudiera usar al día siguiente.

Fuera del gueto, papá pensaba que, como trapero, había ocupado el peldaño más bajo de la escala ocupacional. A menudo señalaba que nunca había imaginado que se pudiera caer más bajo, pero «mira cuánto me equivocaba». Los juegos de palabras malos diciendo que «menudo marrón le había tocado», aunque fueran bromas expresadas con la intención de levantar el ánimo, rara vez obtenían el efecto deseado. Papá era el tipo que tiraba del «carro de la miel». Nosotros éramos los hijos del tipo que tiraba del carro de la miel. Mi padre tenía un trabajo de mierda. En sentido literal.

El primer invierno fue gélido. Mientras 1939 daba paso a 1940, algunas partes de Polonia registraron las temperaturas más bajas de su historia. Aquello no facilitó en lo más mínimo la labor de mi padre a la hora de extraer la sustancia en cuestión, ya que el excremento, como todo lo demás, se congelaba y se volvía sólido. El carro de papá disponía de hachas y barras de hierro, no con el propósito de que pudiera defenderse, como tampoco eran restos de una encarnación previa en la que el carro de la miel hubiera sido un carruaje de guerra. Eran herramientas esenciales del negocio cuando resultaba necesario aflojar y palear mierda durante el invierno.

La vida en el gueto en desarrollo quedó dominada completamente por la inquietud por la comida. Le dije a la Santísima Trinidad que teníamos que actuar. Les sugerí que

Chil Herszman, el padre de Chaim.

buscáramos un lugar solitario para discutir una idea que estaba cobrando forma en mi cabeza. «Las raciones no sirven para nada. A duras penas mantendrían con vida a un ratón, y las cosas van a empeorar, no a mejorar. Tenemos que dar con la manera de conseguir más comida para nuestras familias o de reunir cosas con las que más tarde podamos hacer trueques. Resulta evidente que eso implica salir a la ciudad a robar y traer de vuelta todo lo que sea posible. Sospecho que, cuando las cercas y los muros del gueto estén acabados, entrar y salir será mucho más difícil. Hay que actuar ahora si queremos tener alguna oportunidad de marcar la diferencia».

El resto ya lo conoces. Maté a un guardia y tuve que huir por ello. Solo.

VII

Nunca pensamos que pudiera pasar lo que acabó ocurriendo aquel día. Mientras me alejaba a la carrera de la alambrada, empapado en sangre, cargado únicamente con la mochila en la que llevaba la ropa de recambio y un cuchillo, con un crucifijo al cuello, no pensé que aquel momento fuera a cambiarme para siempre. No tenía ni idea de que no volvería a ver a mi madre, a mi padre, a Srulek ni a ninguna de mis tres hermanas. No tenía fotos, no tenía nada que me fuera a servir para recordarlos. ¿Por qué habría de tenerlas? Pensaba que iba a verles esa misma tarde, como había hecho durante casi cada día de mis casi catorce años de vida.

Me atenazaba un miedo visceral. Mi primera y principal preocupación fue la de alejarme de allí lo más rápido que pudiera, pero le siguió veloz la de haberme convertido en un asesino. Soy un niño de trece años que acaba de matar a un hombre. Y no a un hombre cualquiera. A un miembro de la raza superior. Al menos asumí que lo era. Sin duda hablaba alemán, pero quizá no fuera alemán. Quizá era un polaco de etnia alemana. ¿Acababa de asesinar a un compatriota? Si era polaco, me imaginé que no lo habrían llamado a filas, así que debía de ser simpatizante de los nazis, un auxiliar voluntario de algún tipo, pero un polaco en cualquier caso.

Maldito fuera de un modo u otro. Que no hubiera querido matar a Srulek...

Tras el pánico inicial, mientras seguía corriendo, pensé dos cosas más: tenía que ponerme la ropa de abrigo, tras tirar o destruir la ropa manchada de sangre que llevaba puesta aún, y necesitaba tomarme un respiro para elaborar un plan de acción. ¿Qué iba a hacer a continuación? ¿Y esa noche? ¿Y al día siguiente?

El único lugar que conocía en el lado polaco y que probablemente fuera seguro para mí era el hogar de los Karbowski. No había estado allí nunca, pero por fortuna Cesek me había dado la dirección en su último día como residente de Baluty. La calle estaba cerca de otro lugar en el que habíamos jugado al fútbol. La expresión de horror de la señora Karbowski al verme fue otra de esas imágenes que quedaron grabadas a fuego en mi memoria para no borrarse ya jamás. Cuando abrió la puerta, yo entré medio tambaleándome y sin decir palabra. Quizá, si hubiera tenido un momento para reflexionar, si yo no hubiera entrado antes de que ella pudiera considerar la situación, habría pensado en mayor profundidad acerca del peligro en que se estaba poniendo a sí misma y a su familia, pero actuó por instinto, al instante, con compasión y amor.

La señora Karbowski me dijo que fuera a limpiarme, me dio un conjunto de ropa de Cesek y me indicó que me cambiara y que dejara la mía como recambio. En ese momento supe que ya había decidido que yo no iba a quedarme mucho tiempo, pero eso coincidió por completo con mis propias ideas, así que no me entretuve pensando sus posibles ramificaciones. Pensé en decirle que tenía otro conjunto de ropa en la bolsa, pero lo dejé pasar.

Tras limpiarme todos los rastros de sangre del cabello y

del resto del cuerpo, me puse la ropa limpia y fui a reunirme con la señora Karbowski. Hablamos de todo, menos de lo que me había llevado hasta allí.

Unas horas más tarde, Cesek y el señor Karbowski llegaron a casa y se mostraron a la vez perplejos y, con claridad, un poco consternados al verme. Pero, antes de que la conversación pudiera tomar un giro peligroso, la señora Karbowski intervino para explicar que me había presentado ante su puerta en un estado terrible, cubierto de sangre y muy alterado.

Decidí que lo mejor era no cargar a los Karbowski, incluyendo a Cesek, con la historia completa de lo que había sucedido, y ellos no me presionaron para que se lo contara, probablemente porque presentían que no sería nada bueno. No obstante, tuve la sensación de que tenía que decir algo, así que solté lo primero que se me pasó por la cabeza:

—Tenía que salir de Baluty. La situación allí es terrible, pero un idiota, un chico que vive en el piso de al lado, intentó evitar que me acercara a la alambrada, así que tuve que ocuparme de él y acabé cubierto de su sangre durante el proceso. Estoy seguro de que se recuperará, pero la nariz seguro que la tiene rota.

Por la expresión del señor Karbowski, no creo que se lo tragara. Dispuesto a evitar nuevas preguntas sobre lo que me había conducido hasta allí, intervine para señalar que me iría a la mañana siguiente. Solo quería pasar la noche. Faltaba poco para que comenzara el toque de queda. Volver a salir era demasiado peligroso. Para tranquilizar a todo el mundo, y para hacer que pensaran que tenía un plan bien trazado, les dije que mi intención era dirigirme hacia Varsovia para ver si alguno de los parientes de mi padre podía ayudarme a pasar a la Unión Soviética, donde pensaba que

Nathan se encontraba ya a salvo. Los dos nos quedaríamos allí a esperar el final de la guerra, junto a los numerosos judíos polacos que habían hecho exactamente lo mismo.

La señora Karbowski dijo entonces lo que pensaba:

—Chaim, nos alegramos mucho de verte. De verdad. Pero tenemos miedo y estamos preocupados, por nosotros mismos y por ti. Podrían fusilarnos por albergar a un fugitivo judío. No queremos saber lo que ha pasado en realidad, y desde luego que no necesitamos saber lo que harás a continuación. De hecho, cuanto menos sepamos, mejor para todo el mundo. Sugiero que todos nos relajemos para pasar la tarde lo mejor posible y que no hablemos más del tema.

Me costó conciliar el sueño aquella noche. La adrenalina seguía corriendo por mi interior y, una vez más, como cuando nos escondimos tras la muerte de Mietek, cada ruido extraño me llevaba a pensar que me habían descubierto. Que la muerte se me llevaría pronto. Y lo más probable era que a los Karbowski también.

Mientras intentaba dormirme, recordé las discusiones que mantuvimos en el clan Blumowicz antes de que llegaran los nazis. Habíamos hablado sobre posibles vías de escape, transportes, escondites y la manera de sobrevivir. Pero en aquel momento estaba solo, era evidente que lo que les había soltado por instinto, sin pensarlo, a los Karbowski sobre que quería ir en busca de Nathan tenía que convertirse en mi plan. Dejando de lado a los Karbowski y al pariente de Palestina, Nathan era la única persona en el mundo que conocía y que no se encontraba en el gueto de Lodz, donde yo acababa de matar a alguien. Wlodawa tenía que ser mi destino. Allí encontraría el rastro de Nathan.

Tras tomar esa decisión, el primer paso lógico era llegar a Varsovia. La Unión Soviética estaba al este de Lodz, y Varsovia al noreste, así que más o menos estaba de camino, y, tal y como dijo el tío Moishe Lewkowicz la noche en que nos reunimos, era probable que la ciudad me ofreciera más posibilidades de conseguir un transporte que me acercara a la frontera. Iría caminando a Rusia si no quedaba otra, pero prefería no tener que hacerlo.

Pero antes tenía que salir de Lodz, y lo que tenía más sentido era dirigirse al bosque más cercano, al noreste de la ciudad. De manera bastante caótica, el bosque se fundía con los límites de la ciudad para a continuación extenderse, por lo que yo sabía, hasta llegar al Báltico. En cualquier caso, Varsovia estaba ahí arriba, en algún lado. Ya la encontraría. Lo importante, de momento, era que sabía que en las profundidades de esos bosques algunos de los ciudadanos más pudientes de Lodz tenían sus *dachas*. Quizá podría esconderme en una de ellas. No estaba seguro de que pudiera volver a encontrar la *dacha* de la abuela de Heniek, y de todos modos lo más probable era que estuviera demasiado lejos como para que lo intentara, así que tendría que jugármela buscando otra. Me imaginé que con toda probabilidad muchas de aquellas casas estarían abandonadas y podrían proporcionarme una fuente de suministros para el viaje, o por lo menos un lugar en el que descansar durante una noche o dos mientras ordenaba mis ideas. Quizá hasta podría pasar desapercibido en una de ellas durante un período más largo...

Por la mañana, en cuanto se levantó el toque de queda, me despedí con rapidez, aunque lloroso, de los Karbowski. Fue otro de esos momentos definitivos sin que yo lo supiera. Nunca volvería a ver a los señores Karbowski, e iban a transcurrir más de cuarenta años antes de que Cesek y yo nos encontráramos de nuevo.

Lodz, bajo la ocupación.

Tras dejar a los Karbowksi, seguí llorando mientras caminaba con la cabeza gacha, la gorra calada, cegado casi por el flujo salado de las lágrimas y el miedo. Aquello había comenzado de verdad. De repente me sentí solo en lo que sabía que era un mundo extremadamente hostil. Sin dinero, sin documentos, sin «derecho» a no estar en ninguna otra parte que no fuera el gueto, el lugar al que no podría regresar nunca. En cuanto descubrieran el cuerpo del guardia, y lo más probable era que eso hubiera sucedido ya, en caso de que lo relacionaran conmigo no solo moriría yo, seguramente de manera inmediata, sino toda mi familia. Tenía que asegurarme de que eso no pasara.

VIII

Llegué a las afueras de Lodz y me puse a recorrer un trecho de maleza para llegar a la linde del bosque. Fue entonces cuando me di cuenta de que desplazarme a campo abierto mientras hubiera nieve en el suelo me convertiría en un objetivo bastante llamativo. Ahora entendía por qué los soldados alpinos a los que había visto en los noticiarios cinematográficos llevaban aquellos uniformes blancos tan característicos. Decidía que robaría o conseguiría de algún modo una sábana o algo blanco de gran tamaño en lo que pudiera envolverme para minimizar las posibilidades de que me vieran desde lejos.

Al acercarme al bosque y moverme entre los árboles comencé a relajarme un poco y a sentirme menos expuesto. En ese momento comprendí algo muy importante. Ya no podía ser judío. Se acabaron los deslices en yidis y usar expresiones en yidis. A partir de entonces tendría que hablar solo alemán o polaco, y vigilar quién me veía la polla.

Habiendo salido al lado ario, era consciente de que podrían matarme de inmediato un soldado alemán, un agente de policía o un hombre de los SS si me atrapaba y tenía algún motivo para creer que era un judío en libertad o un polaco fugado de la justicia. La verdad era que no necesitaban ningún motivo. A nadie le importaban los judíos o los polacos muertos, comoquiera que hubieran acabado así.

No tenía ni idea de si alguna figura de autoridad se mostraría indulgente conmigo al ser de manera tan evidente un niño, pero pensé que no podría contar con ello. Por supuesto, si se enteraban o pensaban que era responsable de la muerte de uno de los suyos en el perímetro del gueto de Lodz, intentarían matarme y torturarme dos veces, tanto antes como después de mi último aliento.

A partir de ese momento, a menos que estuviera acompañado de judíos en los que tuviera la certeza de poder confiar —lo cual con toda probabilidad no pasaría hasta que llegara a Rusia y encontrara a Nathan—, sería Henryk Karbowski, un buen chico católico. Rubio, de ojos azules, con un crucifijo alrededor del cuello. Sonaba y parecía plausible. Era un personaje que había cultivado. Iba a ser un Yoisel de verdad. Sabía que mis padres y demás parientes se sentirían conmocionados y horrorizados, pero ellos se encontraban en lo que, por comparación, yo consideraba la seguridad del gueto. No estaban al borde del abismo, como yo. Estaba seguro de que me lo perdonarían si aquello me ayuda a sobrevivir, en particular porque, para mí, vivir significaba que de un modo u otro iba a sacarlos de allí. Que los iba a rescatar.

No tenía otro remedio que esperar que funcionara, porque no me quedaba nada más. Había fingido para conseguir rosquillas calientes, había fingido para entrar en un equipo de fútbol, pero a partir de ese momento iba a fingir en una partida a vida o muerte. Era consciente de que iba a necesitar interpretaciones tan convincentes como la que había improvisado al hablar con el guardia alemán, justo antes de matarlo. ¿Cuántas veces tendría que hacerlo? Ni idea. ¿Funcionaría? Ni idea. Cuando tuviera la oportunidad, pensaba practicar y ensayar algunas líneas de diálogo.

La mejor opción, la más simple y evidente, era evitar cualquier tipo de contacto con la oficialidad. Pero, si este resultaba inevitable, tendría que hacerles creer que yo era de etnia alemana. Si pensaban que yo podía ser alemán, digamos un *Volksdeutsche*,[1] me tratarían con más cuidado aunque no llevara documentos. Elaboraría una historia creíble según la cual me había visto separado de mis padres, que seguían en posesión de mis papeles. O algo por el estilo. Pero eso sería al día siguiente.

En aquel momento, mi cabeza, mis ideas y mis acciones eran un embrollo. No había escapado del gueto de manera deliberada, tras ejecutar un plan calculado al dedillo. No estaba preparado para lo que me estaba sucediendo, mucho menos para lo que me podía pasar en los días, semanas, meses o años que tenía por delante. Lo único que sabía era que tenía que seguir adelante, que si deseaba seguir vivo tenía que avanzar. En algún nivel esperaba encontrar a Nathan, para completar la misión de rescatar a la familia. Y, más allá, quizá deseaba enfrentarme a las fuerzas que habían alterado de manera tan drástica mi vida. Pero, en aquel momento, lo único que me motivaba por completo era el deseo de sobrevivir.

Pensé otra vez en intentar llegar a la casa de la abuela Lewkowicz, donde estuvimos tras el asesinato de Mietek, porque tenía la seguridad de que su dueña de verdad se encontraba en el gueto y lo más probable es que estuviera vacía. No obstante, no tardé en darme cuenta de que ni siquiera

---

1. Estas eran las personas cuyo lenguaje y cultura eran alemanes pero que no vivían en Alemania. Antes de la guerra pudo haber hasta diez millones de *Volksdeutschen* en la Europa central y oriental. *(N. del A.)*

podía estar completamente seguro de eso. ¿Y si la había requisado un oficial alemán, o un polaco del lugar la había ocupado sabiendo que su dueña estaba imposibilitada gracias a Herr Hitler?

Por fortuna, no tardé en llegar a una zona en la que las *dachas* comenzaban a salpicar el bosque, por lo general al final de un sendero corto que salía de uno más ancho. El uso de las *dachas* durante el invierno no era lo que se dice habitual, pero tampoco era inaudito. Pero estábamos a mitad de semana, así que lo más probable era que la gente estuviera en su casa de Lodz o en el trabajo, y lo cierto fue que la mayoría de *dachas* parecían estar vacías.

Gracias al dosel arbóreo del bosque, el suelo no estaba completamente cubierto por la nieve, que aparecía en manchas aquí y allá. Busqué una *dacha* que estuviera completa o parcialmente oculta tras unos matorrales o algún tipo de vegetación, una que no se pudiera ver desde alguna casa vecina y que no pudiera ser detectada por alguien que recorriera el sendero. Encontré una que de manera evidente llevaba semanas, si no meses, sin ser utilizada, a juzgar por la manera en que las hojas y otros detritos forestales se habían amontonado a lo largo del escalón inferior, sobre los peldaños mismos, en el porche y en la terraza, contra las puertas y entre los listones de las contraventanas. Tampoco había huellas sobre la nieve en la cercanía de la casa, aunque eso no era una prueba concluyente de que allí no hubiera nadie.

Decidí que nadie podría ver lo que sucedía dentro de la propiedad desde la parte frontal y los laterales. La casa descansaba sobre la proa de una pequeña colina, lo cual quería decir que su parte posterior daría a lo que con toda probabilidad sería, en primavera y verano, un extenso campo arado, con más campos a su espalda que se extenderían muy a lo lejos. Disponer de un campo de visión tan amplio era reconfortante.

Estimé que aún no serían ni las diez de la mañana, así que, para no correr riesgos, decidí mantener la casa bajo observación todo el día, para así confirmar que era seguro intentar lo que planeaba hacer a continuación: forzar la entrada y ver lo que podía encontrar, primero para comer, y luego para robar —idealmente, también podría descansar un poco—.

Encontré un escondite pequeño entre una especie de matorral de hoja perenne. Desde allí podía ver la casa y estaba bastante cerca de un arroyuelo que fluía con rapidez en una de sus partes, que no se había congelado. Podría beber, pero eso era todo. No había bayas ni señales de algo que pudiera ser remotamente comestible. Estaba acostumbrado al dolor provocado por el hambre.

Avancé en círculos para mantener el calor antes de regresar y ocupar el puesto de observación. Mi cabeza continuaba en el gueto. Ya debían de haber encontrado el cuerpo. ¿Qué estaría pasando? ¿Habrían Heniek y Srulek regresado bien del perímetro de la valla y alcanzado la protección de los edificios y de las calles? ¿Habrían vuelto a casa sin decir nada? ¿Cómo habrían explicado mi ausencia? Al menos debían de haber contado que había atravesado la alambrada. Pero ¿qué más? La incertidumbre me reconcomía.

¿Habrían deducido las autoridades que quienquiera que hubiera asesinado al guardia había regresado al gueto? ¿Estarían registrándolo en busca del culpable? ¿O quizá habrían concluido que se trataba de una operación de contrabando que había salido mal, y que el centinela se había llevado la peor parte? ¿Quizá el guardia estaba involucrado y lo habían asesinado por su traición? Si alguien había visto a un chico rubio alejándose a la carrera del perímetro del gueto en dirección a la ciudad, esa podría ser una explicación plausible, y llevaría a que las autoridades guardaran silencio sobre toda la cuestión. Por supuesto, eso no colaría si alguien había visto lo sucedido antes del asesinato del guardia. Como con tantas otras cuestiones de aquella parte temprana de mi vida, nunca iba a conocer la respuesta. Nunca experimenté remordimientos por haber matado a aquel hombre, pues era evidente que había decidido acabar con la vida de mi hermano pequeño, y simplemente no pude permitirlo. Pero la violencia instintiva e inmediata que se adueñó de mí y me impulsó a actuar, la sensación de su sangre cálida sobre mis manos y mi cara no acabaron de abandonarme nunca, y años después seguían provocándome un escalofrío involuntario al hacerme evocar la envoltura de miedo en la que yo, el autómata, me había movido sin pensar en medio de una niebla rojiza.

A lo largo del día oí varios sonidos procedentes del bosque, pero no abandoné mi puesto. Lo más probable era que los hubieran producido polacos solitarios, que cortaban o recogían leña, pero nadie vino hacia mí y no oí nada que se pareciera a una persecución. No oí ninguna voz alemana, solo alguna palabra ocasional que alguien gritó en polaco.

Se acercaba el ocaso y seguía sin haber señales de vida en la casa, nadie se había acercado a ella, así que me dirigí a la parte posterior y usé una rama caída como palanca para arrancar una persiana. Al separarla del muro esta reveló una hoja de vidrio, que rompí. El ruido fue terrible. Volví corriendo a mi punto de observación y esperé una hora más para asegurarme de que nadie lo había oído y se había sentido atraído hacia el lugar en el que un judío asesino intentaba entrar en una casa ajena.

Al regresar, descubrí encantado que la luz de la luna penetraba por la ventana rota e iluminaba la mayor parte del interior de la casa. Los muebles eran escasos, pero había algunas mantas, una sábana blancuzca y, oh, alegría entre las alegrías, multitud de latas de comida, frascos Kilner que contenían verduras en salmuera, mapas, una mochila grande, binoculares, una lámpara de parafina y cerillas. También había unas botas de caminar dentro de una caja y un montón de cosas más que sabía que me iban a ser de utilidad. Aquel fue mi primer gran golpe de suerte. De hecho, fue el único golpe de suerte durante un tiempo. Tuve la sensación de haberme colado en lo que parecía ser el retiro de fin de semana de uno de los peces gordos de la Asociación Ornitológica de Lodz, o algún otro club también orientado hacia la naturaleza. Había aves disecadas en jaulas de cristal por todos lados, junto con fotos de aves, dibujos de aves y libros sobre aves. Hasta ese momento, el chico judío enamorado del fútbol que yo era nunca había pensado demasiado en la ornitología, pero me alegró mucho que alguien lo hubiera hecho.

No encendí una hoguera para calentar el lugar ni cocinar. El humo habría resultado demasiado visible en el bosque iluminado por la luna. Derramé el contenido de una lata de guisantes y otra de carne de cerdo y lo engullí todo frío. Nunca había tenido problemas con la prohibición de comer carne de cerdo, pero en el gueto me había dado cuenta de que casi todo el mundo había dejado de lado las normas *kosher* y los rituales para atender la nueva exigencia por sobrevivir. Y, en lo que a mí se refería, mi existencia entera se había convertido en una larga exigencia continua.

Cuando pienso en ello, ser judío era algo que sobre todo hacías en compañía de adultos aburridos, o era una especie de marca comercial que solo les importaba en la calle a los polacos locos y a los malos alemanes. Sí, yo era judío. Sí, era mi cultura, una manta cálida que me reconfortaba con su familiaridad. Pero en ese momento tenía que pasar a ser historia, al menos hasta que descubriera la manera de escapar a la difícil situación en la que me encontraba. ¿Podría volver a crecerme el prepucio durante un tiempo? No me hubiera ido mal. ¿Y Dios? A saber. Hasta donde yo sabía, por lo menos debía de haberse quedado dormido al volante. Si permitían que trataran de esa manera al Pueblo Elegido, ¿de qué me servía? Para nada.

Me instalé para pasar la noche, cómodo y calentito. Nervioso, pero cómodo y calentito. El silencio era ensordecedor. La soledad, inquietante. Volví a acordarme del período que pasamos escondidos tras el asesinato de Mietek. El susurro de las hojas al viento o cualquier animal que se moviera entre los arbustos señalaban, en mi estado de paranoia, la llegada de la Gestapo. Me di cuenta también de que aquella era la primera y única vez en mi vida en que pasaba la noche en una habitación para mí solo. No me gustó en lo más mínimo, anhelaba estar de vuelta entre la gente que me conocía y me quería, que me protegería, pero supuse que ante mí habría un montón de cosas que no había experimentado antes y que con toda probabilidad no me gustarían.

Mientras yacía allí me puse a pensar con mayor detenimiento en mis problemas y perspectivas. Era consciente de que la campiña polaca sería un lugar expuesto y peligroso para un niño solo, incluso para uno con mi apariencia. Fuera de los principales asentamientos urbanos, Polonia era en realidad una red de comunidades pequeñas donde todo el mundo se conocía; por parentesco, lo más probable. Repararían en la presencia de cualquier extraño, y que repararan en ti era a menudo un preludio a que te interrogaran. Tenía que evitar eso siempre que fuera posible.

Tenía que llegar a las ciudades, cuanto más grandes mejor; lugares donde pudiera perderme en el anonimato de la masa, encontrar edificios abandonados, lugares cálidos o sótanos en los que dormir y esconderme, donde hubiera tiendas y mercados con comida que pudiera robar o que pudiera ganarme trabajando.

Me pregunté qué habría sido de los dueños del lugar en el que estaba. ¿Se habrían marchado de Lodz o habrían salido de Polonia? Me parecía extraño que hubiera tantos objetos de valor en la casa, esperando que llegaran las bandas organizadas de saqueadores o gente como yo para robarlos. Los dueños debían de seguir cerca de allí, o estaban muertos o atrapados en alguna parte. Nadie dejaría atrás o abandonaría por voluntad propia todo lo que había en aquella *dacha*. Había muchas cosas que podría llevarme conmigo para consumir, hacer trueques o vender más adelante. Vender cosas era importante. Sabía que iba a necesitar dinero en el bolsillo para comprar comida los días en los que no pudiera robarla u obtenerla trabajando decentemente. Supuse que necesitaría dinero también para comprar billetes de tren o de autocar, o para pagar otros tipos de transporte, en mi camino hacia el este y mi pequeña reunión familiar con Nathan.

Aquella noche, cuando dejé de pensar en los dueños de la casa, comenzaron a invadirme pensamientos más oscuros. Estos acabarían por convertirse en una compañía constante. Evidentemente, no tenía ni idea de cuándo habrían descubierto el cuerpo de la alambrada, pero imaginaba que no habría sido mucho después del momento en que cometí el crimen. Cualquier transeúnte atento podría haberlo visto a los pocos minutos, y dar la alarma. O quizá un supervisor había ido a mirar lo que pasaba después de que el guardia no respondiera a algún tipo de recuento. Si los nazis llegaban a la conclusión de que el asesino había salido del gueto, no cabía duda de que querrían venganza. Al fin y al cabo, la víctima se estaba ocupando de los negocios del Führer. Incluso la administración del gueto se pondría furiosa, por miedo al ejemplo que se había dado y las consecuencias en potencia para otras personas. Los nazis, ¿habrían seleccionado a gente al azar para fusilarlos como castigo? Como advertencia. De veras esperaba que no, pero de todos modos no les costaba demasiado hacer ese tipo de cosas, así que, si había que culpar a alguien por aquellas muertes hipotéticas, mi responsabilidad era entre pequeña y nula.

¿Y si el tipo al que había asesinado era un *Volksdeutsche*, un voluntario polaco o un auxiliar de algún tipo? En aquel momento no había autoridades polacas que digamos, pero más adelante pasó a preocuparme que, al final de la guerra, dando por hecho que Polonia volviera a ser un Estado, algún pariente del tipo intentara averiguar quién había sido el responsable de su muerte junto a la alambrada. Una visión de pesadilla comenzó a cobrar forma durante aquella primera noche de mi escapada. Durante los años venideros iba a repetirse, fertilizarse y alimentarse a sí misma.

Me imaginaba que, sin que nosotros los supiéramos, nos habían visto. A un lado u otro de la alambrada, alguien lo había visto todo y nos había delatado. El pie zambo y la cojera de Srulek le volvían llamativo. Para los alemanes o autoridades del gueto sería relativamente sencillo dar con él, encontrar las heridas que el alambre de púas le había provocado en las piernas y tomarlas como una confirmación de su culpa. ¿Le habrían fusilado solo a él o habrían colgado y fusilado también al resto de mi familia? ¿Le habrían torturado antes? ¿Había sido yo, el líder de la Santísima Trinidad, el causante de que aquellos a quienes más quería hubieran muerto de manera dolorosa? ¿Y qué pensaría Nathan? Se suponía que tenía que quedarme y asegurarme de que todo el mundo estuviera a salvo, pero yo les había abandonado y, con ello, había llevado el peligro y la posibilidad de que murieran directamente hasta su puerta. Aquellas eran ideas demasiado grandes y pesadas.

A menudo me pregunté también qué habría pasado si yo no hubiera llevado un cuchillo conmigo. ¿Y si hubiera estado un poco más alejado, y no hubiera llegado a tiempo junto al guardia? ¿Y si él hubiera avanzado más deprisa, o hubiera echado a correr? ¿Y si hubiera disparado desde más lejos, sin molestarse en acercarse a la alambrada? Srulek habría muerto sin duda, y su muerte habría sido responsabilidad mía por completo. Solo de pensarlo me echaba a temblar. Con Srulek muerto y yo al otro lado de la alambrada aún, ¿me habría quedado esperando una oportunidad para regresar al gueto? Lo dudo, no solo por el miedo derivado de mi participación en la muerte de Srulek y aquel presunto intento de contrabando, sino porque no podría haberme enfrentado a mis padres, a mis hermanas y a otros parientes sabiendo que era la persona que había maquinado el fallecimiento de su hermano pequeño.

¿Y si el guardia no hubiera entablado conversación conmigo, si no le hubiera engañado y se hubiera dado cuenta de que era uno de los conspiradores o algún tipo de cómplice? Srulek y yo estaríamos muertos los dos. Quizá Heniek también, si el guarda le hubiera visto. Tampoco era una idea agradable. Los condicionales llevan acosándome desde entonces. Pero lo que no he logrado quitarme de la cabeza es la seguridad de que deberíamos haber contestado a Srulek con un no categórico. Heniek y yo deberíamos haberle dicho simplemente que no podía atravesar la alambrada y que sí, el motivo era que nos preocupaba su pierna chunga.

Pensaba aquello sin tener la completa seguridad de que lo sucedido en la alambrada hubiera tenido algo que ver con el miembro deforme de Srulek. Parecía probable, pero no indudable. En cualquier caso, llegué a convencerme de que si Heniek, en lugar de Srulek, hubiese intentado pasar entre el alambre, no habría habido ningún cadáver de uniforme tirado junto a la cerca, y habríamos salido y vuelto a entrar sin problema. Yo me habría quedado sin duda en el gueto, y podría haber mantenido la promesa que le hice a Nathan. ¿Habría encontrado la manera de mantener a mis padres, a Srulek y a mis hermanas con vida mientras existiera el gueto? Nunca lo sabré, pero la idea de que podría haberlo hecho, por absurda e irracional que parezca, nunca me ha abandonado. Nunca me he quitado de encima la sensación de que, de haberme quedado en el gueto, podría haber marcado una diferencia crucial, quizá LA diferencia crucial.

Por supuesto, aquellas ideas y pensamientos eran dementes y absurdos, pero regresaban a mí en la oscuridad de las noches de insomnio, así como durante las horas de vigilia. Con el paso de los años, los recuerdos y las consideraciones morbosas se fueron volviendo menos recurrentes, pero nunca han desaparecido del todo. Aquel iba a convertirse en mi propio depósito perpetuo de culpa familiar, una versión altamente personalizada del síndrome del superviviente. Se convirtió en una especie de acúfeno. Un zumbido constante de fondo, una fuente de culpabilidad, de negligencia inmoral o de cobardía que me reconcomía de manera persistente;

una herida que, sin aviso previo, podía dolerme en cualquier momento, que nunca me permitía alcanzar una sensación de tranquilidad continua, de estar en paz conmigo mismo.

Me desperté al amanecer para empezar a preparar mi partida. Por tentadora que fuera la idea de quedarme más tiempo, me daba miedo que los dueños de la casa pudieran aparecer en cualquier momento, y a saber lo que pasaría entonces. No podía correr riesgos. Tenía que irme de allí.

Varsovia era mi primer objetivo. En Varsovia estaban los Herszman, mi familia paterna. Les había visitado un par de veces y pensaba que si lograba dar con ellos estaría a salvo, al menos durante un tiempo, hasta que averiguara cómo llegar a Wlodawa. Ellos quizá supieran la manera. Y quizá también hubieran recibido noticias de Lodz sobre el muerto de la alambrada, aunque supuse que eso sería poco probable. El incidente había tenido lugar solo dos días antes y, en el contexto más amplio de la guerra, lo que había hecho era insignificante, tenía un tamaño microscópico.

A juzgar por la talla de algunas de las prendas de ropa y botas que había en la casa, el ornitólogo, o quizá se tratara de su mujer o uno de sus hijos, era solo un poco más grande que yo. La ropa de Cesek estaba bien, seguía más o menos limpia y en buen estado, bien remendada. Sin agujeros. No había motivo para abandonarla. La guardé en la mochila como un recambio más y me puse la ropa que había en la casa; prendas que habían sido diseñadas de manera evidente para que su dueño se arrastrara entre arbustos espinosos o terrenos abruptos, presumiblemente en busca de una posición más ventajosa para observar a sus amigos con plumas, o que al menos estaban destinadas a ello.

Ante todo había algunos calcetines largos de lana. No recordaba la última vez que me había puesto algún tipo de calcetines. A continuación me puse unos pantalones largos que parecían, a la vista y al tacto, estar hechos con algún tipo de tela o lona. Duros pero resistentes. Gracias a Dios por la ropa interior que también había encontrado y que ya llevaba puesta. Tuve que enrollar las perneras unos centímetros para no tropezar con ellas, pero por lo demás me quedaban bien. Metí trozos de periódicos viejos en la punta de las botas que pretendía robar para asegurarme de que no me bailaran y quedaran incómodas. La camisa, el suéter y la chaqueta eran, igual que los pantalones, un poco demasiado grandes, pero no era extraño ver a niños vestidos con ropa de segunda mano. En la casa había un espejo grande. Me miré en él. Tanto el vestuario como la manera en que lo lucía parecían estar bien. Eran excepcionalmente comunes y corrientes, sin nada especial. Justo lo que yo necesitaba. Comencé a sentir un atisbo de esperanza en la posibilidad de que aquello funcionara.

Gracias a uno de los mapas de la zona que empapelaban la casa, y a partir de mis propios conocimientos, sabía que no muy lejos había un pueblo que celebraba un mercado cada jueves —por lo menos, antes de la llegada de los alemanes—. El día siguiente era jueves. Si lograba llegar al mercado, quizá lograra persuadir a alguien para que me llevara hasta Varsovia, que estaba a cien kilómetros de distancia. O quizá pudiera vender algo de la casa y utilizar el dinero para pagar a alguien por llevarme hasta Varsovia.

Llené la mochila y los bolsillos con todo aquello que pude cargar sin sentirme abrumado por el peso. Quería ser capaz de salir pitando si era necesario. Entre los objetos que me llevé había un catecismo y un misal, dos elementos habituales en la parafernalia religiosa de cualquier católico devoto.

Junto con el crucifijo, llevarlos me daría mayor credibilidad como católico si surgía la necesidad de afirmar esa condición. El hallazgo me proporcionó otra inyección de autoconfianza. Si después de todo había algo parecido a un dios, aquello había sido una intervención divina capaz de hacer magia.

Luego había un mapa de toda Polonia y unos binoculares. Vacilé antes de meterlos en la bolsa. Si me capturaban con unos binoculares y un mapa podrían pensar que era un espía —joven, pero un espía de todos modos—. Y eso podría llevar a que surgieran preguntas más urgentes acerca de mi identidad real. Por otro lado, si cogía y me llevaba algunas fotos y dibujos de aves, quizá podría pasar por ser un joven ornitólogo. Sí, había una guerra en marcha, pero las aves seguían volando. Sentí una punzada de remordimiento al pensar que le estaba robando todas esas cosas a aquel observador de aves desconocido. Fue una punzada que duró un segundo completo, quizá menos.

Me aventuré a salir de la casa para orientarme y trazar un rumbo hasta el pueblo. Gracias a Dios, una vez más, por mis días en el Hashomer-Hatzair, donde entre otras cosas había aprendido a leer mapas. Escogí una ruta y llegué al pueblo en un par de horas, siguiendo siempre senderos forestales y sin abandonar la protección de los setos, lejos de cualquier carretera, por las que no dejaban de pasar montones de militares alemanes y policías de tráfico en ambos sentidos. Me mantuve alerta por si oía a alguien acercarse, y no dejé de escudriñar el horizonte en busca de amenazas en potencia y de lugares en los que pudiera esconderme si se presentaba alguna. Cuando tuve que atravesar algún terreno abierto y nevado, me envolví en la sábana blanca lo mejor que pude sin hacer que me resultara imposible caminar.

Logré no encontrarme con nadie en el bosque y en los

campos salvo por un anciano con el que estuve a punto de chocar. El hombre estaba ahí, sentado en una carretilla, hablando consigo mismo en voz baja, con aspecto de estar descansando un rato. La carretilla contenía palos y ramitas, lo que me llevó a pensar que podía ser una de las personas a las que había oído el día anterior, un campesino que había salido a buscar leña. Me puse furioso conmigo mismo por haberme mostrado tan descuidado y no haber visto ni oído nada hasta encontrarme prácticamente encima de él.

También me quedé perplejo cuando el hombre no me saludó a la voz de:

—Ah, así que eres el pequeño judío bastardo que ha salido huyendo de Lodz tras asesinar a ese guardia alemán... Ah, por cierto, marranito, toda tu familia está muerta. Violaron a tu madre y a dos de tus hermanas, y obligaron a tu padre y a Srulek a verlo antes de fusilarlos junto con otro centenar de judíos que pasaban cerca de vuestra casa cuando los camiones alemanes entraron en el gueto a buscarlos. Por supuesto que arrestaron también a Heniek y al resto de la familia Lewkowicz, y están todos muertos, como los Levinson. Y qué mala suerte la de los Karbowski. También están muertos. Espero que te sientas fatal por todos los problemas y muertes que has provocado, sabandija egoísta.

No, en vez de soltarme todo eso, se limitó a decirme:

—Buenos días. Bonito día.

Me mostré de acuerdo esperando que mis palabras no sonaran demasiado histriónicas en un sentido católico polaco:

—Sí, muy bonito.

Resistí la tentación de añadir *Dominus vobiscum*, solo para subrayar lo católico que era yo. Pensé que un católico de verdad no sentiría la necesidad de ir contándole o recordándole a todo el mundo que era católico mediante alusiones frecuentes a los distintos aspectos de su fe. Por el contrario, ese tipo de actitud podría levantar sospechas, sobre todo en aquellas circunstancias, en las que existía una sensibilidad muy elevada hacia la religión, o al menos hacia una religión en particular.

Sí, sabía —o creía saber— mucho sobre el catolicismo, pero no tenía ni idea de todo lo que ignoraba. Tuve que limitarme a esperar que los católicos no tuvieran una manera *de rigueur* para decir «por favor» y «gracias» cuando hablaban entre sí —algo que me había perdido tanto durante mis prolongadas charlas de iniciación con Cesek como en mi observación de aquella especie—. ¿Había una manera católica especial de comprar jabón y coles en una tienda en vez de en un puesto del mercado? ¿Cómo se sonaban la nariz o abrían el periódico los católicos? ¿Habría algún pequeño detalle delator que, en caso de no respetarlo, dejaría traslucir mi condición y provocaría mi salida temprana del planeta? Tenía que esperar que no fuera así, porque sin duda ya era demasiado tarde para averiguarlo.

Tuve que apartarme aquellos pensamientos y miedos de la cabeza. Lo del catolicismo sería sencillo. Tan solo deseaba haber tenido la posibilidad de practicar un poco más, de familiarizarme mejor con ello antes de tener que implementar el subterfugio en circunstancias tan estresantes.

Entré en el pueblo desde un campo, tras tomar un pequeño sendero que discurría entre los patios traseros de dos casas. Al dejar estas atrás me encontré en un camino angosto que conducía a una calle que iba directa hasta la plaza del mercado. La presencia alemana era escasa —reflejaba la poca importancia del lugar—, pero no inexistente. El corazón me dio varios vuelcos cuando pasaba junto a algún policía o soldado alemán e intentaba transmitir la sensación de tener todo el derecho de pasear por allí, en vez estar muerto o de vuelta en el gueto, o las dos cosas a la vez.

En el mercado reinaba un silencio extraño, y la mitad o más de los puestos que recordaba de mis visitas anteriores parecían haber desaparecido. No era cosa de mi imaginación. La mitad o más de los puestos no estaban allí, y la mitad de la gente que por lo general estaría comprando tampoco estaba, porque los puesteros y compradores que faltaban eran judíos. No había judíos que vendieran en el mercado, y no había judíos que compraran. Polonia se había convertido en otro país, o iba camino de serlo.

Los judíos llevaban más de mil años en Polonia, desde que el rey Jogaila los invitó a establecerse allí en el año 870 para que le ayudaran a construir aquel incipiente Estado. Todos los niños judíos de Polonia sabían eso. Ahora que los judíos habían desaparecido o estaban en proceso de hacerlo, y aunque era consciente de encontrarme en una parte de Polonia que se había incorporado al Reich, eso sucedía solo sobre el papel. Un papel importante, pero un papel al fin y al cabo. El paisaje seguía siendo polaco, pero un paisaje polaco sin sus judíos era como Suiza sin sus montañas, como el Sahara sin su arena. En pocos meses, el *Judenrein* se había convertido en la nueva realidad. Era una idea escalofriante, y demostraba a la vez tanto la impudicia cruel del proyecto de los alemanes como la amplitud de su detestable perspectiva.

Volviendo a mis planes para llegar a Varsovia, me di cuenta de que tendría que andarme con cuidado. ¿Cómo se acerca uno a un completo desconocido y le convence para que le lleve a cien kilómetros de distancia, más o menos? Identificar a alguien de la zona de Varsovia, abordarle y pedirle que me llevara de vuelta u ofrecerle algo a cambio del transporte podía ser un asunto muy arriesgado. Quería que fuera un anciano, alguien de quien no me costara escapar si se ponía desagradable o intentaba robarme. Quizá un anciano agradecería la compañía y no se molestaría en hacer trueques o en engañar a alguien tan joven como yo.

La persona que parecía ser el vendedor de mayor edad de toda la plaza estaba expresando sus opiniones a gritos desde una furgoneta sucia de color gris con una dirección de Varsovia escrita en el panel de la puerta delantera, y que tenía una ventanilla lateral que se abría para exhibir un surtido de productos. O, mejor dicho, el surtido de un solo producto, porque aquel día solo parecía tener a la venta cacerolas de tamaño mediano.

En un momento en que había poca gente alrededor, le pregunté si necesitaba ayuda con el puesto o a la hora de recoger las cosas. No la necesitaba. Entonces le pregunté directamente si podía llevarme a Varsovia o cerca de Varsovia, y le ofrecí una lata de cerdo como incentivo. Eso cerró el trato. Quizá percibió la desesperación de mi voz y se apiadó de mí.

Me di cuenta de que no podía intercambiar viajes por comida a menudo, ya que me quedaría sin ella con mucha rapidez, por no hablar del riesgo de presentarme como un objetivo para los ladrones. Se decía que Polonia estaba llena de ladrones o de gente dispuesta a robar para poder comer.

Acordamos encontrarnos a la una, cuando el mercado comenzara a cerrar. Mi ansiedad y mi inquietud ante aquello en lo que me estaba metiendo se evaporaron cuando me di cuenta de que el tipo se alegraba sobre todo de tener compañía. Alguien con quien hablar.

Cuando me subí al asiento del copiloto de la furgoneta, mi chófer anunció:

—Me llamo Tadeusz. ¿Y tú?

—Henryk Karbowski —contesté sin pensarlo dos veces,

aunque aún me costaba creer que hubiera pronunciado esas palabras tantas veces ensayadas ante la pregunta de un desconocido.

Aquella fue la primera aparición en público de Henryk Karbowksi, y pareció funcionar. Al margen de aquel mismo día, un rato más tarde, cuando llegué al piso de mis parientes en Varsovia, iba a pasar mucho tiempo hasta que volviera a utilizar mi nombre de verdad, el que arrojaba luz sobre mi verdadero origen, el que hablaba por sí solo acerca de mi historia y la de mi familia. Era extremadamente consciente de que, si el nombre de Chaim Herszman surgía en el momento equivocado, o si me lo arrancaban a golpes, eso no solo pondría en peligro mi propia vida, sino la de cualquier miembro de mi familia en caso de que llegaran a Lodz siguiendo su rastro. Henryk Karbowski había llegado para quedarse.

El trayecto hasta Varsovia transcurrió sin novedad. Tadeusz no había vendido nada por dinero en efectivo, pero había completado varios trueques y estaba convencido de que podría hacer que le resultaran ventajosos cuando regresara a la capital.

Tadeusz no tardó en contarme que la camioneta en la que viajábamos y todo su contenido habían pertenecido a un judío de Varsovia que, bajo las nuevas leyes nazis, tenía prohibido desempeñar su oficio. Le dijeron que tenía que vender todo lo relacionado con su negocio antes de cuarenta y ocho horas o se arriesgaba a perderlo. El judío lo vendió. Tadeusz lo compró.

—Conseguí el lote completo por casi nada. Podría decirse que fue un robo. Pero, si yo no lo hubiera comprado lo habría hecho otra persona, así que ¿por qué no hacerlo yo?

Aquella era una racionalización que Henryk iba a escuchar con regularidad nauseabunda. El anciano se preguntó en voz alta por el destino de los judíos polacos. Me contó que la situación en Varsovia era mala, y que iba a peor. Comenzaba a hablarse de establecer un gueto como el de Lodz, pero hasta el momento no se había dado ningún anuncio oficial.

Aunque aquel anciano no era el peor antisemita con el que me hubiera encontrado, resultaba evidente que para él el antisemitismo era simplemente parte de la música de fondo, del sonido ambiente de la vida polaca. Incluso teniendo un enemigo común, los alemanes, tan visible a nuestro alrededor y que dañaba a ambas comunidades, de Tadeusz no emanaba ningún sentimiento de solidaridad o de sufrimiento compartido hacia mis correligionarios.

Decidí practicar con algunos comentarios antisemitas rutinarios y de nivel bajo, para ver con qué naturalidad podía hacer que me salieran. Nada demasiado excitante, para comenzar.

—Bueno, no pueden culparse más que a sí mismos, ¿no es así? Estúpidos cabrones, viviendo apartados de esa manera... Vistiéndose como se visten. ¿Quién se han creído que son? Este es nuestro país, no el suyo. Ellos mismos se han convertido en un objetivo fácil.

A juzgar por la forma en que el anciano asentía con la cabeza, yo no lo estaba haciendo demasiado mal. Fue un alivio.

La furgoneta llegó a las afueras de Varsovia cuando comenzaba a oscurecer. Tadeusz me dijo que el toque de queda comenzaría pronto, pero resultó que iba a una parte de la ciudad que quedaba muy cerca de la casa de mis parientes. Aceptó dejarme allí, así que esperé que no me pillaran.

Los Herszman de Varsovia vivían en una zona judía. Me sentí un tanto intranquilo al entrar. En momentos así, mi aspecto podía convertirse en una desventaja. Quizá la gente por la calle pensara que era un *goy* e intentara robarme. También era posible que no me hicieran preguntas, que se limitaran a matarme o dejarme herido, a cogerme la mochila y salir huyendo. Me sentía como si estuviera avanzando en la dirección desde la que llegaba el sonido de los disparos, cuando todos mis instintos me indicaban que me fuera en el sentido opuesto. No obstante, no conocía a nadie en la ciudad. Los Herszman de Varsovia eran mi única esperanza.

Aún me duraba la suerte. En el momento en que la furgoneta se detenía vi al primo de mi padre, a quien yo conocía como el tío Izaak. Recordé la calle en la que vivía con su familia, vi que se dirigía hacia ella. Me llenó una enorme sensación de alivio. Aquello me confirmó que lo más probable era que siguieran allí, en el mismo piso, y que no habían muerto o desaparecido.

IX

Me quedé rezagado y esperé a que Izaak hubiera desaparecido dentro del edificio de apartamentos antes de dirigirme hacia la penumbra de la entrada a su bloque. Recordaba que vivían en la planta baja, tras una puerta de color rojo brillante, que tenía un buzón de correo grande y destartalado. No debió de transcurrir mucho más de un minuto hasta que golpeé la aldaba. La puerta se abrió casi de inmediato, pero no del todo. Izaak se asomó con mirada inquisitiva. Su cara estaba iluminada débilmente por una luz parpadeante que debía de proceder de una vela.

—Sí, ¿quién eres? ¿Qué quieres?

—Soy Chaim Herszman, el hijo de Chil Herszman. De Lodz. ¿Te acuerdas de mí? Una vez vinimos de visita. Me he escapado del gueto y estoy a la fuga.

La mirada inquisitiva se transformó en una expresión de consternación absoluta.

—¿Te has vuelto loco? ¿Te has fugado y vienes aquí, con nosotros? ¿Quieres que nos fusilen a todos? ¡Largo! Ya mismo. De todos modos no tenemos suficiente comida ni para nosotros mismos. No podemos darte nada ni compartir nada contigo. Vete. Rápido. Lo siento. Vete ya.

Me sentí completamente desanimado. Aquel no era el tipo

de recibimiento que esperaba por parte de un pariente. No sé con seguridad qué tipo de bienvenida esperaba, pero no era aquella. Me dejé llevar por el pánico. Pronto sería de noche. Mi conocimiento de Varsovia era escaso en el mejor de los casos. Si me detenían por romper el toque de queda e ir sin documentos, me metería en un lío muy gordo.

—Por favor, tienes que dejarme entrar. Si me echas, los alemanes podrían atraparme y fusilarme. No tengo documentos. No tengo permiso de viaje. Y podrían seguir mis pasos hasta aquí. Tenemos el mismo apellido, así que, si me pillan en este barrio, estarás en peligro de todos modos. Lo siento mucho. Déjame entrar y el riesgo será cero. En cuanto se haga de día, seguiré mi camino lo antes posible. Nadie me ha visto llegar, estoy seguro de ello. Y llevo comida conmigo. Estaré encantado de compartirla con vosotros.

La mención a la comida pareció ayudar. Fue una confirmación más de que la comida se estaba convirtiendo en una moneda universal en la Polonia de la guerra, sin duda para las masas de judíos, probablemente también para los polacos. Ojalá hubiera traído más conmigo de la *dacha* del ornitólogo...

La tensión entre Izaak y yo no desapareció por completo. Continuaba fuera, casi en la calle, pero nuestra trifulca susurrada había acabado por llamar la atención de la esposa de Izaak. Más tarde me enteré de que se llamaba Ruth. Al acercarse y enterarse de lo que sucedía, abrió la puerta por completo, claramente avergonzada por la insensibilidad de su marido, y le exhortó:

—¡Déjalo entrar... no es más que un niño!

Izaak se hizo a un lado para dejarme pasar.

—Pero solo por esta noche —me dijo mientras pasaba a su lado—. No queremos problemas.

Entonces repetí:

—Tengo comida. Me alegrará compartirla. La carne es de cerdo, pero es saludable, y también tengo verdura. Me iré mañana.

Me condujeron a una habitación espaciosa, de techo alto, empequeñecida por la presencia de seis almas de varias edades y tamaños. Supuse que serían otros primos o un surtido de parientes Herszman, pero no pregunté nada. Me limité a saludar con la mano y dije:

—Hola, soy Chaim Herszman, de Lodz.

Hubo una pequeña discusión sobre el tema de comer cerdo, pero estaba claro que la familia no era practicante y que la punzada del hambre era potente. Abrimos un frasco Kilner de verduras y dos de las latas de carne de cerdo, a los que añadí los restos de lo que no me acabé en la *dacha*. No era exactamente un festín digno de un rey, ni de los nueve pobres judíos que estaban a punto de devorarlo, pero por la expresión en los rostros que había en aquella habitación lo más probable era que no hubieran visto tanta comida junta desde hacía bastante tiempo.

Después de comer, me entretuvieron contándome las noticias sobre la situación de los judíos de Varsovia. Las cosas estaban igual de mal que en Lodz antes de que se creara el gueto. En Varsovia no existía la obligación de llevar una estrella amarilla cosida a la ropa. Allí se les requería que lucieran un brazalete blanco con una estrella de David de color azul. Los asesinatos al azar y las humillaciones callejeras, donde te cogían y te obligaban a realizar labores estúpidas, domésticas o desagradables, seguían siendo comunes. Al menos, dentro del gueto de Lodz, mientras te mantuvieras alejado del perímetro, la posibilidad de que un alemán te disparara por sorpresa o te maltratara era baja. Quizá

Rumkowski tuviera razón en eso. ¿Podía un gueto autónomo representar una forma de protección para los judíos? Aunque pueda sonar estúpido hoy en día, quizá por entonces no fuera algo tan evidente para todos.

La vida de un judío en Varsovia se había convertido en una secuencia interminable de ansiedades por lo que podías encontrarte a la vuelta de la esquina, o lo que podía llegar por tu espalda, o por uno de tus lados, y por la manera de conseguir la siguiente comida. Cuando no tenías a la vista a tus hijos o a otros miembros de tu familia, también te preocupabas por ellos. Todo esto te desgarraba los nervios de una manera que podía conducir —y que con mucha frecuencia lo hacía— a la depresión, la locura y el suicidio, por lo general en ese orden.

Aquella breve conversación acabó por disipar cualquier idea que permaneciera en mi cabeza sobre la posibilidad de extraviarme en Varsovia, entre la mayor concentración europea de judíos. Entendí por qué los Lewkowicz habían abandonado su estadía en la ciudad para regresar a Lodz, pero yo no disponía de esa opción. Supuse que podría intentar esconderme a simple vista haciendo de ario, pero encontrar a Nathan seguía siendo mi principal objetivo. Tenía que continuar dirigiéndome hacia el este, hacia el río Bug. Si conseguía reunirme con Nathan estaría a salvo y el plan de sacar a todo el mundo del gueto de Lodz se encontraría solo a un pequeño paso de distancia. Sin embargo, incluso cuando pensaba aquello, los negros nubarrones de la duda se cernían sobre mí.

Durante el transcurso de la tarde también se hizo evidente que mis parientes conformaban un grupo tímido y aburrido. Con la excepción de uno de los niños, Baruch, que sería un poco mayor que yo y transmitía pura energía. Mientras la tarde llegaba a su fin, Baruch comenzó a hablar sobre la necesidad de enfrentarse a los alemanes. Según él, eso implicaba que teníamos que hacer causa común con los polacos. Afirmó que entendía los riesgos de trabajar con ellos, comentando:

—Por malos que fueran los polacos, nos entendíamos, y nunca se comportaron con nosotros igual que los alemanes. En el futuro, las cosas empeorarán tanto para los polacos como para nosotros. —A continuación añadió—: No todos los polacos son antisemitas, pero, hasta donde yo sé, prácticamente todos los polacos odian a los ocupantes alemanes, ¡así que ahí tenemos algo con lo que trabajar! Una alianza establecida con el odio compartido sería extremadamente fuerte.

Izaak dijo que no tenía tan claro que la mayoría de los polacos fuera a preferir a los judíos antes que a los alemanes, pero que de todos modos:

—Los judíos no luchamos. Nosotros negociamos. Alcanzamos compromisos. Sobrevivimos. O hacemos un trato o salimos corriendo. Siempre ha sido así para nosotros.

Izaak desestimó e hizo caso omiso de las protestas de Baruch incluso cuando este le recordó que el líder del Ejército Rojo en los tiempos de sus más gloriosas victorias contra las fuerzas reaccionarias fue un tal León Trotski, también conocido como Lev Bronstein. Los judíos habían combatido en los ejércitos alemán y austriaco durante la Primera Guerra Mundial, así que... ¿de dónde salía esa charla ridícula según la cual los judíos no luchaban?

Izaak no quiso saber nada:

—Los alemanes están en guerra. Ya se están quedando sin mano de obra en su país. Por toda Polonia están apareciendo oficinas de reclutamiento para llevar polacos a Alemania y que trabajen en sus industrias y en sus tierras. Por supuesto que no se llevarán a los judíos a Alemania. ¡Quieren que el Reich esté libre de judíos, pero todo eso es política! Las cosas cambiarán. Todo puede cambiar. Ya verás. El pragmatismo derrotará a los lunáticos de los ideólogos nazis. Al final prevalecerá alguna forma de sentido común. Si los alemanes se dan cuenta de que les somos útiles, nos cuidarán. Todos estos tiroteos en las calles, el maltrato y demás, son solo algunos exaltados, fanáticos fuera de control. No deberíamos provocarles. Las autoridades alemanas los llamarán al orden. Tendrán que hacerlo. Los alemanes creen en el orden.

Fue todo un discurso y, cuando llegó a su fin, tuve más claro que nunca que debía largarme de aquel lugar lo antes posible. El tío Izaak sonaba igual que Chaim Rumkowski, en Lodz: ten fe en la colaboración. Baruch no quiso saber nada:

—No puedes hacerte amigo de un tigre, ni vivir con él. Las cosas no funcionan así.

Resultó que Baruch tenía razón. Rumkowski se equivocaba.

Casi todos los presentes en la estancia conocían a Nathan por las visitas que este había realizado a Varsovia, pero no tenían ni idea de que se hubiera marchado de Lodz para dirigirse hacia el este. Se quedaron perplejos cuando les hablé de la postal que habíamos recibido, pero me dijeron que habían oído relatos parecidos de judíos que habían partido hacia la Unión Soviética.

Izaak me confirmó que había montones de historias acerca de judíos que pasaban a Rusia a través de la nueva frontera, el río Bug. Se decía que centenares, quizá miles, lo hacían cada noche al abrigo de la oscuridad. Incluso había maneras legales de hacerlo en los cruces fronterizos oficiales, pero no tenía tan claro en qué consistían aquellas maneras legales y pensaba que de todos modos no estarían abiertas a los judíos.

Eso provocó una breve discusión, o más bien una serie de declaraciones cargadas de improperios, sobre lo conmocionado que estaba todo el mundo ante el hecho de que Alemania y la Unión Soviética hubieran firmado un pacto. El proyecto entero de Hitler, lo que le había llevado a alcanzar el poder en Alemania, se basaba en la promesa de encargarse de la Amenaza Roja en el este, las hordas asiáticas que no eran más que un juguete de la conspiración global sionista.

—¡Menuda conspiración! —declaró Baruch—. ¡Ojalá tuviéramos esa suerte! Ahora esos dos monstruos se están ayudando entre sí. ¿Os lo podéis creer?

Quedó claro que todo el mundo se lo creía. También hubo consenso ante la idea de que la nefasta alianza entre nazis y soviéticos no podía durar. Pero, cuando se acabara, a saber dónde estarían los judíos de Polonia...

La seguridad con que los Herszman de Varsovia me confirmaron que muchos judíos habían llegado a la Unión Soviética cruzando el río Bug fue música para mis oídos. Se trataba del primer indicio independiente de que me encontraba en el camino adecuado. La principal ciudad y nodo de transporte en esa parte de Polonia era Lublin. Ese tenía que ser mi siguiente objetivo. Desde allí podría dirigirme hacia Wlodawa o algún lugar cercano, y averiguar la manera de cruzar el río. Sabía nadar, pero me imaginé que en aquella época del año las aguas estarían congeladas, cosa que incluso lo hacía más fácil. ¿Qué podía salir mal?

No mencioné Wlodaba ante los presentes. El de mis intenciones exactas con respecto al punto en que abandonaría Polonia fue un tema que no salió a colación. Tampoco les informé sobre lo sucedido en la alambrada de Lodz. Era muy poco probable que cualquiera de ellos fuera a entregarme, sobre todo porque se pondrían en peligro al implicarse a sí mismos. Y no ganaban nada por saber que tenían a un asesino en su seno. Cuando se acabara la guerra y nos reuniéramos todos en Palestina ya llegaría el momento de revelarlo todo.

Otro de los adultos, creo que se llamaba Yitzak, echó un poco de agua fría sobre mis planes cuando reconoció que, aunque en efecto había numerosas historias de judíos que habían cruzado el río Bug, también eran numerosas las historias sobre intentos fallidos. Puesto que los alemanes y los soviéticos estaban compinchados, el mando militar alemán de la zona protestaba de vez en cuando ante su par por la laxitud de los guardias fronterizos soviéticos, que no tomaban las medidas necesarias para evitar el cruce de los refugiados. Le contesté que pensaba que lo más probable era que los alemanes estuvieran encantados de librarse de todos aquellos judíos, pero otros me replicaron que los alemanes estaban muy preocupados ante la posibilidad de que los judíos jóvenes cruzaran la frontera porque probablemente estos esperaban poder regresar como partisanos para acabar con ellos.

Fuera cual fuese la explicación, durante los días que seguían a una de aquellas protestas diplomáticas por parte de los alemanes, al parecer los soviéticos se espabilaban y ponían las cosas difíciles. Si tenías la mala suerte de intentar cruzar en uno de esos lapsos, las cosas podían ponerse feas. Había historias según las cuales las tropas soviéticas por un lado y las alemanas por el otro habían disparado de manera simultánea a los pobres desgraciados que intentaban cruzar. También se contaba que unos refugiados se habían quedado atrapados durante la noche en un puente —tierra de nadie— sin que ninguno de los dos lados aceptara ayudarlos. Todo el mundo murió de hipotermia. Sin duda, en su estado de debilidad, no debieron de durar demasiado.

—Tiene mucho que ver con la suerte —dijo Yitzak—. Si en el lado ruso te ve un guardia que es judío, o que quizá esté contento porque tiene a una mujer con él, es posible que simplemente te deje pasar. Si el guardia no ha comido, tiene resaca o está de mal humor por algún motivo, entonces date por muerto. —Esa fue su última palabra sobre el tema.

Baruch no sabía de ninguna manera organizada para salir de Varsovia y llegar hasta la frontera rusa, pero había oído que, una vez fuera de la ciudad, los refugiados que tenían esa misma idea se encontraban y unían para ayudarse entre sí por el camino. Esos grupos solían definirse según sus características nacionales o religiosas, pero en ocasiones se habían dado grupos mixtos de judíos, polacos y comunistas de procedencia diversa. Al parecer, había un número considerable de extranjeros que se habían visto atrapados por el avance de las líneas alemanas y cuyos países estaban ahora en guerra con las potencias del Eje. Si los detenían, en el mejor de los casos los internarían y, en el peor, los fusilarían. Y ellos habían decidido evitar ambas posibilidades saliendo del país. Baruch añadió, con la intención de consolarme:

—Pero no te preocupes, Chaim. Con tu aspecto, si juegas bien tus cartas, podrás escoger a qué convoy te unes.

Eso era exactamente lo que esperaba. Chaim, el camaleón. Envalentonado por la relativa facilidad con que había llegado de Lodz a Varsovia, anuncié:

—Mañana saldré hacia Rusia. No soy comunista. Tan solo quiero encontrarme con mi hermano en un país en el que no nos encierren ni nos disparen solo por ser judíos. Ya cruzaré el río de algún modo. Encontraré a Nathan y os sacaremos a todos de aquí, quizá al mismo tiempo que saquemos a los Herszman y demás del gueto de Lodz.

Izaak explotó:

—No hables de esa manera en esta casa. Es un crimen. No quiero que los pequeños lo oigan y salgan a la calle a repetirlo. Acabaremos todos muertos.

Baruch, por supuesto, quiso venir conmigo, pero Izaak le oyó cuando me lo pedía entre susurros y sus juramentos y promesas de venganza dieron en el blanco. Baruch dio marcha atrás, diciendo que quizá me seguiría más adelante. Me pregunto si llegó a hacerlo.

Cuando Izaak no podía oírnos, le expliqué a Baruch que necesitaba saber solo dos cosas. La primera, si había algún mercado o un lugar parecido en el que pudiera contactar con alguien con un medio de transporte que fuera hacia el este para pedirle que me llevara. Y, la segunda, cómo podía contactar con un falsificador para conseguir unos documentos. No sabía cuánto tiempo iba a pasar en Polonia antes de llegar a la Unión Soviética, así que conseguir papeles me pareció una buena idea. Varsovia tenía que ser el mejor lugar posible para ello. Ignoraba de qué «papeles» se trataba exactamente. Solo sabía que los necesitaba. Baruch me contestó que tampoco sabía qué tipo de papeles podría necesitar un chico de mi edad, pero que sí conocía la dirección de un falsificador.

Se decía que no era tan difícil obtener documentos falsos. Una forma de conseguirlos era sobornando a un oficial alemán, pero eso era imposible si no conocías a alguno, como obviamente era mi caso. Se sabía de curas católicos que también habían ayudado emitiendo certificados de nacimiento y bautismo falsos a algunos judíos, pero, una vez más, yo no conocía a ningún cura en Varsovia. Y Baruch, tampoco.

Baruch me dio la dirección del falsificador y dijo que me acompañaría durante un buen trecho hasta su casa, pero acordamos que, puesto que él llevaría un brazalete delator y yo no, al dejar la zona judía iríamos por lados opuestos de la calle. Así, si las cosas se torcían para uno de los dos, el otro no se vería arrastrado de manera automática, ya que no habría ninguna señal de que estuviéramos relacionados de ningún modo. Justo antes de salir, me explicó cómo llegar al mercado desde el domicilio del falsificador, pero a continuación cambió de idea y me dijo que se quedaría cerca de allí y que, en caso de que mis tratos con el falsificador concluyeran con rapidez razonable, podría llevarme también hasta el mercado, o dejarme cerca.

Nos pusimos en camino tras responder de manera somera a la más elemental despedida familiar, aunque estoy bastante convencido de que Ruth se puso a llorar de verdad. Izaak dejó claro que no debía volver nunca, y yo le contesté con un susurro que en efecto esperaba no tener que volver a verle. Mientras nos dirigíamos hacia la puerta oí que Izaak le gritaba a Baruch que debía quedarse en casa, pero este le ignoró.

Me fascinó que las calles estuvieran llenas de gente nada más acabar el toque de queda. Supuse que les esperaba un largo día en busca de comida y otras necesidades. Tenían que hacer todo lo posible mientras aún hubiera luz.

Mientras avanzábamos, antes de que uno cruzara la calle para ir por el lado opuesto, Baruch me explicó que no sabía cómo funcionaban las cosas con el falsificador, pero me tranquilizó contándome que nunca había oído a nadie hablar mal de él. Yo debía confiar en que el contenido de mi mochila resultara lo bastante atractivo como para que quisiera hacerme unos documentos.

Baruch me condujo hasta el final de la calle en la que vivía el falsificador. Estaba en el cuarto bloque de apartamentos a la izquierda, primer piso, tercera puerta. Dijo que me esperaría durante diez minutos, más o menos. Tardé menos incluso.

Llamé a la puerta del número tres y le dije *Shalom* al hombre que la abrió. Claramente desconcertado al ver a aquel chico de aspecto ario, no me devolvió el saludo. En su lugar, me dijo en polaco, con voz malhumorada y desagradable:

—¿Quién eres y qué quieres?

Comenzaba a darme cuenta de que, con mi aspecto, buscar a judíos con los que hacer negocios, cualquier tipo de negocios, podía ponerme en peligro. Si no me conocían de antemano, y nadie me conocía fuera de Lodz, jamás me aceptarían como uno de los suyos. No a primera vista, y por lo general la primera vista lo era todo.

Quizá el tipo había pensado que mi *Shalom* era una cortina de humo. Quizá pensó que en realidad yo era un *goy* al que habían enviado para timarle o robarle. O, de manera más probable, dado mi tamaño, simplemente estaba confirmando su presencia para que otros se presentaran en breve a robarle.

Me pasé al yidis. Él abrió mucho los ojos, pero siguió mostrándose escéptico. Le dije que quería papeles y que me había presentado allí para saber cuánto me costarían, cómo funcionaba la cosa, la rapidez con que podría conseguirlos. Él se enojó e indignó, dijo que no sabía nada de falsificaciones. No tenía ni idea de lo que me había llevado hasta allí ni de quién me había dicho que era un falsificador, pero que me agradecería que le dijera a esa persona que estaba equivocada. Él era un ciudadano polaco temeroso de Dios que cumplía la ley y que no tenía el menor deseo de involucrarse en ningún tipo de actividad ilegal, así que, por favor:

—Lárgate de aquí, ahora mismo, antes de que vaya a llamar a un policía.

El diálogo entero duró menos de un minuto.

¿Cómo pude pensar que sería tan sencillo? Pues porque

era un crío y estaba verde. No había más. Tenía que hacer más deberes antes de volver a arriesgarme así. Las intenciones de Baruch eran buenas, pero yo había sido un idiota por confiar en él.

Baruch seguía esperándome fuera. Le expliqué lo sucedido, indicándole con gestos que teníamos que marcharnos lo antes posible. Él se disculpó profusamente mientras seguía afirmando que no tenía duda de que el tipo era un falsificador de documentos de identidad. Quizá las circunstancias de mi llegada, que apareciera sin avisar y sin nadie que respondiera por mí, le habían asustado. Un cabello rubio y unos ojos azules podían provocar esa reacción en los judíos. Incluso si no pensó que se trataba de una encerrona para robarle, pudo temer que fuera un agente de policía o un informador de algún tipo.

Yo solo quería salir de Varsovia lo más rápido posible. Quizá no estuviera siendo del todo racional, pero la frialdad con la que me había recibido Izaak y el asunto del falsificador me hicieron sentir que no debía quedarme por allí. Había demasiadas piezas móviles que yo no comprendía. Al otro lado de la calle, Baruch me acompañó un trecho y me indicó la dirección del mercado. Las últimas palabras que le dije fueron:

—Nathan nos escribió a Lodz. Yo te escribiré a Varsovia. Cuando este jaleo se acabe, todos los Herszman nos reuniremos, en la Unión Soviética, en Polonia o, mejor aún, en Palestina.

Mientras me alejaba, fui consciente de que la promesa que acababa de hacerle no se cumpliría nunca. Sabía el nombre del distrito en el que estaba la casa de los Herszman. Podía reconocer su calle, el edificio y la puerta, pero nunca supe, y mucho menos puse por escrito o tuve motivos para recordar, su dirección. En los años que han pasado desde entonces me he preguntado muchas veces qué fue de Baruch; con ello, supongo que me refiero a la manera en que murió y el momento de esa muerte. Como con la mayoría de gente a la que conocerás mientras te relato mi historia, los encuentros que describo fueron el primero y el último. No pudo ser de otra manera, pero eso no quiere decir que no me preguntara qué pasó con aquellos que, como Baruch, me ayudaron o me trataron con amabilidad, lo mismo que los que me habrían matado de haber tenido la más vaga noción de la verdad.

X

El mercado tenía un tamaño varias veces superior al de aquel en el que había encontrado transporte el día antes. De nuevo, no vi a ningún judío vendiendo, pero había muchísima gente paseándose por allí con brazaletes blancos. Me pregunté si sería legal.

Y así fue como, apenas setenta y dos horas después de salir del gueto de Lodz, me encontré en la parte trasera de un camión lleno de madera que se dirigía hacia Lublin a través de Radom. No se trataba exactamente de una línea recta, pero tampoco de un desvío muy pronunciado. Quizá las carreteras se encontraban en mejor estado por esa ruta. Me gustó la idea de pasar por Radom, consciente de que Nathan nos había enviado desde allí la postal sobre la tía falsa de Wlodawa.

Le había ofrecido al conductor una lata de carne de cerdo; ya solo me quedaba una. Él se rio y aceptó de inmediato, pero me sentí aliviado al ver que no me hacía preguntas sobre mí, sobre mi derecho a viajar, sobre mis propósitos ni sobre ningún otro tema. ¿Fue por mi aspecto? ¿Porque vislumbró el crucifijo, que yo había dispuesto con cuidado? ¿O se alegró simplemente por la carne y eso borró cualquier otro pensamiento de su mente?

Por suerte, al estar el conductor en la parte delantera del camión, dentro de la cabina, y yo en la trasera, no tuve que mantener una conversación prolongada con él. Pero me vi expuesto en parte a los elementos, bajo aquella capota hecha jirones. Me envolví con casi todas las prendas de ropa que llevaba, me pasé la sábana blanca por encima y me aferré a ella con firmeza para que el viento no se la llevara.

Comenzaba a tener una percepción más amplia de los peligros que conllevaba contar trece años, ser pequeño y estar vagando por un territorio hostil. Allí sentado, me asaltó una profunda lástima por mí mismo. Mis parientes de Varsovia no me querían tener cerca. Me veían como un peligro para ellos y, salvo Baruch, no se habían esforzado en ayudarme. Tampoco era que Baruch hubiera obtenido un éxito rotundo, pero al menos había demostrado tener buen corazón. Las lágrimas echaron a rodar por mis mejillas.

Había unos cien kilómetros entre Varsovia y Radom. Llegamos pasado el mediodía. Tras detenernos en un depósito, ayudé al conductor a descargar casi la mitad del contenido del camión y nos pusimos en marcha de nuevo, ahora en dirección a Lublin. El tipo me dijo que llegaríamos sobre la hora a la que comenzaba el toque de queda, pero le contesté que no se preocupara. Tenía unos familiares que vivían cerca del centro de la ciudad. No me sabía su dirección, pero sí cómo encontrarla. No pareció que le importara demasiado.

Cuando nos acercábamos a Lublin, nos detuvimos para ir al baño. Mientras avanzábamos por la carretera, bajo la luz menguante, había visto algunas *dachas* entre los árboles, así que pensé que, en vez de ir hasta la ciudad, quizá sería buena idea huir en ese momento y volver a colarme en una de ellas. No sabía nada sobre Lublin y no conocía a nadie que viviera allí. Pronto sería de noche, y el toque de queda podía pillarme en la calle. Mientras el conductor se bajaba la bragueta, le dije que necesitaba cagar y que iba a meterme un poco más en el bosque, pero que no tardaría mucho. Puesto que él se encontraba en la parte delantera del vehículo, preparándose para mear, no me vio cuando dejé caer la mochila al suelo y me adentré con ella en el bosque. Anduve un trecho largo antes de dejar el sendero trillado para esconderme. Oí que el conductor me gritaba:

—¡Chaval! ¿Dónde estás? ¡Date prisa! Tengo que irme.

Poco después oí que venía hacia mí, gritando aún pero sin salirse del sendero. No tardó en rendirse, regresó al camión, lo puso en marcha y se fue. Supongo que, dada la naturaleza breve y transaccional de nuestra relación, no cabía esperar más, pero aun así me sentí un poco dolido al ver lo leve y efímera que había sido su preocupación por mi bienestar. Primero el tío Izaak, luego el falsificador, a continuación el conductor... Tendría que aprender a ser fuerte, a rebajar mis expectativas sobre la cantidad de gente que estaría dispuesta a ayudarme o que se preocuparía por mis intereses. Tenía que aceptar que cualquier ayuda que me prestaran no sería exagerada, no tendría raíces profundas y lo más probable era que requiriera de un quid pro quo.

A la hora de seleccionar una *dacha* en la que entrar, seguí el mismo patrón y la misma lógica de la vez anterior, pero se estaba haciendo tarde, así que no pude permitirme el lujo de estudiar el lugar y quedarme cerca hasta confirmar que podía entrar y pasar la noche en él con total seguridad. De nuevo encontré una *dacha* que no se podía ver desde la carretera ni desde ningún camino de cualquier tamaño, con un montón de ramitas y hojas muertas sobre los escalones y el porche, lo que sugería que nadie había pasado por allí desde hacía tiempo. En este caso conté con la prueba adicional del cadáver caótico de una criatura indeterminada, del que algún depredador del bosque se había cansado para abandonarlo junto a la puerta.

En esa ocasión me costó un poco más entrar debido al diseño de las contraventanas, pero me las arreglé sin grandes dificultades. Pero, ya en su interior, me encontré con que el lugar estaba completamente vacío. No es que lo hubieran saqueado o vandalizado. No había señales de que alguien hubiera entrado antes, ni de que lo hubieran abandonado de manera precipitada, forzada o desorganizada. Aparte de algunos viejos sacos de arpillera vacíos, en la casa no había nada de nada. Ni sillas, ni comida. Nada. Me dispuse a pasar una noche de sueño incómodo dentro de uno de los sacos de mayor tamaño, con el resto puesto por encima, sin quitarme ni una sola prenda de ropa. Dormí a ratos, me desperté a menudo, cada vez que algún sonido nocturno y desconocido penetraba en mi duermevela. Yo era una criatura urbana. Aquello me recordó los motivos por los que tenía que salir de aquel lugar peligroso e inhóspito llamado «la campiña». Este era estrictamente para los campesinos, y yo no era uno de ellos.

Al día siguiente, nada más amanecer, decidí no entrar en Lublin, aunque sí anduve por lo que imaginé que debían de ser sus afueras. Intenté dirigirme en línea recta a Wlodawa. Era algo a lo que le había estado dando vueltas el día anterior, tumbado en la parte trasera del camión. Tras mirar el mapa, había escrito una lista con el nombre de los pueblos y aldeas que había entre Lublin y Wlodawa, y supuse que no podría estar sacando el mapa una y otra vez para orientarme, así que tracé una ruta y me la aprendí de memoria. Gracias al mapa, había sido capaz de identificar una sucesión de pueblos que me conducirían hasta mi objetivo: el río Bug y la frontera con la Unión Soviética.

Calculé que habría poco más de ochenta kilómetros desde mi punto de partida, y tan al este la temperatura era ya de varios grados bajo cero. Quizá eso me ayudara a conseguir medios de transporte. Mientras avanzaba arduamente por aquellas carreteras secundarias, la gente se detenía. Por lo general eran remolques tirados por caballos, pero también hubo un par de remolques tirados por tractores. No hubo intercambios ni trueques, no hicieron falta explicaciones. A lo largo del día, creo que debieron de recogerme seis o siete personas diferentes, trabajadores agrícolas o relacionados con la producción de comida o con la protección de los animales de la zona. Entre esos paseos cortos y lo que caminé, llegué a Wlodawa a media tarde. Ni yo ni mis compañeros temporales de viaje nos encontramos en ningún momento con soldados alemanes de patrulla ni con otras ramas de la oficialidad, pero, dado que seguíamos vías pequeñas y rurales, y que los combates habían terminado hacía tiempo, tras la rendición polaca, aquello no me sorprendió. Con frecuencia vi u oí vehículos pesados que se desplazaban por las carreteras principales cercanas. Había un murmullo constante de ruidos militares provocado por el ir y venir de los portatanques y los transportes de artillería y de soldados mientras realizaban las rutinas propias de una zona fronteriza.

Después de que me dejaran a las afueras de Wlodawa —un pueblito de tamaño razonable, según los parámetros de la época—, me dirigí hacia el centro. El lugar había quedado muy dañado por los bombardeos alemanes, y era probable que también por las fuerzas soviéticas al inicio de las hostilidades, ya que el ejército polaco tenía numerosos regimientos de artillería estacionados allí. Wlodawa había sido un pueblo de mayoría judía, hecho que quedaba evidenciado por lo que de manera evidente había sido una sinagoga de gran tamaño, junto a otras más pequeñas. Encontré una plaza desierta, donde seguramente se celebraba el mercado. Había tiendas en tres de sus lados, y calles que conducían hasta el río. El río que me iba a dar la libertad.

Me di de bruces con un correligionario, de manera casi literal. Mientras seguía un camino contiguo a un prado, oí por delante de mí unas pisadas de botas que se acercaban. No pude verlos, estaban a la vuelta de un recodo. Alguien habló en alemán. Había una zanja que corría paralela al camino, con un seto que cerraba el perímetro del campo. Las zarzas formaban una especie de dosel sobre la zanja. Decidí que con toda probabilidad lo mejor era que me ausentara. Vi entre las zarzas un hueco que parecía abrirse hacia la zanja justo en el punto en que el seto se encontraba con el borde ligeramente elevado del campo contiguo.

Me introduje en el hueco de un salto y gateé hasta llegar al fondo, donde me encontré con un hombre pequeño y anciano. Este me hizo una señal para que guardara silencio, dejando claro que era consciente del peligro sobre nuestras cabezas. Le obedecí mientras mi mente se disparaba en busca de posibles explicaciones sobre quién podía ser esa persona y qué estaba haciendo allí.

Cuando las voces y el sonido de botas que desfilaban se desvaneció a lo lejos, y el silencio reinó durante un minuto o así, el anciano me indicó haciendo gestos con las manos y con un guiño amigable del ojo que ya podía hablar, pero en voz baja. Habiéndome asegurado de que el crucifijo no quedara a la vista, me arriesgué y dije algunas palabras en yidis, lo cual llevó a que el tipo se relajara de manera evidente. Acto seguido me presenté como Ruben Blumowicz. No sé de dónde salió ese nombre, pero estuvo bien. Él me contó que se llamaba Jakub, que era panadero y que había pasado toda su vida en Wlodawa. No me preguntó de dónde era, ni qué hacía escondido en una zanja con él, pero yo tampoco se lo pregunté a él. ¿Qué motivos podían tener dos judíos de la Polonia de 1940 para esconderse de unos soldados alemanes?

Desde el punto de vista de Jakub, encontrarse a un judío desconocido de la edad que fuera cerca de aquella frontera que ofrecía una vía de escape a un país ocupado por los nazis no requería de grandes explicaciones ni de demasiadas conjeturas. Más tarde me contó que de repente habían comenzado a aparecer todo tipo de personas a lo largo del río Bug, y que, tal y como lo hacían, desaparecían. Muchos eran judíos, pero una parte importante de ellos, no. Los nazis estaban haciendo que mucha gente lo pasara mal. Gente de todas las razas, religiones, creencias políticas y nacionalidades quería salir del país.

Cada vez que veías a alguien que no llevara uniforme alemán y a quien no conocieras ya del pueblo avanzando por un camino, en un prado o en cualquier otra parte, podías apostar a que se proponía cruzar el río. Me enteré de que varios individuos emprendedores se habían entrenado para localizar a esas personas y las abordaban para ofrecerles su ayuda a cambio de alguna moneda del reino o algo de valor que pudieran trocar.

Jakub me contó que no era un mero panadero. Había sido, dijo, EL panadero propietario de una de las principales panaderías judías de Wlodawa. Ese «había sido» era el tiempo verbal clave. Al ser judío, la panadería ya no le pertenecía. Un polaco había pasado a tener ese honor. Pero como Jakub era un artesano reconocido y popular, el polaco le dejaba seguir trabajando en ella. Buena parte de los judíos de Wlodawa seguían haciendo sus encargos allí. El sueldo era miserable, pero en las panaderías solía hacer calor y estar en el local le llevaba a conocer gente todo el tiempo, así que se enteraba de buena parte de lo que pasaba en el distrito. Tras el caos inicial de la invasión, tenían harina para hacer pan casi cada día, probablemente porque también se lo suministraban a los comandantes alemanes de la zona y a sus tropas. Al menos de momento.

Jakub me contó que, al iniciarse las hostilidades, los rusos llegaron primero a Wlodawa, ya que solo tuvieron que cruzar el río. Se quedaron esperando a que llegaran sus camaradas alemanes y entonces se retiraron, volviendo a situar la frontera en el río. Le dije a Jakub que creía que mi hermano mayor había cruzado el río Bug para entrar en la Unión Soviética. Quizá lo hubiera hecho mientras los rusos estaban a cargo de ambos márgenes. En cualquier caso, yo pensaba cruzar y encontrarlo.

Al salir de la zanja me limité a seguir a Jakub, de manera espontánea, y le pregunté si sabía de algún sitio en el que pudiera refugiarme hasta que diera con la manera de cruzar. Le pregunté si quizá podría trabajar para él durante algunos días y le conté que hablaba alemán con completa fluidez y tenía un francés excelente. Eso último no era del todo verdad, pero pensé que en Wlodawa no me pondrían a prueba en un futuro cercano. Le indiqué que con mi aspecto lo más probable era que me pudiera mover por el pueblo con mayor facilidad que muchos de sus conocidos. Lo cual podía ser útil de muchísimas maneras. Jakub así pareció entenderlo y aceptó que me quedara en la panadería haciendo recados durante dos días, quizá tres, aunque añadió:

—Tendré que preguntárselo a Rena, mi esposa, pero estoy seguro de que le parecerá bien. Dios no nos ha bendecido con hijos propios, así que ella siempre anda a la busca de niños abandonados de los que cuidar y con los que montar escandalera, aunque sea de manera breve.

Aquella noche, en la calidez de la panadería, Jakub me contó que, durante las primeras semanas de la guerra, después de que los soviéticos pasaran a la margen occidental del río, un número gigantesco de refugiados de todo tipo, no solo judíos, cruzó en busca de asilo, pero que ese número se había reducido casi a cero desde que llegaron los alemanes y asumieron el mando. A continuación me contó toda una serie de historias de terror sobre lo que había sucedido con los refugiados que seguían intentando entrar de manera ilegal en la Unión Soviética desde Wlodawa y sus inmediaciones. Jakub me confirmó lo que había oído en Varsovia: que había gente que moría de hipotermia en tierra de nadie, a plena vista de los guardias alemanes y soviéticos, que se negaban a intervenir. Con unas temperaturas tan bajas como las que había habido recientemente, la muerte podía llegar veloz y silenciosa. Supuse que eso sería un acto de misericordia.

Jakub añadió que, si al fugado no le disparaba un guardia alemán a la salida, aún podía suceder que le disparara o capturara un guardia soviético a la entrada. Cuando lo capturaban los soviéticos en vez de dispararle, no estaba claro lo que sucedía con él. Lo más probable es que lo enviaran a un campo de trabajo en Siberia.

Para aquellos fugados que lograban cruzar sin que les dispararan o capturaran aún no había llegado la libertad y la seguridad. Cuando los vecinos del otro lado veían a alguien que se alejaba del río campo a través, a menudo decidían que esa persona estaba huyendo ilegalmente de los nazis y que con toda probabilidad sería un judío, y que por consiguiente iría cargado de oro, diamantes y esmeraldas. A los hombres los atrapaban, desnudaban, robaban y asesinaban, y a las mujeres las atrapaban, desnudaban, violaban y robaban antes de asesinarlas también. La muerte podía llegar en forma de cuchillo, de culata de rifle o de piedra contra la cabeza. Las balas eran demasiado caras y llamaban demasiado la atención. Por lo general, era la piedra.

En su defecto, si el río corría en vez de estar helado, como era el caso en ese momento, a veces arrojaban el cuerpo inconsciente al agua y lo abandonaban a su suerte. Jakub me contó que los militares y los dueños de las tierras de la ribera llevaban con frecuencia hasta el pueblo los cuerpos ahogados o acribillados a balazos. En lo más crudo del invierno, cuando el río se congelaba, los cuerpos, enteros o destrozados, eran visibles durante un día o más allí, en el hielo, presumiblemente donde habían caído y se habían congelado, o donde habían recibido un balazo o habían quedado hechos pedazos por una granada u otro explosivo. Los guardias de ambos lados no estaban dispuestos a pisar el hielo para recuperarlos, así que habían confeccionado unos palos extralargos con los que acababan impulsando los cuerpos o trozos de cuerpos hasta la ribera opuesta, como si fueran el disco de un partido de hockey, o los arrastraban hasta su lado del río cuando la distancia era mucho más cercana. En ambos lados se servían de garfios unidos a cadenas finas para atrapar los cuerpos y arrastrarlos hasta lo alto de la ribera, si es que no podían conducirlos a un punto con una pendiente menos pronunciada.

Jakub no sabía lo que hacían con los cuerpos en el lado soviético, pero los que llegaban al lado alemán parecían acabar fuera o cerca de lo que había sido la sinagoga principal, aunque era imposible que todos los fallecidos hubieran sido judíos. Nadie se molestaba en explicar la manera en que aquellos extraños habían acabado muertos, aunque las heridas o la evidencia de su sufrimiento solía proporcionar pistas suficientes. A continuación, las autoridades judías del pueblo se responsabilizaban de lidiar con los cadáveres.

Jakub calculó que era poco probable que el río se deshelara durante la siguiente semana o así, de modo que, si intentaba cruzar pronto, todo iría bien. El hielo podría aguantar el peso de un adulto, incluso de numerosos adultos. Me contó que había puentes en varios lugares del río, y que la gente seguía usándolos para cruzar la frontera en ambas direcciones. Seguía dándose un tráfico legal de ese tipo, generalmente por parte de los granjeros. A veces aparecía algún viajero que intentaba cruzar persuadiendo o sobornando a los guardias. Algunos rumores sugerían que esa posibilidad funcionaba a veces, pero uno no sabía qué pensar sobre ese tipo de cosas. Jakub no me lo recomendaba. De inmediato aparté la idea de mi mente. O lo hacía de manera ilegal o no lo hacía.

Para mí, la ventaja de cruzar el río estando este congelado era evidente. Si lograba dar con el lugar correcto en las condiciones adecuadas, podría entrar caminando a la Unión Soviética y ver qué pasaba a partir de ahí.

Jakub me sugirió encarecidamente que intentara pasar con un grupo, mejor pequeño que grande, dijo. Eso me sorprendió, ya que tenía bastante asumido que iba a hacerlo solo. En Wlodawa había una red clandestina que él parecía conocer. Me dijo que averiguaría cuándo planeaba actuar el siguiente grupo de fugados de mayoría judía. Jakub era una buena persona.

Enfrentado al momento de la verdad, comencé a pensar con un poco más de detenimiento lo que sucedería si llegaba a la otra orilla del río. Supuse que no podría dirigirme al primer comisario político o soldado soviético que viera y preguntarle si conocía a mi hermano. Pero ¿qué podía decir o hacer? Al final, nunca llegué a enfrentarme a esa opción. Los acontecimientos tomaron un giro dramático e inesperado.

Un patio en el barrio judío de Wlodawa.

La tarde de mi tercer día en Wlodawa, Jakub me llevó a conocer a Artur, un polaco del lugar que ayudaba a la gente a cruzar el río a cambio de dinero o de bienes canjeables. ¿Humanitario o mercenario? Lo más probable era que Artur tuviera un poco de cada, pero pensé que podía confiar en él por el mero hecho de que Jakub me hubiera conducido a él. Le dije que no tenía dinero. Artur se quedó con toda la comida que me quedaba y con varios objetos que me había llevado de la *dacha* del ornitólogo, exceptuando el misal, y me dijo que podía unirme a un pequeño grupo que iba a cruzar la noche siguiente. No le importó darme un paseo prácticamente gratuito:

—No me des las gracias. Dáselas a Jakub. Es evidente que le caes bien.

Aunque le había dicho que me sumaría a ese grupo, siguió una pequeña discusión en la que Artur me advirtió que había dos escuelas de pensamiento a la hora de cruzar el río Bug. Una sostenía que, sin importar el clima, bajo el sol o sobre el hielo, la única manera posible era yendo solo. Algunas personas —por lo general hombres jóvenes, y alguna mujer de vez en cuando— se negaban a considerar la posibilidad de jugarse su destino en compañía de nadie, tanto si los conocían como si no. Otros tenían igual de claro que los pequeños convoyes y columnas tenían una mejor oportunidad porque había más gente para vigilar ambas orillas, pero sobre todo el lado opuesto, donde los campesinos ladrones, justicieros y asesinos constituían una amenaza real.

Artur me dijo que lo más probable era que mi decisión de sumarme a un grupo pequeño fuera la correcta, y añadió que, al cruzar en invierno con el río congelado, solo estabas expuesto al peligro cuando resultabas visible sobre el hielo, pero que la distancia no era muy grande, así que ese momento no duraba demasiado. No comentamos lo que significaba ese «demasiado». Artur confiaba en que cualquier persona veloz y ágil pudiera acabar el trayecto. Me dijo que no había nada de lo que preocuparse. Las personas listas, incluso cuando cruzaban solas, podían provocar una maniobra de distracción a cierta distancia del punto del que pensaban partir para así mantener ocupada la atención de los guardias durante el pequeño lapso de tiempo que necesitarían para pasar de una orilla a la otra. Buena parte del trabajo de Artur consistía en organizar esa maniobra de distracción. Formaba parte de sus servicios.

Debíamos dirigirnos cada uno por su cuenta hasta un punto de reunión a las afueras del pueblo. Artur me contó que, en el lado nazi, había un montón de árboles frondosos de hoja perenne y maleza, y que delante, en el lado comunista, pasaba lo mismo. Una pulcra simetría. Teníamos que estar allí a las siete en punto y asegurarnos de que nadie nos siguiera.

La tarde siguiente, con sentimientos encontrados después de darle las gracias a Jakub y despedirme de él y de su esposa, llegué al lugar convenido un poco antes de la hora. Al cabo de treinta minutos la reunión constaba de ocho adultos, además de mí y de dos niños más pequeños, calculo que de cuatro y seis años, once almas en total. Mientras esperábamos el momento de salir, el tipo al que supuse cabecilla de los refugiados se dirigió directamente a Artur, pero por su pobre dominio del polaco se me hizo evidente que era extranjero. De hecho, era francés y cristiano. Me di cuenta de que ya le había visto, en el local de Jakub, donde charlamos un poco y me felicitó por mi francés. Me alegró poder ayudarle traduciendo su intercambio con Artur, quien le explicó lo que iba a suceder a continuación. Quizá Jakub supiera que el líder del grupo de aquella noche sería francés y que le vendría bien un traductor, y ese fue el motivo por el que me había adoptado de inmediato para luego presentarme a Artur.

El francés se llamaba Albert y era católico, originario de París, pero se había casado con una mujer judía de Lublin. Ella estaba a su lado, junto a sus dos hijos. Por definición, los niños también eran judíos, así que no era difícil deducir por qué la familia al completo estaba plantada allí esa tarde. Albert y su esposa estaban en Lublin cuando estalló la guerra —la madre de ella estaba enferma, y de hecho no tardó en morir—, pero, cuando Francia le declaró la guerra a Alemania, se imaginaron que, en el mejor de los casos, Albert sería internado, lo cual dejaría a su esposa e hijos judíos solos o algo peor, y él quiso evitarlo como fuera. No obstante, la vida de fugitivo con dos niños pequeños había resultado increíblemente dura, sobre todo en aquel espantoso clima invernal. Tenían que salir de Polonia. Albert había estado dando vueltas por Wlodawa un par de días, preparándose para cruzar, y de algún modo había conocido a Jakub, quien a su vez le había puesto en contacto con Artur.

En el grupo había un polaco que también era de cerca de Lublin. Tendría veintitantos años y resultaba evidente que era un comunista fervoroso. Hablaba de ir a reunirse con sus camaradas para preparar la guerra contra Alemania, sobre la que tenía la seguridad de que no tardaría en llegar. Luego había una pareja de cincuentones polacos que se negaron a decir su nombre, y mucho menos de dónde venían. No dejaban de repetir:

—Tenemos que salir de Polonia. Llevadnos con vosotros y recibiréis una gran recompensa cuando estemos a salvo en el otro lado. Allí tenemos familia. Son ricos. Tienen una casa enorme a pocos kilómetros del río. Ellos nos ayudarán a todos. Ayudadnos a cruzar y a llegar a la casa de nuestra familia. No os arrepentiréis.

Estaba muy nublado, así que la luna brillante de las dos noches anteriores ya no iluminaba el paisaje. Eso estaba bien, pensé, ya que, dijera lo que dijese Artur, intentar cruzar un río helado bajo la luz de la luna sería un suicidio. Con un poco de mala suerte, te localizarían de inmediato y no tardarías en estar muerto.

La madre de los dos niños les puso pañuelos en la boca para que no gritaran. Los niños no parecían en absoluto asustados o inquietos. Sus padres nos explicaron que, desde que eran fugitivos, habían tenido que hacer cosas así numerosas veces. Después de aquella noche, no tendrían que volver a hacerlo. Y en eso tenían razón.

Artur nos hizo señas para que avanzáramos un poco a lo largo de la ribera hasta llegar a un punto situado justo delante de un meandro del río. Aquel era el lugar donde él pensaba que debíamos cruzar. Nos dio unas instrucciones de última hora para que guardáramos silencio y nos mantuviéramos agachados, pero avanzando con rapidez. Artur cogió a la madre de la mano y la ayudó a acercarse al borde del hielo, y a continuación nos dijo adiós y nos deseó suerte, y nos recordó que debíamos esperar a oír unos ruidos fuertes antes de pisar el hielo. Se dio la vuelta y se alejó con rapidez del río. Unos minutos después oímos un alboroto de algún tipo a los lejos, y nos imaginamos que se trataba de la maniobra de distracción que habíamos acordado con Artur. Recuerdo haber pensado que esperaba que todo saliera tal y como lo habíamos planeado.

Albert pasó por delante de su esposa para situarse en la cabeza del convoy. Me miró a los ojos y me dijo que me quedara al final de la columna para avisarles si se acercaba alguien por el lado alemán. Albert nos había dicho que los soldados alemanes no dudarían en dispararnos por la espalda aunque estuviéramos ya en territorio soviético si veían que alguien intentaba escapar de su lado. Yo aún llevaba conmigo el cuchillo de Lodz. Dudaba seriamente que resultara de mucha ayuda si algo se torcía, pero la verdad era que no sentí que estuviera en posición de discutir. Asentí con la cabeza y me fui a la retaguardia.

Albert fue el primero en pisar el hielo. Llevaba a su hijo mayor abrazado con fuerza contra el pecho. La cara del niño no era del todo visible, ya que iba bien abrigado contra el frío, pero sus ojos mostraban que estaba aterrorizado. ¿Y quién no? La madre entró en el hielo justo después, se detuvo para encontrar el equilibrio y esperó a que Albert le hiciera una seña para que avanzara siguiendo sus pasos. Llevaba al segundo niño igual de abrigado.

No habían recorrido más de cuatro pasos cuando el siguiente miembro del convoy resbaló al bajar al hielo, cayó con fuerza e, igual que Srulek en el perímetro vallado de Lodz, dejó escapar un rugido involuntario, presumiblemente de dolor, pero también de sorpresa y ansiedad. Casi de inmediato se oyeron ruidos al otro lado del río. Cuatro soldados soviéticos aparecieron en la ribera. Al parecer llevaban una especie de reflector portátil consigo. Fuera lo que fuese, iluminó la totalidad de los cincuenta metros de hielo que separaban la libertad de la opresión. Estaba convencido de que podíamos darnos por muertos, así que me lancé detrás de un árbol para protegerme. Entonces vi que uno de los soldados hacía gestos con la mano, le indicaba al convoy que se acercara.

¿Sería aquella una de esas noches en las que la suerte te sonreía? Un suspiro de alivio colectivo brotó de la fila, y el joven comunista se puso de inmediato a ayudar a bajar al hielo a los demás, mientras les decía en voz baja a los soldados que éramos camaradas en busca de refugio. No tengo ni idea de si le oyeron, pero quedó claro que él se sentía mejor ahora que se había comunicado con los representantes de los campeones de las masas. Albert se mantuvo al frente y continuó su avance, ahora con todo el mundo menos yo en el hielo o disponiéndose a pisarlo.

Habiendo puesto nuestra fe en los soldados soviéticos, sin una amenaza aparente en el lado alemán, en vez de cruzar de uno en uno o por parejas dibujando un cocodrilo, tal y como habíamos acordado antes, el convoy entero, aún sin mí, estaba ya sobre el hielo, completamente al descubierto. En el momento en que la cabeza de la columna superó ligeramente la mitad del trayecto, un grupo de objetos pequeños y redondeados salió volando de la zona en la que habíamos visto por última vez a los soldados. Enseguida tuve claro de qué se trataba: granadas de mano. Un segundo después de que golpearan el hielo y comenzaran a resbalar sobre él en dirección a los fugados, estallaron.

Un penacho de agua salió disparado hacia el cielo con restos humanos y pedazos de hielo. A la izquierda sonó una explosión mucho más ruidosa, lo que me sugirió que habían detonado una mina río arriba para debilitar la estructura del hielo. Oí que alguien paleteaba brevemente en el agua. De manera bastante extraña, me descubrí preguntándome si habrían muerto por la metralla de alguna de las granadas o de la mina, o de un ataque al corazón provocado por haberse sumergido de golpe en aguas bajo cero, o quizá por el choque de las dos cosas a la vez. O quizá murieron gracias a alguna de las docenas de balas rusas que no tardaron en estrellarse contra aquella masa de humanidad enmarañada que yacía inerte o se retorcía sobre el hielo a pocos metros del lugar donde yo seguía escondido entre los matorrales. Un miembro del grupo, quizá el polaco de mayor edad, que ni había caído al agua ni había muerto de manera instantánea por la granada, intentó regresar, pero las balas le atraparon. Habían muerto todos. Lo sabía.

Vi la expresión de conmoción y de terror en los rostros de un par de personas a quienes las explosiones habían doblado y lanzado hacia el lado alemán. Quizá se estuvieran preguntando si les habían traicionado, o gritaban con rabia silenciosa contra la injusticia de estar a punto de morir cuando tan cerca se encontraban de alcanzar su objetivo de escapar de los nazis. Mientras comenzaba a subir de nuevo a la ribera entre el follaje, el reflector soviético iluminó la carnicería. Apenas la vislumbré fugazmente. Estaba mirando al frente, no hacia atrás. No había nada que yo pudiera hacer. Me adentré corriendo en la noche.

XI

En cuestión de minutos, los soldados alemanes estarían por todas partes en ese sector de la ribera. Tenía que salir de allí. Nada de entretenerse, nada de pensar o reflexionar en el horror de lo que acababa de suceder. Se había acabado y, si no me marchaba de allí, yo sería la siguiente y última víctima.

Casi de inmediato, una idea cruzó fugaz mi mente: el plan para pasar a la Unión Soviética y encontrar a Nathan, un plan que había dado sentido y coherencia a mi vida —si bien de manera breve— había dejado de existir. No tenía ni idea de qué podía reemplazarlo. De repente, pasar a la Unión Soviética me parecía imposible. Aquel intento no había sido un error, pero sí había sido en vano.

Necesitaba tiempo para pensar y elaborar otro plan, una nueva visión o estrategia, y recolectar recursos que me permitieran tener éxito. El único lugar donde sabía que podía aspirar a hacer algo de todo eso era la panadería. Pero ir hacia allí en aquel momento no era seguro. Si me veían acercándome o entrando al local en la oscuridad, podría meternos en problemas a mí y a Jakub. Los alemanes bien podrían estar mandando patrullas extra al pueblo para recordarle a la gente que tontear en el río era letal.

Tuve la sensación de pasarme horas caminando, agachándome y tirándome al suelo como un animal perseguido. Oí un gran barullo procedente del río, un montón de gritos en alemán mientras los soldados buscaban supervivientes o cómplices. Acabé por trepar a un árbol que me pareció capaz de aguantar mi peso y que me ofrecía un punto elevado desde el que escudriñar el horizonte cercano, pese a que los ruidos procedentes del río se estaban desvaneciendo con rapidez. Pensé que habían decidido que nadie había salido de allí con vida. Todos estaban muertos sobre el hielo. Su trabajo había concluido. Desistían y regresaban a algún lugar cálido. No pegué ojo por miedo a caerme del árbol y entonces, a media mañana del día siguiente, según mis estimaciones, entré de nuevo, con toda la despreocupación que pude reunir, a la tienda de Jakub.

Fue para verle la cara. Sin revelar nada ante los presentes, realizó una señal con la cabeza en dirección a la parte trasera del local, y desaparecí hacia el acogedor brillo del horno. Me quedé allí, mordisqueando trocitos y migas de pan, intentando poner mis ideas en orden, hasta que Jakub cerró el local y me llamó para que saliera.

Le conté lo que había sucedido y él me dijo que había supuesto algo parecido. Todo el mundo entre Wlodawa y Varsovia había escuchado la explosión y los disparos. Luego, esa mañana, habían traído del río ocho cadáveres congelados y los habían tirado delante del cascarón de la sinagoga principal. Jakub había ido a echar un vistazo. Por su descripción, Albert, su esposa y sus hijos se encontraban entre ellos, enterrados bajo varias capas de hielo esmerilado. Ningún otro de los trozos de hielo que vio tenía una configuración que sugiriera que yo había quedado sepultado de la misma manera, así que Jakub se figuró que yo había muerto bajo el hielo del río o que había conseguido llegar al otro lado. No se le pasó por la cabeza que pudiera seguir en territorio alemán. Al parecer, los soldados alemanes que llevaron los cuerpos hasta el pueblo le dijeron a todo el mundo que aquello no había sido cosa suya. La culpa era de «Iván». No se estaban disculpando, ni mostrando lástima o arrepentimiento. Tan solo contaban los hechos objetivos.

Jakub se alegraba de que no hubiera muerto, pero no estaba tan entusiasmado de que hubiera regresado a su local. Me contó que Artur había pasado a decirle que se iba a visitar a un pariente lejano, y que no sabía cuándo volvería. Jakub pensaba que aquello significaba que Artur tenía miedo y que iba a suspender las actividades relacionadas con el cruce del río de manera indefinida. Tuve la terrible idea de que podía quedarme varado en Wlodawa durante una eternidad. ¡Eso no podía suceder!

Esperaba el momento en que Jakub me dijera que tenía que irme, pero él se contuvo. Aquel mismo día, cuando le dejé claro que no quería permanecer en Wlodawa, pero que necesitaba algo de tiempo y espacio para que se me ocurriera otra idea, se mostró aliviado y dijo que me ayudaría. De momento podía quedarme allí, pero no debía salir de la panadería para nada. De hecho, debía permanecer en la trastienda, fuera de la vista en todo momento. Los días se convirtieron en semanas, y el tema de la fecha de mi partida se fue mencionando cada vez menos. Creo que si hubiera sido cosa de Rena, con quien me llevaba de fábula, no se hubiera hablado más de la cuestión. A veces me sumía en una ensoñación en la que veía pasar la guerra desde aquel lugar cálido y acogedor, pero no se trataba de nada más que eso: un lapso momentáneo, una fantasía. Un día, Jakub necesitó que le hicieran un recado. Rena había ido a visitar a un familiar, y por tanto no estaba disponible. Jakub me lo pidió a mí. Completé la tarea con éxito y, a partir de entonces, con la bendición de Jakub y de Rena, comencé a moverme por el pueblo cada vez más.

En abril de 1940 pasé mi décimo cuarto cumpleaños en Wlodawa. De hecho, me quedé en la panadería hasta una semana más tarde, momento en que la primavera estaba ya en marcha, el hielo había desaparecido y el tiempo había mejorado con claridad. Hacer recados por el pueblo me había ayudado a mantener la cordura. De manera inevitable, de vez en cuando me encontraba con soldados alemanes, pero estos eran sobre todo pasmarotes comunes de la Wehrmacht. Mi aspecto y mi inteligencia callejera me mantuvieron alejado de cualquier problema serio y me llevaron a pensar que podría lograrlo. Por desgracia, y para mi frustración, seguía sin tener claro qué era aquello que debía lograr.

Estaba completamente decidido a no quedarme en Wlodawa. Si no podía reunirme con Nathan y tramar algo para sacar a nuestra familia del gueto de Lodz, tenía que hacer algo diferente pero con el mismo fin. No veía la hora de marcharme. Cada vez que salía a pasearme recogía información sobre lo que pasaba en el mundo, y por mundo me refiero al resto de Polonia y, a veces, algo más allá. De vez en cuando pude echar un vistazo breve a los periódicos alemanes. No es que los tuviera por una fuente fiable, pero, mientras corroboraran otras cosas que había oído, tenían algún valor. Las estaciones de radio extranjeras seguían emitiendo en polaco. Y, aunque el castigo porque te encontraran con un equipo de radio era la muerte, era evidente que la gente del pueblo las escuchaba, porque se hablaba mucho sobre el curso de la guerra y con frecuencia la información era bastante vívida.

Con la mejora del tiempo, cruzar el río Bug a nado o a bordo de pequeños botes parecieron convertirse en los métodos preferidos, pero los guardias a ambos lados del río debían de haber reforzado las patrullas, porque cada vez aparecían más cuerpos en el exterior de la sinagoga. Aparentemente, ahora eran los soviéticos quienes protestaban una y otra vez por la laxitud del lado alemán. Gracias, tío Joe. Por si fuera poco, se decía entre susurros que cualquier judío que lograra cruzar al otro lado sería enviado a Siberia, lo cual estaba considerado en general como una sentencia de muerte. Esperaba que aquel no hubiera sido el destino de Nathan.

Me desesperé intentando tomar una decisión y lo hablé en detalle con Jakub y Rena. Aunque por entonces ya había aceptado que no intentaría entrar en la Unión Soviética, ellos me dijeron que en lo más hondo siempre habían pensado que se trataba de una idea noble y heroica, pero también de una estupidez. Pensaban que no era a ellos a quienes les correspondía decirlo, ya que me veían tan decidido a encontrar a mi hermano. No obstante, señalaron que, si Nathan había logrado cruzar —y ese era un gran condicional—, lo más probable era que estuviera muerto o en Siberia, donde muy pronto estaría muerto o no habría manera de encontrarle, y seguramente ambas cosas a la vez. De ninguna manera podía aceptar que Nathan hubiera muerto, pero entendí lo que me querían decir sobre las posibles dificultades a la hora de encontrarle, por mucho que lograra cruzar al otro lado.

De manera breve consideré la posibilidad de intentar regresar a Lodz. El hogar siempre tira de uno con fuerza, pero había demasiados riesgos evidentes. ¿Volvería a colarme en el gueto? O es que pensaba presentarme en la puerta y disculparme por el hecho de haber salido paseando por error y decirle a quienquiera que estuviera de guardia: «Llegado este punto me gustaría regresar al seno de mi familia si no es demasiado problema, muchas gracias». Probablemente no.

Otra idea comenzó a cobrar forma en mi mente, pero estaba lejos de estar completa. Mi odio hacia los nazis se había intensificado, vivamente. A menos que cayeran derrotados, no veía la manera de reencontrarme con Nathan, vivo o muerto, y de reunirme con mis padres, con Srulek y con mis hermanas. Para ayudar a que se produjera esa derrota, tenía que o bien unirme a los partisanos o salir de Polonia por completo y contactar con lo que quedara del ejército polaco. De acuerdo, solo tenía catorce años, pero podía mentir acerca de mi edad —había mejorado mucho a la hora de mentir— porque de otro modo tendría que esperar a tener la edad legal necesaria para combatir, suponiendo que por entonces aún hubiera guerra, cosa que esperaba de una manera perversa para poder tomar parte en la caída de Hitler.

Jakub me aconsejó con vehemencia que no intentara unirme a los partisanos. Siempre había rumores sobre sus actividades, pero, hasta donde él sabía, sus logros eran escasos y no todos los grupos de partisanos admitirían a un judío; ni siquiera a un judío con mi aspecto. Eso cuadraba con los comentarios que había oído decir a otros judíos, así que lo taché de mi lista.

Eso solo me dejaba la opción de enrolarme en las unidades del ejército polaco que continuaban luchando, y en ese sentido las informaciones eran consistentes, aunque, geográficamente hablando, dispersas. Una gran parte del ejército había depuesto las armas y había sido capturada con la rendición de Polonia, el 27 de septiembre de 1939, pero algunos de sus miembros habían huido a la Unión Soviética. No obstante, según Jakub, mientras Alemania y la Unión Soviética continuaran siendo aliadas, parecía poco probable que los rusos permitieran a las formaciones polacas que se mantuvieran preparadas para el combate. Por consiguiente, Jakub estaba convencido de que los soldados polacos que hubiera por allí y que no fueran comunistas ya estarían internados, y tampoco estaba demasiado seguro de que hubieran dejado de internar a aquellos soldados que sí profesaran el comunismo. Stalin no era famoso por su amor hacia los polacos, independientemente de su afiliación política.

Dirigirse al norte, hacia el Báltico, con vistas a saltar de Polonia a Dinamarca, Noruega o Suecia era una posible manera de escapar y unirse a la lucha. Pero, unos días antes de mi cumpleaños, esa opción pareció quedar cerrada. Los alemanes entraron en Dinamarca y ocuparon el sur de Noruega. Jakub creía que Suecia sería la siguiente. ¿Y quién era yo para discutírselo?

El del sur parecía un camino repleto de incertidumbre. Por lo visto, un buen número de soldados y ciudadanos polacos había acabado en Rumanía y Hungría, pero no se sabía qué había sido de ellos. El hecho clave, y a la postre determinante, fue que el gobierno polaco hubiera volado a Francia para establecerse en París. Se animaba a todo el personal militar polaco en Europa occidental y alrededores, y a aquellos ciudadanos polacos que estuvieran interesados en continuar luchando, a que se dirigieran hacia Francia lo mejor y lo más rápido que pudieran para unirse a las fuerzas polacas allí congregadas. En Francia ya existía una comunidad de expatriados amplia y bien establecida, que constaba tanto de judíos como de católicos. Había escuelas, sinagogas, tiendas de alimentación. Todo eso. Dinah, la pariente de mi padre, vivía allí, aunque no tenía ni idea de dónde, y ni siquiera conocía su apellido de casada.

Según las informaciones que había oído en la radio macuto de Wlodawa, un gran número de jóvenes polacos, incluyendo a judíos polacos, estaban intentando llegar a Francia a través de los Balcanes, antes de cruzar el norte de Italia y desplazarse hacia la frontera francesa, cerca de Montecarlo. Eso me sonó bien.

Pero, dejando de lado por el momento la pequeña cuestión de cómo iba a atravesar Alemania, ¿acaso la frontera franco-germana no era una zona de guerra activa con un montón de disparos y bombardeos? Jakub pensaba que no. No habían surgido informaciones serias sobre combates a lo largo de la frontera o en su proximidad. Técnicamente era cierto que Francia le había declarado la guerra a Alemania en septiembre, pero no se habían producido hostilidades serias sobre el terreno, y había cierta especulación sobre la posibilidad de que estas no llegaran a darse. Todo era pose y postureo. Jakub me dijo que pensaba que los ingleses y los franceses le habían declarado la guerra a Alemania después de la invasión de Polonia solo porque se sintieron obligados formalmente. En realidad no es que estuvieran ansiosos por involucrarse en otra guerra terrestre que les evocara los recuerdos del Somme y de los campos de Flandes.

En cualquier caso, Francia disponía de grandes defensas y su ejército era enorme y estaba bien equipado. Los alemanes se lo pensarían dos veces antes de iniciar algo así de nuevo. El *Lebensraum* consistía sobre todo en desplazarse hacia el este, no al oeste, aunque Alsacia y Lorena deberían ir con cuidado. Por lo visto, Albert le había contado a Jakub que, incluso si los alemanes marchaban sobre Francia y derrotaban su ejército, el país era tan grande que solo podrían aspirar a mantener las ciudades y los pueblos grandes, no los enormes espacios vacíos que las separaban, con miles y miles de aldeas y *hameaux* que cubrían todos los tipos de terreno y de clima. Siempre habría abundancia de comida, y, según Albert, salvo por la zona de los Alpes, la de los Pirineos y el nordeste, la nieve y el hielo eran relativamente escasos y duraban muy poco tiempo. La idea era que el francés sería con toda probabilidad un suelo seguro. Yo hablaba el idioma lo bastante bien como para sobrevivir, y sin duda podía mejorar. Francia se convirtió en el destino más evidente.

Pero ¿cómo demonios iba a atravesar Polonia y Alemania? ¿Quizá podría caminar y pedir que me llevaran durante algunos trechos? Eran más de 1.200 kilómetros, así que eso sería imposible. La respuesta más obvia era ir en tren. Ya lo había hecho una vez, cuando fuimos de Lodz a Varsovia; dos veces si contaba el trayecto de vuelta. Estaba con mi padre y con Nathan, pero papá se encargó de comprar los billetes y yo no tenía ni idea de si lo único que tuvo que hacer fue pagar por ellos. ¿Le pidieron que mostrara algún tipo de identificación? ¿Necesitó pedir permiso? ¿Documentos? Y eso sucedió antes de la guerra. Jakub no se había subido nunca a un tren, así que tampoco sabía bien cómo se desarrollaban estas cosas antes de la ocupación alemana y durante la misma. No obstante, yo recordaba de aquel viaje y sabía por las historias de aventuras que había leído que en los trenes había un montón de lugares que eran escondrijos en potencia. Había gente que viajaba en tren sin pagar y se salía con la suya, porque no los descubrían. Alguien de mi tamaño no debería tener ningún problema.

Supuse que los trenes que entraran desde los territorios ocupados en Alemania, la boca del lobo, no tendrían el nivel máximo de seguridad. Porque, ¿a quién se le ocurriría intentar un ardid como aquel? Pues a mí, ¿a quién si no? Me escondería entre los bienes que transportaran en los vagones de mercancías o en el de equipajes. Ese era el plan. No tenía muy claro cómo iba a verificar nada de eso por adelantado, pero le aseguré a Jakub que lo haría antes de subir a bordo.

Y, si no encontraba ningún lugar en el que esconderme de inmediato, saltaría del tren y esperaría al siguiente que fuera hacia el oeste. Tampoco era que tuviera un destino exacto en la cabeza al dirigirme hacia los grandes espacios vacíos de Francia. Al llegar me enteraría de dónde estaba estacionado el ejército polaco e iría directo hacia allí.

Ignoro el volumen de confianza que Jakub y Rena depositaron en mi plan, pero se dieron cuenta de que estaba decidido a llevarlo a cabo. Creo que Jakub pensaba que de todos modos debía irme. Pese a las protestas de Rena, yo representaba un riesgo continuo para aquella pareja encantadora, y era una boca más que alimentar. Quizá aquel plan, mi plan, fuera tan bueno como cualquier otro que pudiéramos elaborar entre todos. A continuación, anuncié que pretendía marcharme a los tres días. Jakub suspiró, pero no intentó disuadirme. Mi plan de acción, la siguiente fase de mi vida, había quedado establecido. Llegar a Francia para unirme a la lucha contra los nazis había reemplazado a la búsqueda de Nathan como mi misión.

Durante las siguientes setenta y dos horas me dediqué a reunir toda la comida que pude. Robé una botella para el agua, comprobé que el cuchillo y demás contenidos de mi mochila se encontraran en buen estado, y vendí el misal, aunque me quedé con el crucifijo y seguí llevándolo puesto. Intuía que a partir de ese momento tendría que presentarme como un personaje alternativo, no polaco, al menos hasta llegar a Francia, y quizá allí también.

¿Dónde podía coger un tren? Pensaba que Radom era un nudo ferroviario importante, donde habría muchísimas oportunidades de encontrar uno, pero se encontraba a unos doscientos kilómetros de distancia. Decidí que era mejor apostar por Lublin. Era una ciudad más grande, así que también debía de tener un intercambiador de transporte más importante, con un mayor número de llegadas y salidas de trenes. También fue crucial que Lublin estuviera mucho más cerca de Wlodawa, así que, incluso si tenía que ir a pie, no resultaba inconcebible que lo consiguiera. También sabía que siempre había mucho tráfico procedente de Wlodawa y los pueblos de los alrededores que se dirigía a Lublin, la metrópolis de la región. Confiaba que, o bien podría arreglar un transporte desde Wlodawa mismo antes de partir o encontraría algo ya en la carretera. Le comenté mi plan a Jakub, que le dio su aprobación y me dijo que, si esperaba un día más, sin duda podría organizarlo para que me uniera a un grupo de personas que cada semana llevaban un camión a Lublin para recoger suministros diversos entre los comerciantes de la ciudad y que luego los entregaban en las tiendas y negocios de Wlodawa y de las localidades que salpicaban la campiña circundante. Jakub me dijo que se iba a asegurar de que el conductor me dejara en algún lugar cercano a la estación de tren del centro de Lublin. Y eso fue tal cual lo que sucedió. Mi gratitud hacia Jakub y Rena no tenía límites. Me habían abierto su corazón. Yo les había abierto el mío. Pero cuando la necesidad aprieta... y, a base de apretarme, volví a partir con paso tembloroso, solo una vez más, bajo una aprensión aún mayor hacia lo que me esperaba.

En Lublin, siguiendo un poco la vía desde la estación central, encontré un lugar desde el que se podía ver la zona de maniobras. Había guardias alemanes alrededor del perímetro, pero no eran demasiados y no parecían llevar a cabo ningún tipo de vigilancia activa. Vi las maniobras sobre la vía muerta de los trenes y otro material rodante, pero, puesto que no llevaban ninguna señal visible —o al menos ninguna que yo pudiera descifrar de manera inteligible— me di cuenta de que no tenía forma real de saber cuáles podían ser sus destinaciones finales cuando salían del apartadero y se dirigían a los andenes de la estación. Era poco probable, pero no imposible, que fueran hacia el este, pero también podrían haberse dirigido hacia el norte o hacia el sur, lo cual no me serviría para nada.

Durante el segundo día de observación de las vías, un niño que parecía algunos años menor que yo, —quizá tuviera diez— se presentó con un adulto que lo dejó solo mientras iba a cambiar vagones de vía y a distribuir material ferroviario. Padre e hijo, supuse. El niño se acercó a un sector de la zona de maniobras donde los vehículos estropeados aguardaban a que los repararan o quizá que los desguazaran. Se quedó allí solo durante la hora o así que estuve observándolo.

Al día siguiente sucedió lo mismo. Esta vez, cuando el padre se subió a un tractor de maniobras, me dirigí hacia el chico, que estaba solo, dándole patadas a una lata. Me presenté como Henryk Karbowski y le pregunté si me podía sumar a su partido de fútbol. Durante una pausa de unos minutos, le expliqué que era de etnia alemana y había crecido en el este de Polonia, motivo por el que podía hablar polaco con él, pero que mis padres habían sido asesinados por unos sucios partisanos comunistas, así que me había quedado huérfano e intentaba, sin dinero ni papeles, llegar al lado occidental de Alemania, donde tenía familia en los alrededores de Baden-Baden.

Tras el ataque que acabó con la vida de mis padres, al no haber muerto, como el resto de mi familia, las autoridades alemanas comenzaron sospechando que había estado involucrado en él de alguna manera. Les expliqué que, al regresar del pueblo, me encontré la casa pintarrajeada de consignas comunistas, y que los cuerpos de mis padres, dos hermanas y un hermano yacían muertos en el huerto. Me detuvieron y me metieron en una celda de la comisaría de la zona. Me dijeron que se creían mi historia, pero que quizá tardarían un tiempo en encontrarme sitio con alguna familia alemana de la zona, a la que le iría bien algo de ayuda en la granja, en espera de que me asignaran a un destino más permanente. No me gustó cómo sonaba nada de eso, así que, por encantadora que fuera la familia alemana que vino a recogerme y me llevó a su casa, me fugué a la mañana siguiente. Si me entregaba a las autoridades en ese momento quién sabía lo que pasaría, así que tenía que ocuparme personalmente de la cuestión.

Contarle todo aquello al chico fue una pequeña locura, pero al menos me ayudó a ordenar la historia en la cabeza, ya que era posible que tuviera que volver a utilizarla. Él asintió con la cabeza y la aceptó tan a pies juntillas como si hubiera dicho que la lluvia moja. No era más que un crío. Le pregunté si sabía qué trenes iban hacia el oeste. Me contestó que no, pero que intentaría averiguarlo. La clave, le recalqué, era que debía saber dónde pasarían los trenes la noche anterior, para poder subirme a uno de ellos y esconderme.

Al día siguiente, el niño me saludó con la noticia de que, aunque nadie sabía con total seguridad cuándo saldrían trenes civiles de la estación de Lublin en dirección al oeste, la gran mayoría de ellos lo hacían por los dos andenes principales, y por tanto solían pasar la noche anterior en una parte de la zona de maniobras que me señaló. Añadió la importante advertencia de que los trenes que iban hacia el oeste acostumbraban a acabar su recorrido en una ciudad alemana, así que un muchacho polaco, pese a ser de etnia germana, podría meterse en un problema muy serio con gran rapidez si lo atrapaban allí sin papeles. Supuse que le habría contado a su padre lo que yo quería hacer, y que este le había transmitido aquel mensaje. Reconocí la fuerza de su argumento, pero le recordé que no tenía elección por los motivos que le había dado antes, y que, de hecho, no debía considerarme polaco en absoluto. Yo era un alemán que había estado viviendo en Polonia, así que, en cuanto llegara a mi patria, todo se solucionaría. Eso fue todo. El niño se alejó en busca de algo que pudiera hacer las veces de un balón de fútbol.

    La información que me había dado acerca de la dirección del tren que acabé por escoger y en el que me subí la noche antes de que partiera fue completamente correcta. Acabé en un tren que iba hacia el oeste. Lo que el niño no pudo saber fue quiénes iban a ser sus pasajeros y a qué parte de Alemania se dirigían. Yo estaba a punto de descubrirlo.

En la que iba a ser mi última noche en Polonia durante muchos años, me encaminé hacia la parte de la zona de maniobras que me había indicado el niño. Allí solo había un tren, conectado a una veintena de vagones vacíos, más o menos.

    Los asientos eran bancos anchos con portaequipajes por encima. Junto al borde del asiento de pasillo contiguo a la puerta había un hueco que supuse reseguiría el contorno del servicio adyacente. Me metí a presión ahí dentro y a duras penas logré entrar con la mochila en los pies. Exhausto, me quedé dormido hecho un ovillo, como un erizo. Ser pequeño y delgaducho tiene sus ventajas.

    Me desperté al sentir que el tren comenzaba a moverse. Se detuvo unos instantes después. No podía ver con claridad nada que no se encontrara directamente delante de mis ojos a ras de suelo, pero no me costó deducir que nos habíamos desplazado entre la zona de maniobras y la estación. Muy pronto oí que las puertas se abrían y vi y oí a un montón de personas con botas grandes que se subían al vagón, dejaban las maletas en el suelo y discutían mientras se esforzaban por colocar otras cosas en el portaequipajes. No veía nada más que los pies de la gente, pero era evidente que no había más que hombres alemanes. A juzgar por la enorme cantidad de palabras malsonantes que decían, y por el color de los trozos de prendas que podía ver, se trataba de soldados. Se me cayó el alma a los pies y perdí la cabeza. No tardé demasiado en darme cuenta de que estaba en un transporte de tropas que se dirigía hacia Berlín. Peor aún, poco después de que el tren se pusiera en marcha, a uno de los soldados se le cayó un paquete de cigarrillos al suelo y alguien lo pateó debajo del banco, con lo que acabó descansando junto a la punta de mi nariz. Cuando el soldado se agachó para recoger su tabaco me localizó de inmediato.

Al verme, el soldado dejó escapar una gran carcajada y gritó:

—Sal de ahí, renacuajo. Sal... se te ha acabado el viaje.

Salí arrastrándome, aterrorizado de verdad, llorando a moco tendido. Un hombre enorme me levantó del suelo mientras todos los soldados del vagón comenzaban a reírse del espectáculo. Cegado por el pánico, puse en marcha el plan B, una ligera variación de la historia que le había contado al niño polaco en la zona de maniobras.

Hecho un mar de lágrimas, pronuncié mi discurso ante el vagón repleto de soldados.

—Ayudadme, camaradas. Me llamo Henryk Karbowski y soy un *Volksdeutsche* cuya familia fue asesinada por unos sucios partisanos comunistas hace pocas semanas. Tengo familia en Alemania, cerca de Baden-Baden, pero la policía local quería enviarme a un orfanato. Yo quiero ir a Alemania.

Ya no soy un niño. Puedo ayudar en la guerra contra la escoria eslava y esos malditos comunistas.

Los soldados no parecieron tener problema para creer mi historia, aunque me di cuenta de que uno de ellos sacaba mi bolsa de debajo del asiento e inspeccionaba su contenido. Se mostró indiferente al encontrar mi cuchillo, y al revisar lo que llevaba encima el crucifijo quedó a la vista durante un instante. Se limitó a asentir con la cabeza.

Aunque resultaba evidente que los soldados no acababan de creer que yo fuera lo bastante mayor y tuviera el tamaño suficiente para luchar por Alemania, quedó claro que les había gustado mi estilo y mi espíritu.

—Es un niño pequeño pero tiene el corazón de un león. Un ario verdadero —gritó uno de ellos, entre la aprobación generalizada.

Intuí que quizá algunos de los hombres de mayor edad tendrían hijos de la mía, o que desearían haberlos tenido. Quizá había ablandado sus corazones. Los soldados más jóvenes les siguieron la corriente. Nadie sugirió que pudiera ser un espía o un judío fugado. Siguió un debate sobre lo que debían hacer conmigo cuando llegáramos a Berlín. Se me paralizó el corazón una vez más ante la confirmación de nuestro destino final. Era la primera y única parada del recorrido. Todos tenían claro que, si me entregaban, estaría jodido. Uno de los soldados mayores dijo que ya se encargaría él de solucionarlo y, acto seguido, la mayoría perdió interés en mí. Un oficial de alto rango se acercó, y los soldados volvieron a meterme debajo del asiento. Nadie me denunció. Los rangos inferiores se habían conchabado para engañar a un oficial. Comencé a pensar que quizá viviría para ver la siguiente medianoche.

A medida que transcurría el viaje me fui enterando de que

la mayor parte de los soldados regresaban a Alemania por primera vez, que se trataba de su primer permiso de cualquier tipo, ya que habían formado parte del victorioso avance del ejército durante el mes de septiembre anterior. El soldado que había dicho que lo solucionaría todo me contó que se llamaba Walther y que había nacido en Berlín, donde vivían su esposa y sus tres hijas. Tenía un hijo mayor que estaba en la guerra. Me preguntó si querría ir a conocer a su familia. No sabían de su llegada, así que les esperaba una gran sorpresa. ¡Que sería aún mayor cuando me presentara!

Cuando el tren llegó a Berlín, yo ya me había convertido en la mascota del vagón, apreciada por todos, y más o menos todos se involucraron en el desafío de sacarme de la estación para que Walther pudiera llevarme a su casa sin que me detuvieran y me hicieran preguntas tediosas. Al final, uno de los soldados simplemente me envolvió en su gabán y me cargó sobre uno de sus hombros como si fuera un bombero. Los demás se amontonaron a su alrededor y se mostraron tan bulliciosos como cabría esperar de cualquier grupo de soldados que volviera a casa de permiso. Las autoridades de la estación se alegraron de que salieran lo antes posible.

Fui testigo de la emotiva escena que protagonizó Walther al reunirse con su esposa Jutta y sus hijas, tres niñas pequeñas, la mayor de las cuales quizá tuviera mi edad. De inmediato acordaron que tenían que ayudar a aquel valiente huérfano alemán.

Esa noche nos sentamos todos a cenar y me dieron prendas de ropa que la hija mayor había modificado rápidamente de un conjunto ya desechado por su hermano. A raíz del tono de los comentarios que realizaba sobre lo que había visto en Polonia, me di cuenta de que Walther era un patriota alemán, pero que no aprobaba la manera en que se comportaban los nazis, ni las cosas que solicitaban de sus soldados.

—No me alisté en el ejército para aterrorizar a mujeres y a niños, mucho menos para pegarles un tiro solo por ser judíos o polacos. Que le dejen eso a las SS. Que no nos lo pidan a nosotros.

Me fascinó oír a un alemán expresando tales sentimientos. Claro, desde Lodz ya sabía que no todos los alemanes apoyaban el nazismo, pero nunca se me había ocurrido que alguien que llevara el uniforme militar alemán no estuviera al ciento por ciento detrás del Führer. Me pregunté si Walther no estaría intentando engatusarme para que cayera en algún tipo de confesión o de indiscreción, pero lo descarté con rapidez cuando se me hizo evidente la profundidad a la que corrían sus sentimientos antinazis, que toda su familia compartía.

XII

Walther tenía un permiso de una semana, así que asumí que tendría que elaborar un plan para saber qué hacer y adónde ir antes de que transcurrieran esos siete días. También asumí que abandonaría el calor de su hogar al mismo tiempo que él. No obstante, durante los primeros días no se mencionó la fecha de mi partida, y tampoco me preguntaron por mis planes de futuro. Por el contrario, la única preocupación de Walther parecía ser que yo me sintiera feliz en mi nuevo entorno, y sin duda era así. Fueran cuales fuesen los motivos de ansiedad que Walther podía experimentar por la precariedad de su situación en ese momento, se los guardó para sí, o al menos no los compartió conmigo. Me animó a confraternizar con sus hijas, a conocerlas, y cuando yo estaba con ellas nos observaba con detenimiento, como si quisiera asegurarse de que yo también les caía bien, lo que en efecto parecía ser el caso.

Durante aquel período descubrí algo muy importante acerca de Walther y Jutta. Eran protestantes profundamente comprometidos con su fe y, aunque no aprobaban a Hitler de manera evidente, tampoco eran tan insensatos como para oponerse a su régimen de manera directa, mucho menos para intentar desafiar abiertamente la hegemonía nazi al publicitar su adhesión permanente al cristianismo. Walther ya había dejado claros sus sentimientos acerca de las cosas que había tenido que testimoniar como soldado en Polonia, y quizá la decisión que había tomado con Jutta de ayudarme era una manera de pasar de la protesta o resistencia pasiva a hacer algo un poco más real, un poco más sustancial. Dudo que pudieran haber sospechado la verdad sobre mi religión verdadera o mi historia racial, porque eso hubiera implicado que aceptaran de manera voluntaria un riesgo inmenso para sí mismos y para sus hijas. Yo no hice preguntas. Simplemente sentía una gratitud enorme.

Cuando estaba en Lodz, entraba y salía de la casa de los Karbowski todo el tiempo, y de vez en cuando había visitado otros hogares cristianos, con lo que quiero decir católicos, pero allí tuve la primera oportunidad de observar de cerca cómo vivía una familia tan diferente a la mía. Estaba claro que en aquella casa de Berlín había mucho amor. No había gritos, ni grandes peleas domésticas. Ninguno de los padres pegaba nunca a sus hijos, y ni siquiera les levantaban la voz. Yo ignoraba que la vida familiar pudiera ser así.

Walther tenía claro que, hiciera lo que hiciese a continuación, tenía que obtener algún tipo de documentos. Le parecía extraordinario que hubiera sobrevivido tanto tiempo sin ellos. Comprendía que, caso de entrar en una comisaría y contarles mi historia, era poco probable que las cosas terminaran bien para mí. Pero entonces me guiñó un ojo y sugirió que conocía a alguien que probablemente pudiera ayudarme:

—La gente está todo el tiempo comprando y vendiendo documentos falsos, por lo general con un buen motivo.

El día antes de que tuviera que regresar a su regimiento, Walther me contó que la persona que podría ayudarme con los papeles falsos era su hermana. Me dijo que se llamaba

Elsa, y que iríamos a verla en ese mismo momento, a una parte de Berlín que yo nunca había visitado. Trabajaba en una de las oficinas que expedían documentos para los berlineses. Walther me dijo que me pusiera una gorra con una visera ancha y una chaqueta de las Juventudes Hitlerianas. También me dijo que intentara no mirar el nombre de las calles durante el camino, y que sobre todo no intentara recordar la localización de la oficina de su hermana. No fue necesario que me explicitara sus motivos.

Al llegar a la oficina, entramos por la puerta trasera. No hubo charla ni alharacas. Elsa, si de verdad se llamaba así, había sido informada. Me llevaron a una habitación donde Elsa me sacó una fotografía, me tomó las huellas dactilares y me preguntó algunos detalles sobre mí. Evidentemente sabía hablar alemán y polaco, pero añadí y exageré mi capacidad para hablar francés. Al oír eso, ella sonrió y asintió con la cabeza. No debí de pasar ni tres minutos dentro del edificio. Al día siguiente, Walther llegó a casa agitando en la mano una *Kennkarte*, el documento alemán estándar para civiles. No pregunté nada. Lo cogí y expresé mi gratitud.

La *Kennkarte* incluía una fecha de nacimiento que me otorgaba dieciséis años en vez de catorce, e indicaba que había nacido en un oscuro pueblo del este de Polonia del que no había oído hablar nunca. Se encontraba al otro lado de Lublin, viniendo desde Wlodawa. No obstante, lo que la *Kennkarte* no mostraba era el nombre de Henryk Karbowski. Walther me explicó que, aunque había muchísimos *Volksdeutschen* con nombres de sonoridad polaca, ya que habíamos recurrido a aquel subterfugio bien podíamos ir un poco más allá y adoptar un nombre que fuera germano de manera inequívoca. Un nombre que encajara con naturalidad con mi aspecto manifiesto de ario puro. Oír aquello me provocó un estremecimiento, pero Walther me aseguró que, mientras me mantuviera alejado de cualquier problema serio, nadie intentaría comprobar la autenticidad de mis papeles, sobre todo al ver el nombre de aquel pueblucho de mala muerte en el este. Karl-Heinz Reitzenstein hizo su aparición en mi vida. Ese era el nombre que aparecía en el documento falsificado.

Más tarde me enteré de que Walther le había sugerido ese nombre a su hermana porque le sonaba vagamente que hubiera una familia famosa apellidada así en algún punto cercano a Baden-Baden, y yo le había contado que tenía parientes allí. Me pregunté, una vez más, si Walther sospecharía que mi historia subyacente era una ficción, una ficción plausible pero en definitiva una ficción, y, por consiguiente, de perdido al río, iba a poner todo su empeño en ayudar a que me saliera con la mía.

Walther reconoció que yo querría marcharme en algún momento, pero me dijo que su esposa y sus hijas estarían encantadas si me quedaba durante todo el tiempo que deseara, y, ahora que disponía de una *Kennkarte,* podrían ayudarme a encontrar trabajo, de modo que no me convirtiera en una carga para los recursos de la casa. Más tarde, en un aparte, me dijo que tener «a un hombre en la casa» hacía que se sintiera mucho más cómodo. Ni él ni su esposa tenían familia en Berlín ni en ningún lugar cercano, y, aunque sus vecinos eran buena gente, saber que en su casa había una persona de recursos, alguien como yo, representaría un gran consuelo para él. Me dijo que esperaba que yo siguiera allí la próxima vez que volviera de permiso, pero que no tenía ni idea de cuándo sería eso, así que me aseguró que, cuando estuviera preparado para irme, Jutta no se interpondría en mi camino.

Se trataba de una gran noticia. No tenía intención de quedarme en Berlín o Alemania un instante más de lo que resultara absolutamente necesario. Seguía deseando llegar a Francia lo antes posible, para unirme a las fuerzas armadas polacas. Walther y su familia eran agradables; casi con total seguridad me habían salvado la vida, y me parecía fascinante observar los ritmos y costumbres de su vida doméstica. No obstante, vivían bajo el paraguas de un mal que estaba destruyendo Polonia y haciendo daño a los judíos a una escala sin precedentes. Por encima de todo, deseaba derribar ese sistema para poder encontrar a Nathan, recuperar a mi familia e irnos a algún lugar seguro, preferiblemente a Palestina.

Walther regresó a su regimiento. Al mes siguiente, en mayo de 1940, Francia cayó derrotada. Por todo Berlín la gente estaba alborozada. Me dejó pasmado descubrir que, más que a los británicos y los norteamericanos, los alemanes declaraban a Francia responsable de la humillación nacional que habían sufrido al final de la Primera Guerra Mundial. Cuando Hitler insistió en que el armisticio con Francia se firmara en Compiègne, en el mismo vagón de tren en el que se había producido la rendición alemana de 1918, la población de la capital se volvió completamente chiflada. Obviamente existía la figura del buen alemán, el alemán que no apoyaba a los nazis y que no parecía odiar a los judíos. Walther y Jutta entraban en esa categoría, y yo había conocido a otros en Lodz. Pero no había la menor manera de escapar a ello: en ese momento, al menos en Berlín, Hitler y los nazis disfrutaban de un apoyo abrumador por parte del pueblo alemán.

Me enteré de que, bajo los términos del armisticio, Hitler había permitido a los franceses que mantuvieran el control sobre partes sustanciales del país, sobre todo en el sur y en el oeste. El nordeste y la costa Atlántica estarían bajo control alemán. El nuevo gobierno francés se instaló en Vichy, al borde del Macizo Central. El gobierno polaco en el exilio no que quedó esperando, y se mudó a Londres. Londres y el Reino Unido se convirtieron en los nuevos puntos de reunión para los polacos que querían hacer daño a los nazis, así que supuse que debía irme para allí. Pero lo aparté de mi mente, para concentrarme en sobrevivir en Berlín.

Daba la impresión de que llevar una chaqueta de las Juventudes Hitlerianas hacía que nadie se fijara demasiado en mí mientras caminaba por la calle, pero dentro de mí sabía que era ridículo imaginar que Berlín pudiera ser un lugar seguro. Hasta el momento me las había arreglado para evitar tener que ir a las reuniones organizadas por las Juventudes Hitlerianas, pero me había dado cuenta de que otros jóvenes de atuendo similar me repasaban con la mirada mientras caminaba por las calles del barrio de Walther y Jutta —un extraño con una chaqueta de la asociación al que nunca habían visto en los actos de las Juventudes Hitlerianas de la zona—. Eso me ponía muy nervioso. No sabía cuánto podría durar aquello, ni lo que pasaría si me acorralaban e interrogaban acerca de mi pertenencia al grupo. Anticipando que me pudieran presionar al respecto, preparé una respuesta en la que, en cuanto *Volksdeutsche* del este rural de Polonia que había llegado a Berlín hacía poco, nunca había llegado a asistir a una reunión porque antes de la guerra no había ramas ni células en mi zona. Esperaba que me excusaran por mi escasa familiaridad con lo que se supusiera que uno debía hacer en esos malditos actos. Por suerte, nunca tuve que asistir a un mitin de las Juventudes Hitlerianas, ni a cualquier otro tipo de reunión que mantuvieran u organizaran.

Poco después de que Walther se fuera, Elsa vino a decirme que, dada mi capacidad para hablar polaco y francés, además de alemán, no debería tener problemas en conseguir un trabajo, pero que quizá tuviera que dejar Berlín para ir a algún lugar del Reich en expansión. Le aseguré que no tenía el menor problema al respecto. Hasta que apareciera algo más adecuado, me había encontrado un puesto de peón en una fábrica metalúrgica no muy lejos de la casa de Walther y Jutta. Al no tener ninguna cualificación, lo único que debía hacer era barrer el suelo alrededor de la maquinaria, transportar cajas y realizar otras tareas de nivel bajo. Pero lo verdaderamente importante era que iba a ganar dinero y estaría dentro del sistema. Cada día que pasaba en la fábrica me parecía un día más que añadía a la fuerza de mi identidad falsa. Pero, al cabo de unos meses, el estrés provocado por mi situación y el tedio del trabajo comenzaron a afectarme. Le pregunté a Jutta si podía ir a ver a Elsa. Jutta me contestó que lo organizaría todo para que fuera Elsa quien viniera a verme, cosa que sucedió el siguiente fin de semana.

Estábamos a finales de noviembre y el invierno había vuelto a caer sobre nosotros. Elsa me explicó que había estado ocupándose de mí y que había un empleo en Lorena, que, igual que Lodz y buena parte de la Polonia occidental, para entonces se había incorporado al Reich. Tanto en Lorena como en la vecina Alsacia, que también formaba parte ya de Alemania, se había expulsado a gran parte de la población local, y nuevas familias eran enviadas para establecerse allí. Ambos territorios se estaban «germanizando» de manera sistemática. Yo sabía lo que eso significaba por lo que había sucedido en Lodz. Mientras tanto, la deslocalización había creado una carencia inmediata y capital de trabajadores en todos los tipos de industria, y sobre todo en uno tan crucial como el sector agrícola. Elsa me contó que había una vacante para trabajar en una gran granja, y ahí era donde mi capacidad para hablar francés, polaco y alemán iría de perlas. El francés ya no era la lengua oficial de Lorena, pero naturalmente seguía hablándose de manera amplia. En la granja a la que iban a enviarme habría un contingente considerable de polacos y, hasta donde yo entendí, debía actuar como una especie de enlace entre ellos y el administrador de la granja, que ella presuponía que sería alemán. La verdad era que no tenía ni idea sobre lo que Elsa decía, pero tuve la seguridad de que, fuera lo que fuese, si había tenido la desfachatez de vivir en Berlín con una familia alemana y vestir una chaqueta de las Juventudes Hitlerianas, podría hacer casi cualquier cosa. Así que gracias al Tercer Reich me iba a Francia. Ellos lo organizarían.

Postal de Monhofen durante la ocupación alemana.

La granja a la que me destinaron estaba cerca del pueblo francés de Moncourt, al sur de Metz. Su nombre alemán era Monhofen. Elsa me dio instrucciones precisas sobre cómo llegar, junto con un billete de tren que me llevaría hasta Nancy, que estaba al oeste pero no demasiado lejos, y dinero para el autobús en el que debía proseguir el viaje. Al llegar a Monhofen debía preguntar por la dirección y recorrer a pie el resto del trayecto, y eso fue exactamente lo que hice. Jutta y las tres niñas me acompañaron a la estación para asegurarse de que partiera sin problemas. Fue un nuevo adiós doloroso. Tras una sentida despedida, acompañada otra vez de numerosas lágrimas, me puse en marcha.

Una granja en invierno en el norte de Europa puede ser un lugar lúgubre y hostil. Aquella no era la excepción. Mientras subía por un sendero que salía de la carretera principal, sin decir ni preguntar nada, un mozo me dirigió, en francés, hacia la alquería. Allí me recibió el administrador, Claude, quien dijo que me estaba esperando. Resultaba evidente que Claude no era alemán. Me dijo que prefería que se le llamara *Chef* y señaló una pequeña alcoba en la cocina diciendo que se trataba de su oficina. Si alguna vez necesitaba dar con él, aquella era su base. Si no estaba allí para atender a mi llamada, debía sentarme y esperar a que regresara a su puesto.

Chef se podía manejar de manera razonable en alemán, pero prefería el francés. Acordamos que nos comunicaríamos en ese idioma, de modo que yo me enfrentaría a una pronunciada curva de aprendizaje con los términos agrícolas en francés, pero a Claude no le pareció mal. Me explicó que también era el dueño de la granja. Su familia la había poseído y administrado durante más de cien años:

—Hemos sido anfitriones de los alemanes más de una vez.

No tardé en enterarme de que en ese momento había algo más de veinte peones polacos en la granja, todos ellos hombres, pero al parecer, cuando el tiempo mejorara, más *Zwangsarbeiter* (mano de obra esclava) y voluntarios se unirían a nosotros.

Me alojaron en una choza con tres hombres mayores, y con ello quiero decir que tendrían treinta y muchos o cuarenta y pocos. Estos no llevaban demasiado tiempo en la granja, y tampoco se conocían de antemano. En efecto, los cuatro íbamos a ser el equipo administrativo de Chef. Éramos sus supervisores de producción. Nuestra labor consistía en asegurarnos de que todos los trabajadores supieran lo que se esperaba de ellos dando instrucciones a los líderes de cada equipo. Una segunda parte de nuestro papel, pero tan vital como la anterior, consistía en vigilar e informar sobre cualquier infracción de las normas, entre las que respetar el toque de queda era la principal. Las autoridades alemanas querían asegurarse de que los trabajadores extranjeros estaban bien arropados en la cama cuando llegara la noche, y sobre todo les preocupaba que la cama en cuestión fuera la suya propia. A todo polaco que fuera descubierto practicando el sexo con una mujer alemana se lo ejecutaba de manera sumaria, y en el transcurso de la guerra hubo miles de casos así. Las mujeres alemanas quedaban deshonradas, pero no se las asesinaba. Nunca descubrí cuál era el castigo, si es que lo había, para el polaco que practicara el sexo con una mujer francesa o de cualquier otra nacionalidad. No tardé en enterarme de que también había mucho de eso. No obstante, puesto que a los alemanes les preocupaba la pureza racial, para ese fin solo les importaba su propia raza.

Tal y como funcionaban las cosas, los adultos iban a estar más involucrados en la supervisión diaria de los trabajadores de la granja que yo. Dos eran del sur de Alemania. No hablaban nada de polaco ni de francés, así que no tuve muy claro de qué serviría que supervisaran a unos peones de una granja francesa que en su mayoría eran polacos que no hablaban alemán. El otro hombre se llamaba Pavel, y era checo. Nunca tuve muy claro cómo había llegado hasta allí. Hablaba bien el alemán, así que imaginé que sería un voluntario, quizá un simpatizante nazi, con lo que no sería demasiado popular entre su propia gente, en casa. Pavel no hablaba francés pero aseguraba que podía defenderse en polaco. En realidad, su polaco era casi inexistente. Si le dabas tiempo suficiente podía formar frases, pero en cualquier tipo de conversación normal se perdía con rapidez. Dudo que entendiera más del diez por ciento de lo que se dijera en polaco.

Chef nos reunió a los cuatro y, usándome como intérprete, nos contó que la granja se dedicaba a la producción y el procesado de verduras, que enviaban a diferentes partes del Reich, pero sobre todo al ejército. Enterarme de que quizá ayudaría a alimentar al ejército alemán no ayudó a que mi humor mejorara.

Al ser la persona más joven del equipo, la más enérgica y la única políglota de verdad, Chef me convirtió en su ayudante principal, una especie de oficial de enlace, que era exactamente lo que Elsa me había dicho que haría. Ninguno de los otros tres se lo discutió. De hecho, parecieron bastante aliviados. Yo me cuidé de no comportarme como si fuera su superior de algún modo, no lo sugerí siquiera, y Chef insistió más de una vez en que mi papel no venía acompañado formalmente de ningún privilegio especial. En términos cotidianos, implicaba que debía visitar el despacho de la cocina de la granja con mayor frecuencia que los otros. Eso me proporcionaba la oportunidad de guarecerme del mal tiempo, de robar comida o que me la dieran, o de recabar información sobre lo que sucedía más allá de los confines de la granja. Durante esa época descubrí los límites de mi manejo del francés, pero este era lo bastante bueno y no dejó de mejorar, ya que lo usaba y lo oía hablar más a menudo.

Aparte de la referencia maliciosa sobre el hecho de que su familia hubiera albergado antes a los alemanes, nunca oí a

Chef realizar un solo comentario negativo acerca de sus amos y señores, pero tampoco era que se iluminara de alegría cuando se los mencionaba o rondaban por allí. Nos avisó de que había unidades de las SS en la zona y nos recordó que la Gestapo era omnipresente. La policía normal venía de visita una vez por semana, así que, en resumidas cuentas, el mensaje era: «Ten cuidado y vigila lo que dices».

Los peones solían trabajar en grupos de tamaño variable, entre cinco y ocho personas, según lo que hubiera que hacer ese día. Cuando las necesidades de un día cualquiera provocaban un sobrante de individuos, a estos se les podían encargar tareas más cerca de la casa principal, y Chef se encargaba en persona de echarles un ojo. La composición de cada grupo solía ser más o menos la misma de un día al otro. Cada mañana, durante el desayuno, los tres tipos transmitían a los jefes de equipo las tareas del día, tal y como yo se las había indicado a ellos. Y me quedaba a mano por si había que explicar en polaco algo que no hubiera quedado claro.

A partir de ahí, los grupos salían en dirección a la parte de la finca en la que tuvieran que realizar su trabajo, y mi tarea principal pasaba a ser la de informar sobre sus progresos. Transmitía mensajes e informaba cuando había dificultades que hubiera que abordar. Podía ser que alguna pieza de equipo se hubiera estropeado, o que algo hubiera bloqueado el camino y obligara a llevar hasta allí algunos caballos para arrastrar el obstáculo. Además, y aquella era la parte que yo más disfrutaba, había que hacer recados y tratos varios con otras granjas de la zona o en el pueblo, y para ello me proporcionaron una bicicleta. También me enseñaron a conducir un coche y un camión, porque algunos de los trayectos que tenía que realizar podían ser demasiado largos como para ir en bicicleta, o requerían que llevara o trajera cosas que no cabían en la alforja o en el carrito.

Cuando el tiempo mejoró, la vida en la granja se tornó bastante cómoda. Incluso montamos un equipo de fútbol con una granja colindante y jugamos algunos partidos contra equipos similares de la zona. Hubo un par de momentos extraños, cuando nos llevaron a todos en autobús para participar en actos comunitarios con banderas nazis por doquier. Cuando los demás vitoreaban, yo vitoreaba, pero nunca realicé el saludo nazi, ni siquiera aquella vez en que nos llevaron a Metz para que formáramos parte de la muchedumbre que debía adorar a un pez gordo llegado desde Berlín. Me subí a una farola para ver mejor y, mientras los demás se daban al *Sieg Heil,* yo me excusé en el hecho de que estaba colgado de un soporte.

Fue también durante mi estancia en Monhofen cuando el romance apareció en mi vida. Me mandaron a hacer un recado a una de las granjas más remotas del distrito. Ya había estado allí varias veces, y sabía que el granjero y su esposa eran gente amable y considerada. Caminé hasta la casa y llamé a la puerta. Al no obtener respuesta, grité. Nada, así que levanté el pestillo y asomé la cabeza hacia el interior.

Delante del fuego había una bañera de estaño vacía, pero unas huellas húmedas se alejaban de ella en dirección a la cocina. Era evidente que no pertenecían a ninguno de los adultos que vivían en la casa, algo que más o menos quedó confirmado de inmediato cuando la *madame* apareció corriendo un par de segundos más tarde, completamente vestida, con los zuecos puestos y expresión aterrorizada.

Unos instantes después llegó el *monsieur.* Le había visto en los campos cuando me acercaba a la casa, y estaba claro que él también me había visto a mí. En confianza y con bastante jovialidad, dije lo evidente:

—Ah, tienen una visita. Lo siento si he interrumpido su baño. Ya me voy.

Al oír eso, la *madame* estalló en un torrente de lágrimas. Algo no iba bien. Estaban asustados por algún motivo, pero ¿cuál?

Me explicaron que sus hijos ya eran mayores, que vivían lejos de allí, y que no había más gente registrada en la casa. Aún no habían tenido la oportunidad de informar a las autoridades de que Martha estaba con ellos.

—¿Y cuál es el problema? Vayan al ayuntamiento o a la comisaría e infórmenles...

Las lágrimas volvieron a correr. Yo me quedé ahí, perplejo. Tras intercambiar una mirada, los granjeros decidieron arriesgarse. Llamaron a Martha para que saliera de la cocina. En el momento en que cruzó el umbral sentí que me golpeaban con un señor martillo. Cubierta modestamente por una toalla, en la habitación entró una visión tan encantadora que tuve que recordarme que debía respirar, porque de otro modo creo que me habría muerto, y habría muerto feliz, anclado a ese sitio, asfixiado por amor en presencia de lo que solo podía ser una diosa.

La esposa del granjero me explicó que poco tiempo atrás, hacía unas semanas, se había encontrado a Martha en el granero. Estaba demacrada y dormía profundamente, sufría con claridad de un hambre y un agotamiento severos. Supieron desde el primer momento que deberían haber informado de su presencia, pero la esposa del granjero insistió en que no debían hacer nada hasta que la chica despertara y fuera capaz de contarles su historia.

Cuando Martha recuperó las fuerzas necesarias para incorporarse y hablar, con un francés de marcado acento les dijo:

—Soy romaní. Mi familia solía vivir y desplazarse entre Suiza y algunas partes del este de Francia. No tengo documentos. Si me entregan, me violarán, igual que hicieron con mi madre y mi hermana mayor, y lo más probable es que luego me maten, como hicieron con el resto de mi familia, incluyendo a mi madre y mi hermana mayor. Les vi hacerlo. Me fugué. Llevo semanas así. Estoy agotada y asustada. Mi vida está ahora en sus manos.

Fue una exhortación a la que encontraron imposible resistirse. Desde entonces se habían puesto en un grave riesgo, pero a cambio habían obtenido algo de ayuda con las tareas domésticas, un poco de compañía y el bagaje moral de que, al desobedecer las leyes alemanas de manera voluntaria y deliberada, le estaban asestando un pequeño golpe al enemigo y salvándole la vida a alguien. Eso les ayudaba a sentirse un poco mejor ante el hecho de que los productos que cultivaban y suministraban sirvieran para alimentar a unos soldados que, a su vez, mataban a ciudadanos franceses. El granjero y su esposa eran la versión francesa de Walther y Jutta.

Fui consciente de inmediato de lo que me atraía tanto de Martha. Podría haber estado mirando a cualquiera de las chicas de piel olivácea a las que hubiera visto y con las que me hubiera relacionado a lo largo de mi vida en Lodz. El blanco de sus ojos era tan nítido, tan limpio y amplio contra la oscuridad de su piel... Estaba completamente embelesado. Martha me había provocado una sensación de nostalgia y un anhelo étnico que llevaban mucho tiempo ausentes. ¿Quién me iba a decir que esas emociones podían guiar la flecha de Cupido de manera tan infalible?

Solté lo que tenía en la cabeza:

—¿Estás segura de que no eres judía? Pareces judía.

Martha me contestó de inmediato:

—En lo que a los alemanes respecta, los romanís y los judíos son igual de malos.

Comencé a reírme a carcajadas por dentro, y más tarde hacia fuera, ante aquella reunión extravagante: los ancianos granjeros franceses que se creían miembros de la resistencia, el joven judío y la romaní. A Herr Hitler no le hubiera gustado en lo más mínimo.

Cada vez que tenía la oportunidad regresaba a la granja para ver a Martha. Le habían construido un escondite en el mismo granero donde la encontraron. El granero tenía una pared en común con la casa, pero lo habían construido sobre un terreno más elevado. Por ello se podía entrar en el granero a través del techo de una habitación de la parte posterior de la granja, y esa entrada estaba al mismo nivel que el suelo del granero. Asimismo, en la parte trasera del granero había una puerta que subía por la colina hasta un bosque cercano, donde le habían hecho otro escondite en una cueva pequeña, el segundo hogar de Martha. Dependiendo del clima y del número de visitas que hubiera, Martha estaba en uno u otro. Igual que muchas otras granjas de la zona, la construcción principal estaba en un terreno alto, tenía una vista que se extendía hacia lo lejos. Ante cualquier señal de que los alemanes o alguna instancia oficial se acercaban, Martha se dirigía de inmediato a su segundo hogar. Pero las visitas de oficiales alemanes eran raras. Su principal conexión con cualquier tipo de oficialidad era a través de Chef. En efecto, eran un satélite del lugar donde yo trabajaba.

Martha y yo nunca practicamos el sexo, pero sí que nos cogimos de la mano, nos besamos con pasión y nos toqueteamos furtivamente. La cuento como mi primer amor. Los sentimientos que tenía hacia ella no se parecían en nada a los que había experimentado hacia mis padres o hacia cualquiera de mis hermanos, pero, cuando estaba a su lado, era consciente de la presencia de una calidez reconfortante que me generaba un sentimiento profundo de conexión humana y afirmación vital.

Los peones polacos no me aceptaron como uno de los suyos. Se habían creído lo que el administrador de la granja y yo les habíamos contado acerca de mi estatus de *Volksdeutsche*. Me aseguré de que pudieran ver el crucifijo varias veces, pero por lo demás me alegré de que no estuvieran interesados en hacerme entrar en su círculo. Pese a todo, cuando hacían una pausa o a la hora de las comidas, en la cabaña grande que hacía las veces tanto de cantina como de club, yo solía estar allí. Se daba la típica cháchara sobre el estado desastroso del mundo y la no menos desastrosa falta de alcohol, tabaco y sexo, y el precio desorbitante que tenían cuando había disponibilidad. No había nada extraño en ello, pero había dos tipos en particular, Jan y Gabriel, del mismo pueblo de Polonia, que, en cada ocasión, independientemente del asunto que se estuviera debatiendo, daban con la manera de culpar a los judíos. Iban más allá de la cháchara cotidiana. Yo había escuchado opiniones antisemitas igual de crueles en Lodz, pero no muy a menudo.

—Odio lo que los alemanes le están haciendo a Polonia, pero al menos van a solucionar lo de los putos judíos y van a ponerlos en su lugar. Hemos sido demasiado blandos con ellos.

Probablemente, aquel fuera el comentario que realizaban con mayor frecuencia. Luego estaban las declaraciones sobre el origen de las enfermedades venéreas, que adjudicaban a los judíos. Por si acaso, afirmaban pensar que un grupito de banqueros judíos ultrarricos había ideado deliberadamente la guerra para sacar provecho de la venta de armas, sin importarles lo que pudiera pasar como resultado a sus correligionarios. Todos los proveedores importantes del mercado negro eran judíos; los burdeles estaban administrados por los judíos... El libelo de la sangre apareció también por ahí, aquel según el cual los judíos raptaban a niños cristianos y los asesinaban para usar su sangre en rituales diversos. Era completamente repugnante. La mayor parte de los polacos se reían y se unían a ellos de manera más o menos entusiasta, aunque yo intuía que no le ponían el mismo corazón que Jan y Gabriel, que no paraban. Eran los mejores de la clase en antisemitismo. Yo no me atrevía a discutir sus mentiras, pero me sentía muy mal al tener que permanecer ahí sentado, en silencio y a veces riéndome, porque sus diatribas a veces eran muy ocurrentes.

No obstante, me estaba hartando mucho de la cháchara venenosa de aquel dúo repugnante. Quizá yo no fuera un judío apasionado ni comprometido en el sentido religioso, pero eran mi gente. Aquellos capullos decían cosas horribles sobre mis padres, mi familia y casi todas las personas a las que había querido alguna vez. Lo que al final hizo que me decidiera a hacer algo fue que comenzaran a alardear de haber «colgado» a un judío en su pueblo.

Estuvieron encantados de contarle a toda la sala que un día una unidad de las SS había llegado a su pueblo. Cuando aparecieron los alemanes, los dos estaban haciendo el vago en la plaza mayor. El motivo de la visita no estaba claro, pero los soldados se quedaron sentados en el interior de sus vehículos, fumando y conversando, sin hacer nada de nada. Quizá esperaban órdenes.

No había demasiadas familias judías en el pueblo, pero un joven de aspecto claramente judío entró en la plaza y, según Jan y Gabriel, ellos lo cogieron, le dieron algunas patadas y le escupieron mientras les gritaban a los tipos de las SS una de las pocas palabras que sabían en alemán: *Juden*. Eso llamó su atención. Los de las SS les aplaudieron y les hicieron señas con el pulgar hacia arriba, dejando a las claras que no tenían intención de intervenir para detener su actividad. Estaban disfrutando del espectáculo, lo acogían con entusiasmo.

Jan y Gabriel contaron que arrastraron al pobre chico judío hasta un árbol en el extremo de la plaza, donde un tercer tipo, amigo de ambos, había aparecido de repente con una soga, en la que pasó a realizar una especie de nudo corredizo mientras los soldados les aplaudían de nuevo. El amigo pasó la soga sobre una rama baja y la aseguró en el tronco, y a continuación les pasó el nudo corredizo a Jan y Gabriel, que sujetaban al judío para que no se escapara. Le pasaron el nudo al pobre muchacho judío por el cuello y a continuación los tres lo izaron y aguantaron la cuerda hasta que él dejó de retorcerse. En todo momento, la unidad de las SS no había hecho más que observar; o, mejor dicho, habían estado riéndose y aplaudiendo de manera cada vez más ruidosa y estridente.

No contentos con ello, al día siguiente, después de que alguien del pueblo les reprendiera por haber dejado un cadáver colgando de manera tan indecorosa en un árbol de la plaza mayor, fueron, bajaron al pobre desgraciado, arrastraron su cuerpo hasta un vertedero y le cortaron la cabeza, a la que estuvieron dándole patadas brevemente como si fuera una pelota de fútbol. Dijeron que les había sorprendido lo pesada y desigual que era, de modo que no servía como balón. La dejaron tirada al lado del resto del cuerpo.

Decidí maquinar algún tipo de castigo para aquellos bastardos. Los alemanes siempre se mostraban aprensivos acerca del vasto número de trabajadores extranjeros que estaban importando para que vivieran entre ellos. Era posible que algunos fueran espías que hubieran escapado a sus radares. Quizá ya estuvieran en contacto —o fueran a establecerlo pronto— con los partisanos de la zona o con gente de la resistencia. Les preocupaba que un día, si todos aquellos trabajadores extranjeros se ponían de acuerdo para protestar por las duras condiciones en las que trabajaban, pudieran alterar el esfuerzo bélico de manera significativa. Me habían dejado claro que parte de mi trabajo, como enlace con conocimientos de idiomas, consistía en transmitir cualquier cosa que oyera y que sonara como algo más que las quejas de nivel bajo, cualquier cosa que presentara un indicio de subversión o de conspiración.

En el escaso tiempo que llevaba en la granja solo había denunciado a alguien: un peón checo que había vuelto pasado el inicio del toque de queda, borracho hasta el punto de tambalearse. Había tirado un par de jarras grandes de cristal que se rompieron, así que pensé que no tenía más remedio que denunciarle, al menos para evitar que sospecharan de mí como responsable del daño. Seguí el procedimiento estándar y se lo conté a Chef. Él me contó después que había transmitido la información a las autoridades alemanas, quienes iban a contestarle si era de su interés o no. Para los alemanes, romper el toque de queda no era un asunto menor, aunque no creo que les importaran demasiado las jarras rotas.

Algunos días después de que informara sobre el checo, se presentaron dos alemanes de uniforme y armados para llevárselo. Nos dijeron que lo mantendrían en confinamiento solitario durante dos días como castigo por romper el toque de queda, y que si volvía a hacerlo podrían mandarlo a un campo de trabajos forzados. A la mañana del tercer día trajeron de vuelta a la granja al checo, que parecía sano y salvo. Me sentí muy aliviado. Tras su regreso, el checo no me comentó nada sobre lo sucedido, así que supuse que nunca se enteró de que yo había sido el delator.

El plan era simple. Le conté a Chef que Jan y Gabriel eran los cabecillas de uno de los grupos de peones polacos, y que siempre estaban agitándolos por algún motivo, y que con frecuencia decían cosas terribles sobre los alemanes, los nazis y Hitler en particular. Le dije a Chef que hablaban de ese modo cuando pensaban que yo no estaba cerca, pero que el hecho de que me encontrara fuera de su línea de visión no quería decir que dejara de oír lo que decían. Eran descuidados o estúpidos, probablemente las dos cosas a la vez. Chef sacudió la cabeza. Supongo que era consciente de que se trataba de algo serio. Algo que no podía ignorar.

Más tarde, aquel mismo día, Chef me acompañó al lugar en el que Jan y Gabriel estaban trabajando, para que pudiera señalárselos sin que ellos se enteraran. Imaginaba que les caería una semana de confinamiento solitarios. Dos a lo sumo.

Cuatro días después, al regresar de un trabajo que me había conducido al extremo más alejado de la granja durante la mayor parte del día, vi que Jan y Gabriel habían sido colgados de un patíbulo cerca de la cantina. Había un anuncio manuscrito en alemán y en un polaco pobre que decía que aquel era el castigo que todo el mundo podía esperar si rompían las leyes alemanas y socavaban el esfuerzo bélico. Los rumores decían que los habían matado por expresar opiniones contrarias a los alemanes y a Hitler.

El resto de los peones polacos ardían de rabia, convencidos de que se había cometido una gran injusticia, y en verdad había sido así. Al principio se preguntaron si se había tratado solo de un acto de terror aleatorio, destinado a recordarle a todo el mundo que sus nuevos amos podían hacer lo que quisieran y cada vez que les diera la gana, sobre todo con los polacos. La mayoría de ellos había testimoniado ejecuciones al azar durante la invasión del año anterior y en los meses que siguieron. Reconocían que Jan y Gabriel se habían reído alguna vez de los alemanes y del Reich, pero pensaban que nada de lo que hubieran hecho era merecedor de la muerte. No había nada que se pudiera considerar una traición seria. Por supuesto, tenían razón.

Aquello me alteró. De haber pensado que acabarían asesinándolos, habría ideado otra manera de vengarme de ellos. Ya no disponía de esa opción. Peor incluso, los amigos de Jan y Gabriel no tardaron en convencerse de que yo debía de ser el responsable de su destino. Me acusaron a la cara de ser el informante, y de haber mentido o adornado una historia que no tenía más que un grano de verdad.

Quizá se le hubiera escapado a Chef; quizá me vieron señalándolos aquel día. O los peones polacos podían haber llegado a esa conclusión por sí mismos. Apenas importaba. Volvía a estar en peligro. Un cuchillo por la espalda o un «terrible accidente» significaría mi final.

Unos días después de la ejecución, Chef me llevó a un aparte y me dijo que iba a organizar las cosas para que me mandaran a otra granja o a otro trabajo no demasiado cercano, y que mientras tanto debía permanecer fuera de la vista todo lo posible, sobre todo después de que oscureciera. Eso fue lo que hice, salvo por un último viaje para despedirme del granjero y su esposa, y sobre todo de Martha. Me sentí casi sobrepasado por una sensación de anhelo y pertenencia, y por la pena que acompañaba el saber que todo estaba a punto de acabarse. El destino insensible de la guerra me volvía a arrancar del lado de una persona a la que me sentía muy unido. Para entonces ya sabía que mi siguiente movimiento, mi siguiente trabajo, no iba a conducirme a muchos kilómetros de la granja de Martha, pero ignoraba exactamente dónde iba a estar, lo que iba a hacer o cuál iba a ser mi situación cuando llegara allí. Le prometí que, una vez instalado, le enviaría noticias y, de algún modo, Martha y yo nos reuniríamos otra vez. Nunca ocurrió.

XIII

No mucho después del incidente con Jan y Gabriel, durante aquel verano de 1941, intuí que comenzaba a haber una cierta tensión entre las unidades militares alemanas de la zona. Entonces al fin nos llegó la noticia de que el Reich había roto su pacto con la Unión Soviética y había invadido el territorio de su exaliado. Pensé inmediatamente en Nathan, con la esperanza de que no se viera atrapado en los combates feroces que iban a tener lugar. Esperaba que, allí donde estuviera, se encontrara muy alejado de la zona de la frontera y del avance de las tropas. Pensé en la gente a la que había conocido en Wlodawa, que ya había sufrido daños sustanciales en septiembre de 1939. Me pregunté qué aspecto tendría en ese momento. Crucé los dedos por Jakub y Rena, y por Artur, si ya había regresado a Wlodaba por entonces.

A través de la oficina de empleo, Chef lo organizó todo para que me llevaran a mi siguiente puesto, a unos ochenta kilómetros al norte de Monhofen, justo a las afueras de Metz, en un lugar llamado Woippy que había pasado a conocerse por el nombre alemán de Wappingen. Allí había una gran fábrica que producía clavos y alambre de púas. Yo iba a trabajar en un establecimiento más pequeño, que de algún modo estaba asociado a la fábrica y a otros negocios, produciendo equipamiento agrícola.

En esa ocasión me alojaron con una familia francesa encabezada por Monsieur Mazeau, quien, según me contaron, era el jefe de mi nuevo trabajo. Al principio, Madame Mazeau no se mostró excesivamente amigable, pero tampoco fría o indiferente. Tardó un tiempo en descongelarse, pero lo hizo. Con Monsieur Mazeau pasó algo parecido. Me dijo que debía llamarle Monsieur Mazeau, y lo hice en todo momento a partir de entonces. Mazeau se dedicaba a producir una gama de piezas de madera que iban a convertirse en partes esenciales de la maquinaria agrícola que se fabricaba en el pueblo. Había toda una red de empresas pequeñas de ese tipo. Nosotros no éramos más que uno de los proveedores, pero Mazeau decía orgulloso:

—Somos los mejores y pretendo que siga siendo así.

Mazeau era con claridad un hombre emprendedor. Se había formado como carpintero y había logrado establecerse por su cuenta y expandir el negocio, que siguió avanzando incluso durante la Depresión. Cuando le conté que había aprendido un poco de carpintería en Polonia se le iluminaron los ojos, y dijo que me enseñaría más cosas. Durante varias semanas, que se fueron convirtiendo en meses, a Monsieur Mazeau y a mí se nos pudo encontrar cada fin de semana en su taller, donde me enseñó a hacer varios tipos de junturas y a construir mesas y sillas bastante simples, e incluso la estructura de un sofá grandes y una *chaise longue*.

Mi estancia en Wappingen no iba a prolongarse demasiado. Un día de mediados de septiembre de 1941, me subió mucho la temperatura y comenzó a dolerme muchísimo la garganta. Puesto que el sistema alemán de asignación laboral era el que me había destinado a la casa de Monsieur

Mazeau, su esposa me condujo a su oficina más cercana, desde donde me enviaron al médico. En pocas palabras, tenía un caso grave de amigdalitis. Me remitieron al hospital más próximo porque el doctor pensó que lo más sencillo sería que quitaran las amígdalas.

El hospital más cercano resultó ser uno de Metz. Recuerdo que entré en él y que alguien confirmó que la mejor opción era extirpar. Pasé la noche allí. A la mañana siguiente me tumbaron sobre una camilla y me llevaron al quirófano, donde una enfermera me puso una máscara o algo sobre la cara y perdí la conciencia. Al despertar me di cuenta de dos cosas de manera simultánea. Sentía un dolor espantoso en la boca y la garganta, no podía tragar y el sabor a sangre, mi sangre, llenaba todos mis sentidos. La segunda fue que un hombre me miraba con fijeza. Tenía una expresión grave en el rostro, y supe que era poco probable que lo que estaba a punto de decirme fuera a sumarse al total de mi felicidad personal. En efecto, no fue así. Era el cirujano que había llevado a cabo la operación, pero bajo la bata blanca llevaba un uniforme de la Wehrmacht. Me dijo que no me asustara ante su uniforme. Los médicos militares solían ayudar en los hospitales civiles para continuar practicando, y había tenido suerte de que él estuviera de guardia aquel día.

—No mucha gente en mi posición haría lo que estoy a punto de hacer.

Acto seguido me contó que, tras la operación, mientras yacía semiinconsciente en una camilla en la sala de recuperación, comencé a hablar abiertamente en voz alta. Algunas de las enfermeras y camilleros concluyeron que, puesto que yo era un *Volksdeutsche* de origen polaco, lo más probable era que lo que decía o gritaba fuera en polaco. Pero luego hubo otras cosas que sonaban un poco a alemán, pero que no siempre coincidían exactamente con el alemán que hablaban varias personas presentes en la sala de recuperación. Le pidieron al cirujano que volviera, no fuera que estuviera sufriendo una reacción a la operación. Él sabría lo que había que hacer. Al fin y al cabo, era un oficial alemán. Querían conocer su opinión, porque los camilleros y las enfermeras ya se habían formado una y nadie quería aceptar la responsabilidad ni tener sobre su conciencia lo que probablemente ocurriría a continuación. Al parecer, en cuanto alguien llegó a la conclusión y anunció que yo estaba hablando en yidis, uno de los camilleros me levantó la bata impulsivamente y vio que tenía el pene circuncidado, y ahí se acabó todo. Habían descubierto que yo era judío. Deduje que el cirujano había venido a escuchar mis desvaríos. También le había echado un vistazo a mi pene, y a continuación le dijo a los reunidos: «Yo me encargo de esto».

Salieron todos. La sala en la que estaba se encontraba vacía salvo por el cirujano-soldado. Me dijo que no cabía duda de que yo era judío, y que por tanto el documento de identidad que tenía conmigo era o bien una falsificación o lo habría obtenido de manera ilegal. Su responsabilidad estaba clara. Tenía que informar a las autoridades. No obstante, el cirujano-soldado reconocía también que, en cuanto me entregara, si no me sacaban y me pegaban un tiro en el patio del hospital, lo más probable era que me pegaran un tiro o me ahorcaran a pocos centenares de metros de allí.

—Y no quiero tener nada que ver con eso. Al fin y al cabo, soy médico. Ser cómplice de la muerte no forma parte de mi vocación profesional, sobre todo cuando la víctima es tan joven y por tanto debe de ser inocente de cualquier crimen serio.

El cirujano dijo que haría que me trajeran mis cosas. Me daría una cama para pasar la noche, pero a las nueve de la mañana del día siguiente presentaría un informe, y sería oportuno que para entonces yo me hubiera esfumado.

—Eres en esencia un muchacho fuerte. Te sentirás débil y mareado durante un día o así, pero no deberías tener problemas para recuperarte de la operación. Aun así, deberías descansar y pasar desapercibido durante unos días. El clima es bueno. Busca algún lugar cálido y seco, bebe mucha agua y come fruta o alimentos blandos hasta que tu garganta vuelva a estar en buenas condiciones.

Durante la noche, una enfermera francesa vino a mi habitación. No fue ninguna sorpresa que yo estuviera despierto, temblando de miedo, intentando organizar mis ideas y trazar un plan. Ella me miró con expresión solemne y me explicó que corría «grave peligro».

—En el hospital todo el mundo sabe lo que eres y lo que ha hecho el cirujano. Lo que te ha prometido. Yo confío en él, pero no confío en nadie más aquí dentro. Tienes que irte o lo más probable es que estés muerto antes de la hora de la comida de mañana. Acabo mi turno a las 5.30. Vendré a la habitación. Por favor, espérame vestido y preparado para marcharte. —Y entonces me arrancó el crucifijo del cuello—. Un judío no debería llevar esto. Que Dios te perdone por ello.

Dormí a ratos, pero estaba vestido y preparado cuando la enfermera volvió a aparecer y me hizo gestos para que la siguiera. En el pasillo había una silla de ruedas. Asintió con la cabeza en dirección a ella. Me subí y ella me envolvió con una manta que me cubría parte de la cabeza. ¿Qué escena más propia de un hospital que la de una enfermera que empujara a alguien sobre una silla de ruedas? Salimos del hospital sin impedimentos ni obstáculos, y me empujó algunos centenares de metros más por la acera antes de meterse en la entrada a un patio, donde me dijo:

—La parte siguiente te va a costar un poco en tu estado de debilidad, pero podrás hacerlo. Voy a dejarte aquí. No te preocupes por la silla de ruedas, alguien la devolverá al hospital. Voy a regresar a la calle y giraré a la izquierda. Cuenta hasta noventa y haz lo mismo. Mantente a este lado de la calle y camina hasta su final. Me verás allí. En cuanto te vea, cruzaré la calle y entraré en un patio parecido a este. Vuelve a contar hasta noventa y sígueme. Sube un tramo de escaleras. Vivo en el número 7. Te estaré esperando.

Mientras me vestía por mi cuenta en el hospital me había convencido de que, aunque sin duda me sentía débil, me encontraba lejos de estar incapacitado. No iba a derrumbarme hecho un ovillo de inmediato. Podía seguir sus instrucciones. No había problema.

La puerta del número 7 estaba ligeramente abierta. La bondadosa enfermera me estaba esperando. Me condujo hasta lo que supuse que sería una habitación de invitados. Pasé allí tres días, alimentándome con una dieta de sopas caseras de diversos sabores. La mujer me contó más cosas sobre lo que había pasado en la sala de recuperación después de la operación y sobre el revuelo que se había armado mientras intentaban dar conmigo.

No tardé en poder tragar otra vez, y en sentirme con la fuerza suficiente para ponerme en marcha. La enfermera no se sintió precisamente entusiasmada ante la idea de que me fuera, pero yo sabía que tenía que ponerme en movimiento lo antes posible. Había decidido que debía alcanzar el territorio de la Francia que no estaba ocupado por los nazis. La frontera con la Francia de Vichy no quedaba demasiado lejos.

Mientras la enfermera me sacaba del hospital en la silla de ruedas, había reparado en que no muy lejos de allí había un aparcamiento de tamaño considerable con todo tipo de vehículos, incluyendo varios que se parecían bastante a aquel en el que había aprendido a conducir en Monhofen. Cuando me tumbaba en la cama o me paseaba por el apartamento de la enfermera, decidí regresar hasta allí y ver si podía robar uno. En Monhofen a menudo había tenido que poner el camión en marcha usando la manivela. Esta se guardada bajo una tapa para que resultara siempre accesible cuando la puesta en marcha normal con la llave no funcionaba porque se había acabado la batería, por lo general tras un período de frío.

La tarde anterior, antes de que se fuera a trabajar, le dije a la enfermera que me iría al día siguiente. Me pareció detectar en ella una ligera expresión de alivio. Dijo que me dejaría una botella de vidrio con algo de sopa, además de unas manzanas y algo de pan. Esperaba que me ayudaran durante el camino, pero no me preguntó adónde me dirigiría ni cuáles eran mis planes, y yo no se los había contado porque no tenía nada que mereciera recibir ese nombre.

Esperé a que regresara del turno de noche, le dije adiós y le expresé mi agradecimiento de corazón. Señalé que nunca me había dicho su nombre, ni me había preguntado por el mío. No obtuve más que una sonrisa, pero esa sonrisa me recordó una vez más cuánto me había beneficiado de la amabilidad de los extraños. No todos los seres humanos eran iguales. Aún quedaban focos de bondad, incluso en presencia de aquel mal abrumador.

Me dirigí al aparcamiento y localicé un vehículo. Tenía una plataforma trasera pero no llevaba carga, y estaba un tanto maltrecho pero no demasiado. Lo puse en marcha con facilidad y me senté al volante de un salto. Había una gorra de trabajador en el asiento delantero. Me la puse con la esperanza de que ocultara mi aspecto juvenil y mi cabello llamativo. Quería pasar lo más desapercibido que fuera posible.

Dudaba que, transcurridos cuatro días, la caza de un niño judío desaparecido siguiera a pleno ritmo, así que estimé que tenía una buena posibilidad de recorrer un largo trecho hasta la Francia de Vichy. Era consciente de que, en aquel momento, la frontera entre las Francias ocupada y no ocupada seguía siendo una especie de festividad móvil, pero parecía ser que Vichy comenzaba en algún punto al sur de Dole y al norte de Lyon, a unos trescientos kilómetros de distancia. No tenía una visión real de lo que podía ser la Francia de Vichy, pero no podía ser peor que la Francia ocupada. La idea de acercarme a la calidez del Mediterráneo me resultaba extremadamente atractiva.

Había descartado la posibilidad de pasar primero por la casa de los Mazeau para recoger la mochila, que de algún modo se las había arreglado para permanecer a mi lado hasta aquel momento. Por consiguiente, me separé del cuchillo que había usado para matar al hombre de la alambrada del gueto. No obstante, aún tenía mi documento falso a nombre de Karl-Heinz y algunos marcos del Reich, que había ahorrado o robado durante los meses anteriores.

El tanque de gasolina del vehículo estaba casi lleno. Pensé que tenía posibilidades de interponer una buena distancia entre el hospital y mi persona antes de que informaran de la desaparición del vehículo. Sabía que me la estaba jugando, pero no había ninguna alternativa. Tenía que ser así.

Conduje hacia el sur a tanta velocidad como me atreví, dejando atrás Nancy, girando a veces hacia la frontera suiza pero regresando luego hacia el oeste, avanzando en todo momento en dirección a la frontera de la Francia de Vichy. Había oído que era imposible salir de la zona ocupada sin algún tipo de permiso o de papeles especiales. En consecuencia, era consciente de que en algún momento debería abandonar el vehículo e intentar cruzar a pie o escondiéndome dentro de otro vehículo que realizara el mismo trayecto pero contara con la documentación adecuada.

De manera milagrosa, a media tarde seguía en la carretera. La aguja del indicador de combustible se acercaba con rapidez a la posición de vacío. Supuse que estaría en algún lugar cerca de Dole y que la frontera no quedaría lejos, ya que cada vez había más vehículos de policía yendo de aquí para allá. Fui hasta lo alto de una colina y aparqué. Miré hacia abajo y vi colas de vehículos, y lo que parecía un pequeño trecho vacío entre medio. Aquello debía de ser la frontera, y el trecho vacío sería la tierra de nadie, así que tenía que abandonar el camión allí y descubrir la manera de cruzar. Esta vez no había ningún río congelado, pero sí un montón de soldados armados.

Bajé por la colina, atajando por una pequeña zona boscosa. En el momento en que salí a la linde del bosque, que daba a una pequeña carretera rural, un coche de la policía militar alemana pasaba por ella. Al verme paseando por allí aparcaron y me llamaron. Se dirigieron a mí en francés. Yo les contesté en alemán. ¿Fue un error? Probablemente sí, pero dudo que se hubieran mostrado mucho más comprensivos si les hubiera contestado en francés. Me sonrieron, pero de todos modos me pidieron mis papeles. Estos mostraban que debía estar en Wappingen, así que sacaron la conclusión de que yo era un traidor que intentaba escapar para ayudar a los enemigos del Reich o para no cumplir con mis obligaciones hacia la patria. Me dijeron que estaba bajo arresto, me metieron de cualquier manera en la parte de atrás de su coche y se cuidaron de esposarme la muñeca a la parte fija de la manija de la puerta. Estaba atrapado. Notaba dolor con solo mover la muñeca. No había posibilidad de escape. Al margen del episodio en la alambrada del gueto, aquella era la peor situación en la que me había encontrado. De acuerdo, lo del río Bug también fue difícil, pero logré escapar sin que me hirieran. Nunca me había sentido tan amenazado como en ese momento. Me miraba la muñeca esposada y no tenía ni idea de lo que iba a hacer.

Media hora después estaba encerrado en el sótano de la comisaría civil más cercana. Mi vida pasaba en fogonazos por delante de mis ojos. Estaba seguro de que encontrarían el camión y descubrirían que había sido robado, que quizá lo relacionarían con el judío que se había escapado del hospital y el telón caería para mí. Me pondrían contra la pared en algún lugar cerca de la comisaría, quizá en la parte de atrás de la misma, y sería el fin. Mi única esperanza era que no realizaran una investigación más completa y siguieran mis pasos hasta la enfermera que me había ayudado. Si lo hacían, supuse que se pondría de manifiesto la complicidad del médico, pero... ¿hasta dónde llegarían? ¿Hasta Walther, Elsa y Jutta en Berlín; Martha, el granjero y su esposa cerca de Monhofen; Jakub en Wlodawa, o mi familia en Polonia? No tenía ni idea, pero en mi estado aterrorizado y de paranoia podía creer o imaginar cualquier número de desenlaces espantosos. Ahora que los nazis me habían puesto las manos encima al fin, no solo era mi propia vida la que estaba en peligro, sino la de muchas personas. Aquella sensación de responsabilidad hacia otros me pesaba casi tanto como la ansiedad vocinglera que experimentaba por mi situación.

Unas horas más tarde, un policía bajó a contarme que habían encontrado lo que parecía ser un vehículo agrícola no muy lejos del lugar donde me habían arrestado. Sospechaban que podía estar relacionado conmigo, y de todos modos ya no consideraban que mis papeles estuvieran en regla. Dudaban que tuviera la edad que declaraban y me dijo que me llevarían a un centro de detención de cara a un transporte ulterior, quizá hasta Dijon o de vuelta a Berlín, donde todo se investigaría y resolvería. Saber que no iba a morir de manera inmediata me provocó una ligera sensación de alivio, pero fue eso, ligera.

A la mañana siguiente me sacaron de la celda, me metieron en la parte trasera de otro vehículo policial, este de mayor tamaño, y volvieron a esposarme a la manija. Había oído que los alemanes tenían una cosa llamada campos de concentración y me pregunté si sería allí adonde me llevaban. Si lo de «centro de detención» no era más que un eufemismo para algún tipo de antro.

No había guardias armados, solo un agente de policía rollizo y de edad avanzada, encargado de conducir el vehículo. Supuse que un crío esposado no merecía el tratamiento completo de enemigo peligroso del Estado. Durante el trayecto me enteré gracias a Hans, mi parlanchín compañero de viaje, que el lugar al que me dirigía era solo para alemanes y otros arios, así que no estaría tan mal. No debía preocuparme:

—No fusilamos a los alemanes con tanta alegría como a los demás, y, mirándote, ¿quién podría dudar de que eres alemán?

Si Hans intentaba entretenerme o reconfortarme, no lo estaba consiguiendo. Me aseguró que aquel jaleo y aquella confusión no tardarían en aclararse. De no ser porque habían encontrado el camión abandonado quizá ni se hubieran molestado en detenerme:

—No creo que un chaval como tú haya podido conducir ese camión un solo kilómetro. Tus pies apenas llegarían a los pedales. Pero no me escuchan. En cuanto aclaren eso, estoy seguro de que todo irá bien, aunque tendrás que explicar qué estabas haciendo tan cerca de la frontera y tan lejos de Wappingen.

Nos hicieron gestos para que atravesáramos las pesadas puertas de la entrada al centro de detención, sin siquiera detenernos para las más mínimas formalidades. Hans asintió con la cabeza y los guardias armados de la puerta hicieron lo mismo. Llegado ese punto yo tenía ya una depresión profunda. Ya dentro de la plaza central, el coche se detuvo junto a un edificio de un solo piso, que yo tomé por la oficina principal o el lugar donde el jefe del campamento pasara el rato. Me quitaron las esposas y me entregaron a otro guardia paternalista al que Hans conocía de manera evidente. Los dos hicieron comentarios chistosos sobre mi aspecto de «forajido malvado».

Acto seguido, mi chófer dijo que yo era un crío y aseguró al otro que se trataba de una confusión y que no pasaría mucho tiempo allí. En eso acertó de pleno. Hans dijo que tenía que ir al servicio y beber algo rápido en la cantina del personal antes de ponerse en marcha.

El guardia le contestó que le acompañaría con ese trago en un minuto. Solo tenía que dejarme en la sala de espera, que se encontraba al lado del despacho del comandante. Le explicó que, puesto que yo era tan joven, y al parecer de etnia alemana, el comandante tendría que ocuparse en persona del proceso de admisión. En aquel momento no estaba por allí, así que tendría que esperarle. Me condujeron a la sala de espera y me señalaron una silla. El guardia salió y cerró la puerta, pero no bajo llave.

Era evidente que los espacios interiores del centro de detención, o campo, o lo que fuera en realidad aquel lugar, no habían sido el resultado de una gran preocupación por la seguridad. Al fin y al cabo, el lugar estaba rodeado por una valla alta que con toda probabilidad estaría electrificada, y disponía de torres de vigilancia en las que había hombres fuertemente armados.

Una bombillita se encendió en mi cabeza. Me había dado cuenta de que, en el coche que me había llevado hasta allí, la parte trasera en la que había ido sentado era en realidad la tapa forrada de piel de la caja. Quizá la cavidad interior se usara para guardar cosas, o quizá estuviera vacía. Al cabo de un par de minutos, abrí la puerta de la sala de espera, asomé la cabeza y, al ver que nadie miraba en mi dirección, me dirigí con rapidez hacia el coche de Hans. Abrí la puerta de atrás, levanté el asiento y vi con alivio que allí no había más que unas mantas. Me metí de un salto en la abertura y arrastré la cubierta para cerrarla. Solo debía esperar que Hans no quisiera despedirse de mí antes de emprender el viaje de vuelta. En tal caso, quizá el guardia y él, en vez de declarar una alerta total, lo cual expondría su laxitud, se limitarían a buscarme por su cuenta y sin duda me encontrarían más temprano que tarde, pero en ese momento pensé que no tenía mucho que perder, si es que me quedaba algo. Con un poco de suerte, en caso de que me encontraran, aquellos dos hombres mayores pensarían que aquel había sido tan solo otro ejemplo de mi exuberancia juvenil o de mi carácter por naturaleza emprendedor, tan en consonancia con el espíritu guerrero de la nueva Alemania. Me darían una patada en el trasero o un tirón de orejas, y eso sería todo. Una vez más crucé los dedos.

Unos quince minutos más tarde, alguien se sentó en el asiento del conductor. Supuse que sería Hans. No podía ver nada. Puso en marcha el motor, condujo no más de cien metros y se detuvo de nuevo. Oí que se abrían las dos puertas traseras y que dos personas se sentaban sobre mí. Contuve el aliento. Había dos traseros alemanes a centímetros de mi cabeza. Me acordé del tren en el que salí de Lublin.

El coche se puso en movimiento de nuevo, redujo la marcha al acercarse a lo que supuse que sería la puerta del campo, pero no se detuvo. Igual que cuando llegamos, era evidente que nos habían dejado pasar con un gesto de la mano. No tardé en enterarme de que los traseros de los que me separaban unos pocos centímetros pertenecían a dos agentes alemanes, probablemente de la policía militar. Deduje por la conversación que tuvo lugar entre ellos y Hans, que estaba un tanto harto de manera evidente, que se dirigían hacia el interior de Francia para recoger y escoltar de vuelta a un alemán que había sido arrestado por la policía francesa por emborracharse y mostrarse violento. Lo más probable era que se tratara de un desertor del ejército procedente de la guerra en el este. Las autoridades alemanas no tenían el menor deseo de detenerle o lidiar con él, así que iban a entregarlo para librarse del problema. Al parecer, aquello no era extraño. Los dos tipos del asiento trasero parecían muy complacidos con la idea de pasar una noche en la verdadera Francia francesa. Tenían que recoger al malhechor por la mañana, y me pareció conmovedor que se disculparan ante Hans por aquel cambio súbito en sus planes. Esperaban que no le causara una gran molestia. A juzgar por el sonoro «ejem» que soltó el conductor, así era.

Cerca de media hora después oí que Hans y los agentes negociaban su paso por la frontera, explicando en ambos lados lo que iban a hacer. Poco después se detuvieron, aparcaron y todo el mundo bajó del coche.

Esperé a que oscureciera antes de levantar la tapa del asiento y arrastrarme por el suelo. Abrí la puerta del coche. Estábamos en el aparcamiento de un hotel. Me alejé caminando, al principio de manera despreocupada. Es posible que hasta silbara. Al llegar a la calle, me detuve a mirar en un par de escaparates.

¿Qué hacer a continuación? No me detuve a pensarlo. Estaba en la zona no ocupada de Francia. No sabía con exactitud dónde, pero sí que había abandonado la parte de Europa gobernada por los alemanes y dominada por su maquinaria bélica. Aquello me provocó un alivio inmenso. Me había quitado un peso gigantesco de encima. No creía estar fuera de cualquier tipo de peligro. El gobierno polaco en el exilio quizá se hubiera trasladado a Londres, pero sabía que por todas partes había amplias comunidades de polacos y judíos, y que en algún lugar encontraría ayuda y asilo entre ellos. No era como volver a casa, pero experimenté una intensa sensación de liberación. Giré una esquina y eché a correr tan rápido como me lo permitieron mis piernas.

XIV

Estaba en algún lugar ligeramente al sur de Dole. Karl-Heinz Reitzenstein había salido de mi vida. Ya no disponía de la *Kennkarte*, que seguía en poder de los alemanes en el centro de detención en el que había estado encarcelado durante unos quince minutos. Tenían mi foto, pero no creí que fueran a convertir mi búsqueda en algo demasiado importante. Si lograba no caer en manos alemanas, estaba seguro de que encontraría un camino, aunque, en términos prácticos, seguía sin estar demasiado seguro de lo que eso significaba. Estaba en la Francia no nazi, pero el gobierno polaco y las fuerzas armadas se encontraban en el Reino Unido, un país sobre el que no sabía casi nada.

A través de una serie de trueques, trabajos ocasionales, robos menores y no tan menores de ropa, comida y dinero, y de una combinación de gente que me recogía y trayectos en autobús, logré llegar hasta Grenoble. En esa situación, cuando me preguntaban cómo me llamaba, el polaco católico Henryk Karbowski hacía su reaparición. Robé otro crucifijo. Supuse que, cuando eres creyente católico, robar un crucifijo denota una actitud contraproducente y rastrera. Pero yo no lo era, se trataba de una religiosidad completamente transaccional.

Me pareció que Grenoble era el destino más evidente. Había oído que existía una zona desmilitarizada al este de la ciudad y que el ejército italiano tenía la responsabilidad de mantener el orden, pero Grenoble en sí era zona no ocupada y se había convertido en un punto de referencia para todo tipo de refugiados y fugitivos que esperaban llegar a la Suiza neutral o a otros puntos al sur y al oeste.

De camino a Grenoble me había encontrado con varios polacos caminando por la carretera o hablando entre sí. Tenían historias muy diversas sobre la manera en que habían acabado en aquella parte del mundo. Algunos iban a ver a parientes que vivían en la Francia de Vichy con la esperanza que quedarse con ellos hasta el final de la guerra. Otros eran vagabundos que parecían no disponer de plan alguno o, si lo tenían, no le habían contado a nadie en qué consistía. No obstante, la gran mayoría de los más jóvenes, hombres y mujeres, me dijeron que se dirigían hacia España y un lugar llamado Gibraltar, una colonia británica que estaba en el extremo más alejado de la península Ibérica.

En cuanto aliado principal de los británicos, el gobierno y el ejército polacos habían obtenido permiso para establecer una misión allí en la que recibir a refugiados y reclutar combatientes que fueran ya soldados, marineros o aviadores entrenados, procedentes de alguna u otra unidad de las dispersas fuerzas polacas, o civiles dispuestos a alistarse para unirse al Ejército Libre de Polonia. Aquello me confirmó algo que ya había oído antes. Una máquina de guerra se estaba consolidando en Gran Bretaña. Yo quería formar parte de ella. Mi destino estaba claro. Iría a Gran Bretaña a través de Gibraltar.

Cuando llegué al fin a Grenoble estaba desesperado por encontrar algún lugar en el que dormir, una base desde la que pudiera planear los pasos siguientes, pero dormir era mi prioridad más inmediata. Gracias a algunos robos exitosos que había realizado durante el trayecto tenía efectivo suficiente para registrarme en un hotel. Primero les eché un vistazo a un par de lugares baratos y un tanto sórdidos, pero decidí que si me quedaba allí me estaría jugando la vida. Al final me instalé en el Hotel Terminus, delante de la estación de tren, y pedí una habitación para dos noches. El hombre al otro lado del mostrador murmuró algo acerca de una identificación, momento en el que conjuré unas dificultades sintéticas y solté un chorro de polaco. Volviendo al francés, me encogí de hombros y dije:

—*Pas compris, Polonais.* («No entiendo, soy polaco»).

El recepcionista contestó:

—*Un autre refugie Polonais, mais si jeune.* («Otro refugiado polaco, pero muy joven»).

Le mostré el efectivo, él cogió mi dinero y me dio la llave. Dormí durante casi veinticuatro horas.

Hacia el final de mi segundo día en el Hotel Terminus pregunté si podría quedarme un poco más de tiempo. No parecieron sorprenderse al ver que mi francés hablado había mejorado de manera milagrosa en comparación con el momento de mi llegada. Les expliqué que tenía una tía que vivía en Auvergne y que vendría a buscarme, pero que no sabía con seguridad cuándo. Le había escrito para contarle dónde estaba alojado. No tengo la menor idea de si me creyeron o no. Sugerí que serían tres días más y se mostraron de acuerdo siempre y cuando pudiera pagar por adelantado, pero no podría quedarme mucho más sin presentar un documento de identidad, porque de otro modo acabarían teniendo problemas con la policía. Mi juventud fue el único motivo por el que sintieron que podían mostrarse un tanto flexibles.

También me explicaron que, en esos tiempos tan turbulentos, con tanta gente de paso, el hotel había sufrido demasiadas estafas. Les dije que lo comprendía y que les pagaría a la mañana siguiente.

Me había vuelto un experto carterista y ladrón de bolsos femeninos. Me sentía mal por ello, pero en el gran esquema de las circunstancias aquello no era peor que cualquiera de las cosas que me habían ocurrido y que casi con toda seguridad me ocurrirían si alguna vez volvía a caer en manos alemanas. E iba a unirme a la lucha contra los nazis. ¿Cómo funciona la aritmética moral en un caso así? Si un judío por otro lado devoto podía quebrantar las leyes *kosher* para sobrevivir en el gueto, supuse que algunos pequeños robos apenas llevarían a los rabinos a enarcar una ceja.

Calculé que tendría que dar más de un golpe para obtener los recursos que con toda probabilidad iba a necesitar, pero aquel día logré conseguir lo necesario para pagar por una noche más en el Terminus, y prometí que conseguiría más dinero para cubrir las otras dos noches adicionales. El director y el recepcionista parecieron un tanto escépticos, pero de todos modos se mostraron de acuerdo.

Al día siguiente elegí bien y tuve suerte. Había un callejón entre un edificio grande y un parque pequeño cerca de la principal zona comercial. Me subí al muro que delimitada el callejón y descubrí que tenía un saliente hacia el otro lado, el del parque. Eso quería decir que podía plantarme sobre el saliente del lado del parque, el único trozo que no quedaba a la vista desde el callejón, y pegarme a la pared para ver quién entraba en el callejón procedente de la calle principal. Con mi visión periférica, también podría saber si alguien entraba por el otro lado. Mi idea era esperar a alguien o de menor tamaño que yo y aspecto pudiente —esa gente existía—, o con aspecto de tener dinero pero que fuera mucho mayor que yo. La víctima ideal sería una combinación de ambas características. Cuando pasaran, saltaría a su espalda, cogería lo que fuera y saldría corriendo, probablemente después de volver a trepar el muro para escapar por el parque. Lo había comprobado todo. Llevaba una gorra calada sobre la cabeza para taparme el cabello rubio, tan reconocible, y, si resultaba necesario, una bufanda que podría levantar para formar una máscara que me cubriera la cara.

Diversos ciudadanos de Grenoble fueron desfilando ante mí, pero al final una anciana bastante rechoncha apareció a la vista. Tenía un aspecto de lo más próspero y llevaba un bolso de mano grande. Allí estaba mi víctima. Un breve vistazo a ambos lados me confirmó que no había nadie más cerca. Entonces se me ocurrió una idea brillante. Trabando los pies en el extremo más alejado del saliente para no caerme, en vez de saltar no tenía más que estirarme por encima del muro y coger el bolso cuando la mujer pasara por delante. Luego podría incorporarme, saltar al parque, meter el bolso en una bolsa de mayor tamaño que había llevado conmigo y salir corriendo. ¿Cuánto tiempo tardaría en abalanzarme sobre ella? Menos de un segundo. ¿Cuánto tiempo tardaría en escapar? Entre tres y cinco segundos en total. Y eso fue lo que hice. Es muy probable que la anciana no llegara a saber lo que había ocurrido, y que no viera nada más que una sombra. Funcionó tal y como lo había planeado.

Salí caminando del parque con despreocupación, después de quitarme el sombrero y la bufanda y de meterlos en la bolsa para que ocultaran el bolso. En ese momento se me ocurrió que no había oído a la mujer gritar, ni intentar llamar la atención de ninguna manera sobre lo que había sucedido.

No tardaría demasiado en desarrollar una teoría sobre el posible motivo para ello.

Fui directo de vuelta al hotel y subí a mi habitación. Después de calmarme y de templar los nervios abrí el bolso. Además de las cosas habituales que uno esperaría encontrar en el bolso de una señora, allí estaban sus documentos de identidad, un sobre abultado que contenía una cantidad enorme de billetes (100.000 francos en total, 1.500 libras a día de hoy) y un arma. Un revólver de algún tipo. Vi que había balas en la recámara. Era la primera vez que tocaba o manipulaba un arma de fuego de cualquier tipo. Si no me puse a temblar de miedo, hice algo bastante parecido. Por muy respetable y adinerada que pareciera, la mujer debía de estar relacionada con la mafia del mercado negro o alguna otra actividad igual de perversa. ¿Por qué otro motivo podría haber llevado encima tanto dinero en efectivo y una pistola? Debió de calcular con rapidez que chillar, atraer la atención sobre su persona e involucrar a la policía le provocaría un problema aún mayor en caso de que tuviera que revelar el contenido de su bolso o, en caso de que me pillaran, se enteraban de lo que le había robado. En ese momento, mi ansiedad por la aritmética moral se disipó con rapidez. Robar a un criminal no es lo mismo que robar a una persona completamente inocente. Desde luego que me preocupó lo que podría suceder si la gente que le había dado el dinero para que lo transportara por la ciudad llegaba a encontrarme, pero no se me ocurrió cómo podría pasar eso y en efecto no lo hicieron.

Escondí el dinero en la habitación y me dirigí hacia el río, donde tiré con discreción el documento que había encontrado en el bolso de la mujer. A continuación escondí la pistola, convencido de que me podría resultar útil en algún momento. Fui y pagué por las dos noches adicionales de hotel, tal y como había prometido, y, a fin de apaciguar cualquier posible sospecha, le pregunté a la mujer que estaba en el mostrador de recepción si sabía de algún lugar donde yo pudiera encontrar algún trabajo ocasional, porque me estaba quedando sin dinero y no sabía cuánto tiempo tendría que permanecer en Grenoble hasta que llegara mi tía. Le dije que no me importaría trabajar en una cocina, un jardín, un edificio en construcción... Lo que fuera, donde fuera. Me dijo que preguntaría por ahí, pero no se tradujo en nada.

Tras dos noches más en el Hotel Terminus, les dije que era demasiado caro y que ya volvería a informarles del lugar en el que me alojaría a continuación para que pudieran transmitírselo a mi tía cuando llegara. Me contestaron que no tendrían problema en darle el mensaje y nos despedimos. A partir de ese momento comencé a mudarme con bastante frecuencia, sobre todo cuando alguien empezaba a hacer demasiadas preguntas sobre mis circunstancias. Había noches en que no encontraba ningún lugar donde me acogieran sin documentos, así que me iba a dormir al raso, por lo general fuera de Grenoble. Cuando encontraba alojamiento, repetía la historia del niño polaco con parientes en Francia. Me habían separado de mis padres en Alemania, donde ellos trabajaban, y estaba allí a la espera de que mi tía fuera a recogerme. La mayoría de la gente lo aceptaba, o, mejor dicho, no insistía en que ofreciera más detalles. Las mujeres a las que veía solo a la hora del desayuno en los diferentes lugares en los que me quedé, en general se preocupaban por mí, no es que quisieran fisgar. Dividí el dinero en varios paquetes que escondía en el lugar donde me alojaba o por la ciudad. Me crucé dos veces con la mujer a la que había robado. Ella no me prestó la menor atención, lo cual hizo que me sintiera muy reconfortado, ya que me confirmó que no había visto mi cara durante el transcurso de mi crimen acrobático.

Mientras estiraba el dinero que había amasado, tomé grandes precauciones para asegurarme de que nadie tuviera la menor noción de cuánto tenía o dónde lo guardaba. Cuando iba a un hotel o a una pensión o a cualquier otra parte en la que tuviera que pagar por algo, me aseguraba de que nadie me viera con más dinero en la mano del que fuera necesario en cada caso. Incluso hacía como que me iba a trabajar para que la gente pensara que me estaba ganando la vida de alguna manera. Pero lo que hacía principalmente era reunir información sobre la manera de llegar a Gibraltar, y cuál debía ser el siguiente paso que me llevara hasta allí o sus cercanías. Al pasar tanto tiempo en Grenoble volví a sentir que estaba tentando la suerte. Estaba seguro de que la anciana tendría conexiones con algún tipo de red criminal y que sus miembros me estarían buscando para recuperar su botín y castigarme, o, si tenía suerte, para reclutarme como recompensa por mi descaro.

Mientras recorría Grenoble, varias veces oí a la gente hablar de un par de lugares que sonaban prometedores. Uno era una escuela polaca en Villard-de-Lans, a unos treinta kilómetros al sur. Al parecer, se habían trasladado allí desde París después de la invasión alemana. También oí informaciones sobre una especie de hostal o refugio para judíos en un lugar llamado Voirons, a unos veinticinco kilómetros al norte. Puesto que dirigirme hacia el norte no tenía sentido en ese momento, fui primero a Villard-de-Lans para ver si Henryk Karbowski podía encontrar refugio, comida e información. Fue crucial que, durante mi período en Grenoble, me pusiera en contacto también con polacos que llevaban muchos años viviendo allí, y que tenían diversas ocupaciones. Algunos de ellos estaban relacionados con operaciones para ayudar a que otros polacos viajaran hacia el sur, o bien bajo la creencia de que cuanto mayor fuera la distancia entre la Wehrmacht y ellos mayor sería su seguridad, o hacia redes que pudieran ayudarles a alistarse en las unidades de combate polacas en el extranjero. Era un aspecto capital que aquella red de polacos dispusiera de conexiones dentro de la policía francesa con elementos corruptos o patrióticos que estarían encantados de ayudarnos a conseguir unos documentos falsos que, al igual que los que había obtenido en Berlín, serían indistinguibles de los de verdad, ya que provenían de una fuente genuina. La corrupción y el patriotismo parecían costar lo mismo, 30.000 francos, y así fue como se creó a Jan Szewczyk, nacido en París. Mi historia de fondo contaba que mi familia y yo nos marchamos de allí en 1930, cuando tenía cuatro años, para regresar a Polonia, pero que habíamos vuelto a Francia a principios de 1939. Justo a tiempo, pero de todos modos era completamente creíble y explicaba que mi francés no fuera perfecto. La policía gala no tuvo motivos para interrogarme a fondo, así que nunca descubrí qué tal habría resistido aquella identidad.

Al llegar a Villard no me costó dar con la escuela judía. Había un montón de polacos jóvenes que iban de aquí para allí, hablando sonoramente en su lengua materna. De hecho, había polacos de todas las edades por todas partes; cabía suponer que habían llegado atraídos por la información de que había una especie de comunidad polaca en un pedazo de Europa que no había sido ocupado por los alemanes. La gente de la ciudad parecía bastante acostumbrada a que fueran apareciendo nuevas caras, sobre todo polacas.

Con el crucifijo una vez más bien visible, y presentándome como Jan Szewczyk, logré que me recibieran en la escuela. Fue un maestro mayor, muy educado y servicial. Le mostré mi documento y recité la historia que había preparado. Él dio todas las señales de creérsela o de que no le importara mucho, lo cual fue un alivio, pero supongo que, en aquellos tiempos tan turbulentos, no se solía preguntar con gran detenimiento sobre esos asuntos. Si yo hubiera sido un bruto de metro ochenta y cinco con cicatrices, tatuajes y dientes de menos, quizá él se habría tomado mayores molestias a la hora de establecer quién era en realidad, pero yo no era ese bruto y él no se tomó esas molestias. El maestro me dijo que, por edad y al estar solo, estaba seguro de que podría encontrarme una cama en uno de los dormitorios durante algunos días, mientras solucionaba mis problemas, pero no albergaba la menor esperanza de que pudiera convertirme en alumno de la escuela. Se lo agradecí mucho, pero le aseguré que volver a la escuela era lo último que tenía en la cabeza. Le expliqué que deseaba llegar a Inglaterra para vengarme de los nazis.

—Creo que se podría decir lo mismo de muchos de los polacos que encontrarás por aquí —fue su respuesta.

Villard era un hervidero de sedición y conversaciones sobre la resistencia contra los alemanes. Algunos grupos de polacos se estaban organizando en lo que ellos denominaban unidades operativas, aunque nunca me quedó claro cómo podrían enfrentarse al enemigo desde el interior de la Francia no ocupada. Otros polacos estaban allí solo para descansar un día o dos, recuperaban sus fuerzas en la seguridad relativa de un enclave polaco antes de continuar su trayecto hacia Gibraltar y, a continuación, Inglaterra. Desde la caída de Varsovia, grupos de soldados y ciudadanos polacos se habían mostrado muy activos creando rutas de escape hacia España y Gibraltar, que en un principio eran por mar, resiguiendo la costa mediterránea al oeste de Marsella. Se suponía que había barcos de la Marina polaca o de la flota mercante del país que ayudaban con aquella marea de tráfico humano. También había rutas terrestres a través de los Pirineos, que la gente intentaba cruzar por su cuenta o con la ayuda de *passeurs*, la versión francesa o española de Artur, el hombre del río Bug. Estos eran o mercenarios que conocían bien las montañas, o almas generosas que deseaban ayudar a gente necesitada, o personas relacionadas con las redes antinazis.

Los responsables de la escuela de Villard eran buena gente. Me hicieron un examen médico y me declararon sano y en forma. De manera inexplicable, el médico no me examinó el pene, pero yo ya tenía una respuesta preparada por si lo hacía y me preguntaba algo acerca de su estado circuncidado: «Problemas para hacer pis cuando era pequeño». Fui a misa un par de veces, me uní a uno de los muchos equipos de fútbol que había y me mostré en general bastante sociable, pero comencé a tener la sensación de que estaba a punto de propasarme, así que al cabo de una semana decidí marcharme y dirigirme hacia Voirons. En Villard había oído numerosas referencias a Voirons como un lugar en el que había muchos judíos, y aunque algunas de esas referencias llegaron acompañadas por los habituales tropos antisemitas, un número casi idéntico de las mismas fueron neutrales o claramente cálidas, reconociendo que, judíos o no, aquellas personas seguían siendo polacos y que, como ellos, odiaban a los nazis y todo lo que representaban. Me gustó oír aquello, ya que las diatribas de Jan y Gabriel seguían pitándome en los oídos. Villard me hizo recordar a los Karbowski, y al enorme número de polacos a los que conocí y traté estando en casa, en Polonia y en la carretera, gente decente y amable que por lo general no mostraba gran interés en las creencias religiosas ajenas.

Me daba cuenta de que una de las razones principales para

ir a Voirons era que deseaba volver a estar rodeado de judíos. Una vez allí podría dejar de fingir que era católico. Podría extraviar o esconder de manera temporal el crucifijo. Sin despedirme ni contarle a nadie hacia dónde me dirigía y cuáles eran mis planes, salí a pie de Villard y me dirigí hacia el norte.

Voirons, abril de 1942.

Guardo muy buenos recuerdos del tiempo que pasé en Voirons. Llegué a la ciudad en abril de 1942. En la zona había un orfanato judío y varios grupos cristianos y políticos que ayudaban a las comunidades de paso por el lugar, incluyendo a los judíos. La policía local era famosa por contar con una célula de agentes hostiles al gobierno de Vichy y, por supuesto, a los invasores alemanes del norte. Uno de los agentes de mayor edad provenía originalmente de Alsacia, pero se había negado a regresar porque la habían «nazificado».

Durante la mayor parte del tiempo que pasé en Voirons

hablé polaco y yidis, ya que me relacionaba con judíos de diversas partes del este de Europa, incluyendo varios procedentes de Lodz. El resto eran judíos de Austria, Alemania, Bélgica, los Países Bajos, y algunos de Rumanía. Un asunto en verdad cosmopolita. Había un joven, Pierre, que era un judío de la parte francófona de Canadá. Yo no sabía que existiera una cosa así. No hasta ese momento. No tengo claro que hubiera oído hablar siquiera de Canadá, mucho menos que supiera que contaban con una minoría de habla francesa. Llegué a conocer a Pierre especialmente bien y me las arreglé para explicarle los conceptos básicos del fútbol.

Pierre solo tenía un par de años más que yo. Su historia era de las tristes. Sus padres vivían cerca de Burdeos cuando estalló la guerra. Su padre era ingeniero y trabajaba en una refinería de petróleo. La velocidad a la que el esfuerzo bélico francés se vino abajo en el nordeste del país les dejó perplejos, igual que al resto del mundo. Se habían dado cuenta de que los alemanes querían apoderarse de toda la vertiente atlántica, pero, al parecer igual que todos, habían calculado que la guerra tardaría un poco más en llegar hasta su fragmento del sudoeste. Dispondrían de tiempo suficiente, de la anticipación suficiente, para poder recoger sus cosas y conducir hasta España y a continuación a la Portugal neutral mucho antes de que la cosa se pusiera desagradable. Desde Portugal se subirían a un barco que cruzara el Atlántico y se dirigirían a casa.

En vez de disponer de semanas o meses para adelantarse al avance alemán, contaron con unos pocos días. En vez de llegar a Portugal, sus padres habían muerto. Su coche quedó atrapado dentro de una columna de soldados que huían hacia el sur. La Luftwaffe intervino, y le dio de lleno al vehículo. Pierre estaba fuera del coche cuando este estalló. Sus padres murieron de manera instantánea, justo cuando intentaban salir. Una monja que estaba en la carretera fue testigo de todo el episodio. Pese a ser consciente de que Pierre era judío, lo tomó bajo su custodia y se lo llevó de vuelta a Burdeos consigo. Pierre fue pasando por toda una red de conventos y fundaciones religiosas católicas hasta que lo entregaron al orfanato judío de Voirons.

Pierre me explicó que, aunque hablara en francés, en realidad era bilingüe, ya que Canadá formaba parte de la Commonwealth británica, y la mayoría de los canadienses hablaban inglés. Él me ayudó a mejorar mi por entonces limitado conocimiento de la lengua inglesa. Pierre planeaba dirigirse a España a fin de continuar con el plan original de sus padres de llegar a Lisboa y coger un barco que fuera a Nueva York o, en el mejor de los casos, algo más al norte. Aún no había resuelto la manera de conseguir los papeles y permisos necesarios para hacer el viaje, pero ya se ocuparía de ese problema en otro momento. En principio no debía de resultar problemático, porque tanto España como Portugal eran neutrales. Un canadiense no debería tener grandes dificultades para entrar o atravesar su territorio. Estaba a la espera de una carta procedente de Canadá que confirmara los elementos principales de su historia para que el orfanato le ayudara a conseguir el visado o aquello que tuviera que presentar al llegar a la frontera. Los dos admitimos que esa posibilidad no se encontraba a mi alcance. Yo era polaco, era probable que las autoridades alemanas me buscaran por asesinato, y en cualquier caso mi pedazo de Polonia formaba parte por entonces de Alemania. Si cruzaba los Pirineos, tendría que ser de manera ilegal.

Le hablé a Pierre de mi ambición de llegar a Gibraltar. Él la aprobó por completo, pero me advirtió de que, si me detenían en España y lograban descubrir que yo provenía de una parte de Polonia que había pasado a ser alemana, a saber lo que harían las autoridades españolas. Ese «a saber» me pareció sinónimo de «peligro». El gobierno de Madrid era afín a los alemanes, y había todo tipo de historias sobre que entregaban a gente en Hendaya, que por entonces constituía la frontera terrestre entre la Francia ocupada y España.

Puesto que no existía ninguna posibilidad de que entrara en España de manera legal, Pierre me acababa de dar una gran idea. Si me detenían, aseguraría ser lo mismo que él: un muchacho francocanadiense a quien la guerra había separado de sus padres en Francia y que intentaba llegar a Lisboa para volver a casa. Pensé que sería mejor no mencionar Gibraltar, que era un puesto de reunión para prófugos y otras personas que intentaban evitar las atenciones de los alemanes. Solo tenía que rogar porque mi francés fuera lo bastante bueno como para sustentar aquella pretensión. No quería que descubrieran que era polaco. Pierre me dijo que no me preocupara. Todo el mundo sabía que los canadienses francófonos hablaban con un acento un poco raro. Si se preocupaban en lo más mínimo por un chaval como yo y encontraban algún indicio extraño en mi acento, se lo atribuirían a eso. Pero seguía siendo preferible que las autoridades españolas no me arrestaran y en lo posible no tener ningún trato con ellas.

En Voirons no me enteré de nada que me persuadiera de desviarme del plan de viajar hasta Gibraltar, a la que a menudo se referían también como El Peñón. Por el contrario, las informaciones que se iban filtrando sobre lo que ocurría con los judíos de Europa en general, y con los de Polonia en particular, aumentaron mi determinación de llegar al lugar lo antes posible.

Perpiñán sería mi siguiente destino, un nuevo paso en mi trayecto, pero me quedé en Voirons unos cinco meses más, tiempo durante el que Pierre siguió enseñándome inglés. Los dos sabíamos que no tardaría en convertirse en un idioma importante para mí. Pierre dijo que, si lograba llegar hasta Gibraltar, sin duda me trasladarían al Reino Unido, donde podría unirme al Ejército Libre de Polonia. Tenía razón.

Seguía sin tener una planificación clara en la cabeza pero, una vez más, Herr Hitler tomó la decisión por mí. El 11 de noviembre de 1942, mientras yo estaba en Voirons, el hombre con quien compartía cumpleaños decidió venir a verme. El ejército alemán cruzó la línea de demarcación que se había establecido entre el Reich y la Francia de Vichy. Cinco jóvenes judíos de Voirons, incluido yo, decidimos que no pensábamos quedarnos sentados esperando a que nos capturaran y nos transportaran. Había llegado el momento de dirigirse hacia la costa del Mediterráneo occidental y los Pirineos. Sin ceremonia alguna, sin despedirme de Pierre ni de nadie, nos pusimos en marcha juntos. No obstante, pronto nos dimos cuenta de que viajando en grupo no haríamos más que llamar la atención. Nos separamos. Yo me quedé solo. Otra vez. Me resigné a aquella realidad tan familiar.

Una semana después, tras un trayecto sin el menor incidente, llegué a Perpiñán sobre el mediodía, me dirigí hacia el centro del pueblo y comencé a echarle un vistazo. Buscaba iglesias u otras instituciones con carteles que sugirieran que veían con buenos ojos a los extraños, quizá en especial a los jóvenes extraños. ¿Encontraría el lugar cuáquero del que había oído hablar en Voirons? Por si acaso exploré también en busca de huecos y recovecos en los que pudiera dormir al raso en caso de necesidad. El clima estaba empeorando, pero aún no era tan malo. De manera simultánea, puesto que el hábito había arraigado, me mantenía ojo avizor a la caza de cosas que pudiera robar con facilidad, ya para comer, beber, vender o ponerme encima.

En lo que juzgué que debía de ser el barrio antiguo de Perpiñán había varias callejuelas y plazas con un montón de cafés y restaurantes. Aquel día el clima era suave, así que había mucha gente sentada al aire libre. Al pasar al lado de un par de personas oí que hablaban polaco. No en voz alta —ya había soldados alemanes en la ciudad—, pero de manera inconfundible.

Necesitaba información sobre las rutas para cruzar los Pirineos, sus peligros, las patrullas y demás. Como sabía que sería peligroso intentarlo por mi cuenta, tenía que sumarme a un grupo que fuera a cruzar, sobre todo teniendo en cuenta que había descubierto que el viaje podía llegar a durar hasta cuatro días, dependiendo de las condiciones climatológicas. Aquello no terminaría igual que lo del río de Wlodawa, ¿verdad?

Cuando eres un prófugo, cada primer encuentro con alguna persona está cargado de peligro. Todos mis sentidos entraron en alerta máxima mientras me acercaba al que me pareció el grupo de polacos de aspecto más juvenil. Susurrando, utilicé una aproximación predecible:

—*Dzięki Bogu w końcu mogę znowu mówić po polsku.* («Gracias a Dios. Al fin puedo volver a hablar en polaco»).

Obtuve una carcajada y algunas miradas inquisitivas, pero funcionó. Una vez más di gracias por mi apariencia juvenil y por el crucifijo, discreto pero visible. Uno de los tipos del grupo era de Lodz, y me condujo al interior de una trastienda aislada para interrogarme de forma bastante extensa acerca de la geografía de nuestra ciudad. Supuse que debían tener en cuenta la posibilidad de que agentes nazis, incluso algunos muy jóvenes, se hubieran infiltrado entre los polacos y otras organizaciones a fin de cerrar las vías de escape para los pilotos extranjeros y otros que intentaran volver a casa, o para reventar las redes que ayudaban a canalizar nuevos reclutas para las fuerzas armadas de sus enemigos.

En cualquier caso, mi interrogador no encontró falla alguna en mi conocimiento de la geografía de Lodz. También le conté que había ido a la misma escuela católica que Cesek y que había jugado al fútbol para uno de los equipos de la iglesia de esa zona. Como quien no quería la cosa, dejé caer el nombre del padre Nawrat durante la conversación. Aquello pareció generar en él algún tipo de reconocimiento y, a la vez, de manera harto conveniente, me sirvió para evitar nuevas y más profundas preguntas sobre mi formación religiosa. Volvimos con los demás, que mostraron un interés apenas marginal por el momento y la manera en que había salido de Polonia. La historia de cada refugiado era una mezcla extraordinaria de suerte y valor, impulsados por la determinación, la desesperación o el patriotismo, o en general alguna combinación de los tres. Cuando resoplé y declaré mis intenciones de llegar a España y a continuación a Gran Bretaña para unirme al ejército polaco y luchar contra los alemanes, recibí un fuerte aplauso, y todos dijeron que eso era exactamente lo que tenían en la cabeza.

Bromearon bastante a vueltas con mi edad, y alguien señaló que el ejército polaco seguramente andaría corto de chicos de los recados, así que me aceptarían sin duda. Pero nadie hizo ningún chiste preguntándose si mi madre sabía que estaba por ahí solo. Supuse que todos ellos llevarían tiempo sin ver a sus madres, y que se estarían preguntando qué tal les iría a sus familias sin ellos. Yo iba a tardar muchos años en enterarme de que, cuando llegué al Mediterráneo, tanto mi madre como mi padre llevaban ya un año muertos. La Belcebuela había muerto dos años antes. Todos fueron víctimas del gueto y de las enfermedades que se extendían con facilidad por las comunidades sobrepobladas y la debilidad debida al hambre constante.

El grupo de Perpiñán al que me había unido constaba de seis personas, cinco hombres y una mujer llamada Danuta. Se habían ido topando en su camino hacia España. A continuación se fueron haciendo piña y me dejaron solo. No me sentí sorprendido ni dolido. A duras penas cabía esperar que confiaran en mí o que compartieran conmigo cualquier secreto de importancia. Yo acababa de aparecer. Danuta me contó más tarde que les había dicho que iba a responsabilizarse de mí y que no me quitaría la vista de encima hasta que hubiéramos completado la travesía. Me alegró que decidiera adoptarme con tanta rapidez. Eso hizo que dejara de ser el foco de atención.

Resultó que el grupo pensaba cruzar a los pocos días, pero no habían fijado aún la fecha exacta. El líder, un hombre que se llamaba a sí mismo Frans, ya se había puesto en contacto con la gente de la Resistencia francesa, que nos iba a proporcionar un guía que nos llevaría a un punto remoto entre las montañas, junto a la frontera. Desde allí, si no había alguien esperándonos en el lado español para acompañar nuestro descenso, el guía nos señalaría y describiría el resto de la ruta. No debíamos preocuparnos. Todo quedaría claro cuando llegáramos. Pero no íbamos a cruzar las montañas en ningún punto cercano a Perpiñán. Nos conducirían tierra adentro. Ya habían organizado el transporte que nos llevaría hasta el punto de embarque. Todo estaba bajo control.

Para entonces, el grupo llevaba junto más de una hora, así que decidieron separarse, irse cada uno por su lado y encontrarse de nuevo al día siguiente en un café a un par de calles de distancia. El dueño tenía un cuarto trasero donde podríamos hablar sin que nos oyeran. Acordamos reunirnos a las doce del mediodía y, salvo Danuta y yo, los demás tendrían que llegar por su cuenta e ir directamente a la parte de atrás. Frans ya estaría allí, pendiente de nuestra llegada. Me fui con Danuta y pasé la noche en su habitación, un patrón que habría de repetirse durante las dos noches siguientes. Danuta mantuvo su palabra. No me perdió de vista, y yo no tuve ningún problema al respecto. Ni el más mínimo.

Antes de separarnos y de irnos cada uno por su lado, Frans nos recordó que los alemanes se encontraban ya por toda la ciudad y la zona circundante, y que obviamente debíamos estar pendientes de ellos y mantenernos alejados de sus garras. No obstante, tampoco podíamos confiar en que la policía francesa nos fuera a ayudar o hiciera la vista gorda en cuestiones referentes a los enemigos —o aparentes fugitivos— del Reich. De igual manera, los guardias de la frontera española que patrullaban las cuencas bajas y medias de los Pirineos tenían actitudes muy diversas respecto a la gente a la que atrapaban en su lado de las montañas. Algunos de ellos podían ignorarte y dejar que pasaras sin ponerte obstáculos. Oros, en caso de detenerte, podrían mostrarse compasivos o aceptar un soborno, mientras que unos terceros podrían disparar contra ti y robarte o entregarte a la policía española, y a saber cómo acabarían entonces las cosas.

Frans puso énfasis en que nunca debía vérsenos en grupo ni en la ciudad ni en la carretera. Debíamos viajar por separado, de nuevo con la excepción de Danuta y yo. La gente que nos viera pensaría que éramos una hermana mayor y un hermano pequeño. Acordamos un punto de reunión a las afueras del pueblo, en un sendero que comenzaba detrás de una granja cuyas puertas habían pintado de color verde brillante. Dijo que no tenía pérdida. Debíamos acercarnos al punto de reunión de manera escalonada, a intervalos de unos quince minutos más o menos. A continuación, hacia adelante y hacia arriba. Literalmente.

XV

Uno de los seis miembros originales del grupo no se presentó. Era preocupante, pero todo el mundo coincidió en que no era motivo para abandonar nuestros planes. Era evidente que conocía el lugar donde nos habíamos reunido, pero no aquel en el que íbamos a comenzar a cruzar la cordillera, así que no había motivo para no continuar. Nos pusimos en movimiento y Frans encabezó la marcha. Anduvimos durante un par de horas antes de bajar por un camino rural en el que nos esperaba un camión con un toldo de lona. Mientras estábamos en el camión, camino de nuestro punto de partida, Frans nos contó que la Resistencia le había recomendado que abandonáramos cualquier documento de identidad falso que pudiéramos tener. Además, no debíamos llevar armas de ningún tipo. Si a alguno de nosotros lo detenían con alguna de las dos cosas, el asunto se complicaría, y no de manera positiva. Y así comenzó el penúltimo tramo de la huida que había comenzado el día que maté al guardia. Desde un punto de vista físico, fue con facilidad el más arduo. Y acabó mal, al menos para mí.

Cuando llegamos al punto de partida, nuestro *passeur* nos estaba esperando. Nos contó que su grupo no había tenido la oportunidad de coordinarse con nadie en el lado español.

No habría nadie esperándonos, pero eso no representaría un problema. No teníamos más que seguir la cuesta abajo hasta el final. Nos dijo que nos dejaría cerca de la frontera, y que tendríamos que realizar el descenso por nuestra cuenta. Si seguíamos el sendero que él nos indicara, acabaríamos viendo varios terrenos agrícolas pequeños puntuados por sus granjas. Nada más verlos sabríamos con seguridad que estábamos en el lado español y debíamos separarnos, y dirigirnos cada uno por sí solo al destino que tuviéramos en la cabeza. Cuando Danuta le preguntó si ella y yo podíamos bajar juntos, el guía se limitó a negar con la cabeza y sugirió que acordáramos un punto de reunión algo más hacia el interior de España. Era mucho más sencillo ver a dos personas avanzando por la montaña que a una sola.

Por suerte, el clima se mantuvo bastante estable. En las partes más elevadas del camino hizo muchísimo frío, pero no encontramos nieve ni hielo. El verdadero desafío consistió en la naturaleza afanosa del ascenso que tuvimos que acometer. Fue implacable. No podíamos dejar de avanzar hacia arriba. No fue lo que uno llamaría escalar una montaña. Fue más bien cosa de caminar sobre pedregales, y de superar las cuestas y los giros del camino.

El conductor del camión que nos había llevado hasta allí había dejado unos bastones robustos en la parte de atrás, así que contamos con ellos para ayudarnos sobre el terreno, pero aun así en algún momento u otro todos menos el guía perdimos el equilibrio, tropezamos o nos caímos, aunque nadie se llevó nada peor que algunos arañazos, raspaduras y morados. Al caer la oscuridad no pudimos continuar. La luna simplemente no iluminaba lo suficiente como para que viéramos el camino, y tampoco teníamos nada con lo que alumbrarlo. Aunque lo hubiéramos tenido, no obstante, publicitar nuestra presencia no habría sido una gran idea. El guía nos condujo hasta un lugar resguardado en la ladera, a sotavento de unos peñascos de gran tamaño, donde nos acurrucamos juntos, nos comimos buena parte de la escasa comida que habíamos traído con nosotros y nos esforzamos por dormir.

Al día siguiente, la historia fue similar. Entonces, durante la tarde del tercer día, con la reserva de alimentos reducida casi a nada, el guía nos contó que ya habíamos alcanzado y sobrepasado la cima, y que por tanto estábamos técnicamente en España. Soltamos un gran grito de alegría y pensamos que el guía nos dejaría de inmediato, tal y como había anunciado. Pero no lo hizo. Nos acompañó durante un pequeño trecho por el lado español y nos señaló un sendero, diciéndonos que debíamos mantenerlo a la vista durante todo el descenso. No bajaba en línea recta, pero tampoco sería difícil detectarlo. En algún momento, cuando la pendiente se redujera, comenzaríamos a ver las granjas y sus construcciones a lo lejos, y en ese punto debíamos dispersarnos, escalonando la salida para que nadie viera a un grupo que actuaba de manera coordinada o que avanzara a la vez por un sendero concreto.

Todos coincidimos en la sensatez de aquel plan. Nos juntamos por última vez antes de ponernos en marcha sin prometer posibles reencuentros, pero yo seguía cogido de la mano de Danuta. Uno tras otro, los cinco comenzamos a partir. Yo fui el tercero.

Me marché con un gran beso húmedo de Danuta en la mejilla. Quizá hubiera un entendimiento tácito de que la esperaría abajo, pero fue eso, tácito, y no llegó a concretarse. La primera persona en partir se había dirigido hacia la izquierda, siguiendo un ángulo bastante agudo; la segunda se fue hacia la derecha. Al ser el tercero, yo también me fui hacia la izquierda, pero volví a subir un poco por la montaña antes de comenzar a descender en un ángulo un poco más oblicuo, aunque sin perder jamás de vista el sendero. Es difícil calcular estas cosas, pero creo que llevaba dos horas largas avanzando cuando llegué a una formación rocosa que tuve que rodear. Al hacerlo, debí de sobresaltar o molestar a un animal. Algo pardusco y peludo con un destello blanco, probablemente una cabritilla, salió disparado y me pegó el susto de mi vida. Perdí el equilibrio y mi pie derecho resbaló hacia el interior de una pequeña grieta. El peso de mi cuerpo al caer hizo que el tobillo se doblara. Dejé escapar un grito enorme de dolor, mi pie salió de la grieta y comencé a rodar montaña abajo. No creo que rodara demasiado, y acabé deteniéndome con suavidad al pie de un giro que ascendía ligeramente. No obstante, el tobillo me dolía muchísimo. Intenté ponerme en pie, pero sentí un fogonazo de dolor y me caí de nuevo. Quizá me había roto un hueso. En cualquier caso, no podría caminar a ninguna parte ni cargar el peso del cuerpo sobre el tobillo durante un tiempo. Me quité la bota para inspeccionar el daño y toda la zona alrededor del tobillo comenzaba a verse enrojecida e hinchada.

Esperé que alguna otra persona del grupo pasara por allí, siguiendo el mismo camino que yo hacia la libertad. Le vería u oiría, y llamaría su atención. Esperé que Danuta presintiera que la necesitaba. Al caer la noche me di cuenta de que no sería así. Para entonces, Danuta y los demás ya estarían muy lejos.

¿Sería aquel mi final? Por supuesto, me puse en lo peor. Todos los aprietos y episodios de peligro que había vivido hasta el momento habían quedado atrás, reducidos a cero, porque iba a morir congelado o de hambre al no haber prestado la atención suficiente a mis pies, permitiendo que una cabra o lo que fuera me derrotara. Nunca volvería a ver a mis padres para despedirme de ellos, nunca encontraría a Nathan, nunca rescataría a Srulek y a mis hermanas. La negrura de la noche se adecuaba a la perfección con la negrura de mi alma. Lo había intentado y había fracasado.

Aquella noche, la temperatura cayó de manera considerable, y por supuesto yo no tenía a nadie con quien acurrucarme en busca de calor. Me había comido casi todo lo que llevaba conmigo y me quedaba muy poca agua. El dolor alrededor de mi tobillo no daba señales de calmarse.

Varias horas después del amanecer oí dos voces que hablaban español. No pude ver a quién pertenecían, y no tenía ni idea de lo que estarían haciendo en la montaña. Esperé que fueran pastores. En cualquier caso, sentí que no me quedaba otra opción que gritar y hacer todo el ruido posible, golpeando el bastón contra una piedra, aullando y gritando. Dos hombres de uniforme aparecieron a la vista. Sus rifles, sus sombreros y las elegantes placas que lucían en la chaqueta me indicaron que no eran pastores.

No sé qué aspecto debía de ofrecer yo, sentado en el suelo con la espalda contra un peñasco y un pie descalzo, pero tuve la impresión de que no pensaron que pudiera representar algún tipo de amenaza inmediata para ellos. Aun así, uno de ellos se quedó atrás, apuntándome con el rifle, mientras su compañero se acercaba y me registraba, supongo que en busca de documentos o armas. No encontró nada de interés.

Me señalé el tobillo y les expliqué la situación en francés. Ellos parecieron comprender el brete en el que me encontraba, pero me dejaron claro que no hablaban francés. A continuación pasaron a debatir qué harían conmigo. Al menos eso creo, dadas las miradas frecuentes que me dirigieron mientras me señalaban y hacían gestos hacia mí. Supuse, intentando pasar la sintaxis del español al polaco, que uno de ellos quería pegarme un tiro y dejarme allí, y el otro no. Al final, me alegra poder decir que el bueno ganó. Su compañero desapareció y un rato después volvió a presentarse con un colega. Llevaban una camilla. Me pregunto quién habría ganado la discusión si yo hubiera sido mayor y más pesado, o hubiera tenido un aspecto más mezquino.

Entre los tres me llevaron montaña abajo sobre la camilla. Me dejaron caer dos veces al turnarse para cargarla, pero acabaron conduciéndome hasta un pequeño pueblo al pie de la montaña y me llevaron a ver a un médico que hablaba un poco de francés. Tras examinarme el tobillo, me tranquilizó diciéndome que al parecer no había nada roto. No obstante, me lo había torcido de mala manera y estaba hinchado, así que tardaría un tiempo antes de poder reincorporarme al *corps de ballet* o volver a jugar al fútbol. Me lo vendó.

A instancias de los guardias, el doctor me explicó que, al no tener papeles, tendría que esperar en el pueblo a que pasaran algunos agentes de policía, que con toda probabilidad me conducirían hasta Pamplona. Fue exactamente lo que sucedió, aunque mi estancia en la comisaría de Pamplona no fue demasiado larga. Les conté la historia que había ideado a partir de mis conversaciones con Pierre. Les dije que era un canadiense francófono de orígenes polacos que se había separado de sus padres en Francia después de que los alemanes invadieran el territorio de Vichy, y que, para evitar el riesgo de que me internaran como enemigo extranjero, intentaba llegar a Lisboa para subirme a un barco que cruzara el Atlántico. Mi interrogador no mostró el menor interés. Me dijo que me llevarían a la cárcel de Miranda de Ebro. Ante mi expresión perpleja y afligida, me explicó que allí había un hospital y que alguien le echaría otro vistazo a mi tobillo. A la mañana siguiente me marché, aún con mucho dolor pero no tanto como antes. Evité todo lo posible cargar el peso sobre la pierna derecha y usé una muleta improvisada. Cuando tenía que desplazarme por mis propios medios, más que caminar daba saltitos. Apenas podía soportar estar de puntillas durante unos segundos.

Miranda de Ebro era una cárcel inmensa que, hasta donde supe, seguía albergando a muchos prisioneros políticos de la Guerra Civil y a aquellos extranjeros que se habían alistado en alguna de las unidades reclutadas en apoyo de la República española. No obstante, también había muchos prisioneros, incluidos numerosos niños, que, como yo, habían sido capturados por los guardias fronterizos y transferidos a la prisión para que tramitaran su caso a la espera de poder tomar una decisión final acerca de su destino. Algunos niños seguían retenidos allí no porque hubieran hecho nada malo, sino porque sus padres habían sido encarcelados durante la Guerra Civil o justo después, y nadie había ido a reclamarlos, con toda probabilidad porque no había nadie para hacerlo.

Mantuve la historia de que era un francocanadiense de raíces polacas. Eso les desconcertó por un momento. Me informaron de que, puesto que Canadá no disponía de representación diplomática en España, tendrían que ponerse en contacto con los funcionarios de la embajada del Reino Unido en Madrid. En aquel momento, los británicos se encargaban de todos los asuntos de Canadá. Tuve la impresión de que, al parecer tan joven y ser un extranjero sin conexiones políticas de ningún tipo, se sentían ansiosos por dejarme salir de aquella cárcel y sacársemé de encima lo antes posible.

Unos días más tarde se presentó un hombre de la embajada británica. No había venido específicamente por mí. Se trataba de una visita regular, ya que eran muchos los extranjeros relacionados con Gran Bretaña o la Commonwealth encerrados en aquella cárcel. Le acababan de comentar mi caso, así que ahí lo tenía, sentado en una habitación conmigo, los dos solos. Hablando francés.

Decidí ponerme a la merced de aquel tipo. Aunque había ensayado algunos comentarios sobre Canadá con la ayuda de Pierre, no me sentía tan cómodo con ellos como con las declaraciones anteriores, que no había llegado a usar ni probar, acerca de mi identidad. En realidad, no sabía nada de nada sobre Canadá. Cualquier interrogatorio detallado no tardaría en dejarme expuesto como un farsante, y, si el hombre llegaba a la conclusión de que le estaba mintiendo, ¿cómo afectaría eso a su opinión sobre mí y su deseo de ayudarme a salir de aquella cárcel? Al final, mi perorata fue más o menos la siguiente:

—Me llamo Henryk Karbowski. Soy polaco. Judío, de Lodz. Hace tres años, mientras escapaba del gueto, maté a un alemán. Lodz formaba parte entonces, igual que ahora, del Reich. En mis viajes de aquí para allá, he hecho varias cosas más que infringieron la ley tanto en Alemania como en Francia. Sé que estamos en guerra, pero es posible que esas cosas sigan contando para las autoridades alemanas y francesas. Quiero llegar a Gibraltar para poder alistarme en el ejército polaco y luchar contra los nazis. Puesto que los polacos y los británicos son aliados, de veras espero que usted me ayude. O déjeme que lo exprese con otras palabras: si no me ayuda, no sé qué será de mí. Si las autoridades españolas descubren la verdad, temo que me entreguen a los alemanes, y lo más probable es que estos me maten poco después. Es lo que los alemanes hacen con los polacos, y sobre todo con los judíos. O si simplemente me dejan aquí en la cárcel hasta Dios sabe cuándo, me volveré loco o moriré a manos de alguna de las muchas personas enloquecidas que he visto aquí dentro.

Con toda probabilidad, me salió de manera mucho más

embrollada e incoherente, pero esa fue la esencia. El diplomático sonrió y, después de hacerme varias preguntas más acerca de mi viaje, acabó anunciando que me seguiría la corriente.

—Esto es de lo más irregular, pero no puedo jurar, con la mano sobre el corazón, que sepa lo que sería de ti si rechazo tu petición. Podrías tener razón. Si los alemanes te ponen las manos encima, podrían ejecutarte de manera sumaria. Lo siento por ti y creo que me has contado la verdad, o casi toda la verdad. Tendré que regresar a Madrid para hacer unas comprobaciones y gestiones, pero alguien vendrá a buscarte en unos días. Les diré a las autoridades de la cárcel que aceptamos hacernos responsables de ti y que regresaré con algunos documentos de identidad de emergencia.

En retrospectiva, aquel fue otro momento fundamental en mi vida. ¿Por qué no le dije mi verdadero nombre? ¿Por qué continué suprimiendo la identidad de Chaim Herszman? Solo puedo sospechar que sentía un profundo impulso protector en lo que a mi familia se refería. Cualquier cosa que pudiera rastrearse hasta llegar a ellos los pondría en peligro. Por el motivo que fuera, en aquel momento y en aquel lugar, enero de 1943 en una cárcel española, pocos meses antes de que cumpliera diecisiete años, había tropezado con otro camino, otra cadena de acontecimientos, que podrían tener todo tipo de consecuencias a largo plazo que yo jamás habría anticipado. Ni en mis pesadillas más enrevesadas ni en mis sueños más felices y delirantes.

Una semana más tarde estaba en un coche con matrícula diplomática británica que me llevaba a Madrid, donde una persona de la embajada me registró en el Hotel Mediodía, frente a la estación de tren de Atocha. El funcionario de la embajada me dijo que tenía una habitación reservada para siete noches porque tenían que realizar algunas gestiones adicionales para llevarme a Gibraltar, y no estaba claro ni el cómo ni el cuándo de nuestra partida.

Más tarde me enteré de que estaban pasando muchas cosas en la embajada del Reino Unido en Madrid. Tripulaciones de la RAF que habían sido derribadas y otro personal militar de la Commonwealth habían conseguido llegar hasta España. Su objetivo, como el mío, era Gibraltar. En general lo hacían por mar, evitando las patrullas de la Francia colaboracionista, de Alemania y de Italia. La cuestión era que no debían entrar en Gibraltar por su frontera terrestre, en La Línea, porque eso violaría el estatus español de país neutral. Pero las cosas no siempre salían bien, y se sabía que el personal de la embajada había introducido a veces a una persona o dos en Gibraltar ocultas en el maletero de un coche o de otro vehículo con inmunidad diplomática.

El gobierno alemán tenía un consulado en La Línea, y podían vigilar la mayor parte del Peñón durante el día. No hacían más que presionar a las autoridades españolas para que endureciera los trámites, insistiendo en que la colusión o el descuido respecto al transporte de personal militar u otras personas que pretendieran ayudar a los británicos era tanto ilegal como hostil. Sin duda, en primer lugar, querían recordar a Franco y sus asociados que les habían ayudado a obtener el poder.

Era posible que fueran a pasarme de contrabando en el maletero de un coche. Ninguna persona de la embajada me dijo nada sobre lo que ocurriría a continuación. La embajada se encargaría de solucionar la cuestión y ya me informarían del momento en que vinieran a recogerme para emprender la travesía. Mi gratitud hacia el diplomático británico al que había conocido en Miranda de Ebro no tenía límites, pero yo seguía inquieto al no saber cuál sería mi destino, o cómo continuarían las cosas. En la jerga moderna, tenía «problemas de confianza». Me imaginaba todo tipo de giros extraños para el relato en curso que era mi vida.

Puesto que mi tobillo ya estaba recuperado por completo, pasé una semana agradable paseándome por Madrid y sus alrededores. En las dos semanas o así que estuve en Miranda había aprendido algunas nociones básicas de español, y pude expandirlas aún más callejeando por la capital. La embajada me había dado algo de dinero para que me pagara la comida, y me las arreglé para robar un poco más y financiar así mis demás actividades turísticas. Se me hizo extraño estar en un lugar donde no había indicios de que el país estuviera involucrado en una guerra, aunque las marcas de los daños provocados por la Guerra Civil seguían siendo abundantes, lo mismo que el personal militar español y la policía militar. También había muchos alemanes pavoneándose por allí. Llegué a hablar con algunos de ellos, pero solo decían pamplinas sobre lo bien que iba la guerra y que toda Europa se beneficiaría pronto del dominio alemán. ¿Y los judíos? «Se están ocupando de ellos. No volverán a molestarnos».

Al sexto día, un tipo de la embajada vino al hotel mientras yo desayunaba para anunciarme que volvería a las veinticuatro horas para recogerme con un coche y llevarme hasta Gibraltar. Habría dos conductores, y esperaban realizar el viaje de 650 kilómetros en un día.

Aquella noche, en la habitación, me consumían las dudas. ¿Por qué se habían ofrecido a conducirme todo el trayecto? ¿Sería una trampa? ¿Qué podía salir mal? ¿Habían cambiado de idea los británicos? ¿Habían decidido que no querían ayudarme a llegar a Gibraltar? ¿Existía la posibilidad de que estuvieran a punto de entregarme a las autoridades españolas con consecuencias desconocidas para mí?

Decidí huir de la ciudad al amanecer e ir por mi cuenta, resolviendo mi propia ruta hacia el Peñón. Estaba seguro de que, si conseguía llegar a la misión polaca, todo iría bien. Llegué a La Línea sin incidente, usando autobuses, y encontré una habitación en un lugar cerca de un punto desde el que podía observar el tráfico que entraba y salía del Peñón. Me quedé pasmado. Cada mañana, miles de españoles cruzaban la frontera de Gibraltar, y por la tarde aquella marea revertía.

Hablando con la gente en varios idiomas descubrí que algunos trabajaban en los astilleros, pero que un gran número eran mujeres que realizaban trabajos diversos de limpieza, cocina y servicio. Al acercarse a la valla mostraban una especie de documento, pero por lo que pude ver eran escasas las personas a las que detenían, tanto en el lado español como en el británico, para comprobar sus papeles. El número de gente que entraba y salía en aquella franja tan comprimida de tiempo era demasiado grande. Vi que de vez en cuando sacaban a alguien de la masa para inspeccionarlo, y aún más de vez en cuando, alguien, saboteadores incluidos, era detenido cuando intentaba entrar o sacar algo indebido. No obstante, todo aquello era extraño.

Vi la manera de entrar. Robé algunas prendas femeninas, incluyendo un abrigo y un pañuelo para la cabeza que ocultaría mis rasgos, y bosquejé algo que pudiera sostener y ocultar en la mano de manera que cualquier persona que mirara por casualidad pensara que llevaba mis documentos. Funcionó. Me mezclé entre la multitud que se acercaba a la frontera, y me abrí paso a empujones y codazos hasta la densidad de su centro.

El 21 de enero de 1943, casi tres años después de matar al guardia, entré en Gibraltar procedente de España.

XVI

«Henryk Karbowski»,
Gibraltar, 1943.

En cuanto crucé la valla del lado británico me separé de la masa humana que se dirigía a sus lugares de trabajo y me acerqué a alguien de uniforme con aspecto de ser importante. Me quité el pañuelo y el abrigo de mujer. El hombre me miró un tanto sorprendido, pero no perplejo del todo. No creo que yo fuera el primero en recurrir a un ardid como aquel. Él era mucho más alto que yo, y con las manos en el aire era evidente que no representaba ninguna amenaza inmediata.

En un inglés chapurreado le dije:

—Soy polaco. Quiero matar a Hitler.

Él se rio y me contestó que yo no era el único en aquel lugar que se sentía así.

Me condujeron a una comisaría, donde di Henryk Karbowski como mi nombre. El policía al otro lado del escritorio sonrió y dijo:

—Te estábamos esperando.

Al parecer, los tipos de la embajada británica de Madrid habían viajado hasta Gibraltar de todos modos. Quizá tuvieran que llevar a alguien más al Peñón pero, fuera ese el caso o no, le habían dejado un informe sobre mí a la policía local suponiendo —acertadamente— que había buenas posibilidades de que yo apareciera por allí tarde o temprano. Gracias a Dios me había mantenido fiel al nombre de Henryk Karbowski. Si hubiera introducido de repente un nombre nuevo y de sonoridad germana como el de Herszman podría haber hecho sonar las alarmas y proyectar dudas sobre el recuento que le había ofrecido al diplomático.

Una persona que era claramente británica pero que hablaba un polaco razonable me hizo algunas preguntas de nivel bajo. Buscaba confirmar los detalles que ya tenían sobre mí gracias al informe de Madrid. A continuación me condujeron a una celda, en la que pasé el resto del día y aquella noche. Igual que en el centro de detención por el que pasé, la puerta no estaba cerrada con llave, pero en esta ocasión no sentí el impulso ni la necesidad de escapar. Me alimentaron bien y dormí como un tronco. Bajo una enorme sensación de alivio, me eché a llorar de felicidad porque ya no tenía que huir, pero esas lágrimas de dicha se mezclaron con otras de tristeza y pérdida cuando pensé en mi familia, que seguiría en Polonia, y en Nathan, que podía estar casi en cualquier parte, vivo o muerto.

Al día siguiente me escoltaron a la misión militar polaca y me dejaron allí con otro informe y muy poca pompa. Mi inglés ya era lo bastante bueno como para entender lo que el policía británico le dijo al tipo polaco:

—Este es para vosotros. Henryk Karbowski. Otra «ave de paso». Una historia interesante, la de cómo ha llegado hasta aquí. Está todo en el informe. Contadnos qué hacéis con él. Siempre podemos mandarlo de vuelta.

En ese momento se rio. Yo no lo hice, como tampoco lo hizo el oficial polaco. Mientras se alejaba, el británico adoptó una expresión más seria y le dijo a mi guardián polaco:

—Por favor, enviadnos la transcripción del interrogatorio y la entrevista. Si lo metemos en un barco a Blighty tenemos que saber que no estaremos dejando entrar a un espía en el país. Estoy de acuerdo en que no tiene pinta de serlo, ya que es un niño, pero las apariencias engañan y no queremos correr ningún riesgo.

El oficial polaco me tradujo buena parte de esa última declaración, y la palabra «espía» hizo que me recorriera un escalofrío. Pues claro que no pensaban que yo fuera un espía, ¿verdad? ¿Podía suceder que mi propia gente o los británicos me fusilaran por ser agente alemán? Esa posibilidad no se me había pasado por la cabeza. Resultaba demasiado ridícula y espantosa como para ocupar mis pensamientos durante más de un instante. Un médico polaco me realizó otro examen, confirmó que mi tobillo estaba bien y que al parecer no había sufrido un daño permanente.

Aquel día llegó un momento en el que tuve que firmar algo por lo que prometía unirme al ejército polaco. No vacilé un solo instante. Ese era el motivo por el que estaba allí.

Teniendo en cuenta lo que ya les había contado a los británicos cuando me interrogaron en Miranda de Ebro, y el día anterior durante la entrevista con el británico que hablaba polaco, estaba claro que tenía que mantener el mismo relato, que estaba ampliamente basado en mis antecedentes reales y en lo que había ocurrido de verdad durante mi tra-

Declaración realizada por Henryk Karbowksi el 22 de enero de 1943.

vesía. Siempre resulta más sencillo recordar la verdad. Así, sin abandonar el nombre de Henryk Karbowski, dije que mis padres se llamaban Adam y Jadwiga Karbowski, que eran, en efecto, los nombres de los padres de Cesek y Mietek. Pero, de manera inexplicable, di mi fecha de nacimiento correcta, y también el lugar, Zyrardow. Vacilé ante esas cuestiones, pero el tipo no se dio cuenta y, puesto que los detalles eran reales lo registré como una mentira menos de la que tendría que acordarme.

Al haberles dicho a los británicos que era judío para que me ayudaran a salir de Miranda de Ebro no hubiera tenido sentido que insistiera en mantener que era católico. Para comenzar, en el Ejército Libre de Polonia habría duchas comunes, así que cierta señal delatora sería evidente para todo el mundo de manera instantánea. En esa proximidad tan íntima e intensa resultaría muy difícil llevar a buen puerto la cuestión católica en todo momento. Y, si había algunos judíos «reconocidos», sería muy poco probable que se mostraran comprensivos conmigo.

El oficial polaco que rellenó los cuestionarios sobre mi estatus vio que llevaba un crucifijo. Le expliqué que había formado parte de mi disfraz y que me había ayudado a mantenerme con vida. Él asintió con la cabeza, pero a continuación me lo quitó. Fue la última vez en mi vida que poseí o llevé un crucifijo.

Durante los siguientes diez días o así debieron de interrogarme ocho o nueve personas diferentes en al menos una docena de ocasiones a horas diversas del día y de la noche. No me costó deducir lo que estaban haciendo: intentaban pillarme en una contradicción que a su vez pudiera sugerir que había mentido en algo importante. Me contaron que otros muchachos polacos habían llegado tan lejos como yo, pero que si ellos o los británicos no se sentían satisfechos con el relato de sus viajes se los llevaban al Reino Unido y los encerraban de inmediato para evitar cualquier posible amenaza para la seguridad nacional. Lo más probable era que esas personas se pasaran el resto de la guerra en un campo de internamiento.

Más o menos me dieron a entender que no todos los polacos de ese tipo habían llegado al Reino Unido desde Gibraltar. Se decía que algunos habían sufrido accidentes terribles en el barco, o que se habían «caído» misteriosamente por la borda y que no se había vuelto a saber de ellos. No supe con seguridad si me lo decía en serio o intentaba asustarme por diversión. Era improbable que aquello me animara a realizar una confesión. Si alguna vez llegaba a subirme a un barco con destino al Reino Unido, decidí mantenerme alejado de la barandilla cuando hubiera gente cerca.

El 2 de febrero, las autoridades polacas me devolvieron a los británicos, quienes me llevaron a bordo del *HMS Letitia* esa misma noche. Me dijeron que el barco se dirigiría al Reino Unido, pero no me aclararon dónde fondearía. Me condujeron a una litera en un espacioso dormitorio muy por debajo de la cubierta. En él había chicos de mi edad y hombres de muy diversas nacionalidades y de un amplio espectro de edades. Me gustó poder hablar polaco durante los días que siguieron.

El barco zarpó de Gibraltar el 4 de febrero como parte del Convoy MKF8. Yo sabía que ese tipo de barcos habían sido atacados y hundidos, alguno en una fecha tan reciente como noviembre de 1942, pero en ese apartado yo estaba en manos de los dioses. Solo esperaba que esos dioses tuvieran buena relación con la Marina británica y con la RAF.

El barco estaba repleto de hombres armados. Teníamos libertad para caminar por él, pero yo no lo hice demasiado. Nunca había estado en un barco en alta mar antes. El miedo a que me tiraran por la borda y el mareo me llevaron a permanecer bastante tiempo en la cama, aferrado a algo sólido.

El *HMS Letitia*.

El viaje duró cinco días, acabamos fondeando en el río Clyde junto a un lugar llamado Greenock el 9 de febrero. Me escoltaron fuera del barco —lo cual me pareció un poco raro— y en el otro extremo de la plancha de desembarque me esperaba un agente de policía británico. Este se esposó a mí y, por mediación de un intérprete polaco que le acompañaba, me explicó que me iban a llevar a Londres en tren. Aquel no era el tipo de recibimiento a Gran Bretaña que había estado esperando. ¿Sería «llevarte a Londres» un eufemismo para indicar que iban a llevarme a un campo de internamiento? No, pero a la vez acabé en un lugar no demasiado diferente.

Yo estaba realmente asustado, y mi inquietud no decreció cuando en el tren se nos unió otra persona, esta vez con un uniforme del Ejército Británico, que se dirigió a mí en alemán. En el maletín llevaba un informe que supuse estaría basado en mis entrevistas en Miranda de Ebro y Gibraltar, pero me felicitó varias veces por mi fluidez hablando alemán. Yo le devolví el elogio, pero es posible que no llegara a pillar la ironía.

A la mañana del día siguiente, cuando llegamos a Londres, el oficial desapareció y el policía, a quien seguía esposado, me hizo bajar del tren y me condujo a una parada de taxis. Hubo algunos momentos, breves pero incómodos, en que de manera inevitable atrajimos la atención del público. El policía recibió una cantidad mucho menor de esa atención que yo. Oí a un par de personas hablando en polaco cuando pasamos a su lado. Intenté dirigirme a ellos en ese idioma, pero el policía tiró de las esposas y frunció el ceño mientras los dos polacos se quedaban mirándome. Nos subimos a un taxi y mi compañero le dio al conductor una dirección de Wandsworth. Resultó ser la de la Escuela Patriótica Royal Victoria, una construcción gótica, imponente y oscura, que me recordó al castillo de Drácula.

La Escuela Patriótica Royal Victoria de Wandsworth.

La escuela era un centro de interrogatorios para personas no británicas que hubieran llegado al país desde la Europa ocupada por el enemigo. En mi caso, la mayor parte de los interrogatorios se hicieron en alemán, pero hubo algunos pequeños fragmentos en polaco, así que estaba claro que no albergaban dudas sobre el hecho de que yo fuera polaco. Eso me tranquilizó. Los interrogatorios servían para dos propósitos: principalmente, intentaban obtener información que pudiera tener algún valor militar, pero también, y de forma muy evidente, estaban al acecho de posibles espías. El tema de los espías era muy real. No era una fantasía, ni una broma ni una amenaza. Vaya. ¿Llegaría de verdad mi final frente a un pelotón de fusilamiento? Después de todo lo que había tenido que pasar, ¿iba a morir en suelo extranjero sin haber tenido la oportunidad de haber disparado una sola bala de rabia contra los alemanes? ¿Y antes de haber perdido siquiera la virginidad? ¡Menuda injusticia!

Les conté varias cosas que había visto mientras estaba en Berlín, durante mis viajes a Metz y Nancy, mientras me moví por Monhofen y Wappingen, y acabé con el relato de mi huida de la Francia de Vichy. Creo que esa última fue la parte que más les fascinó. No sé si algo de lo que les conté tuvo para ellos el más mínimo valor desde una perspectiva militar, pero respecto al otro asunto me esperaba un impacto terrible. No me dijeron: «De acuerdo, muchacho, puedes irte. Te dejaremos en los barracones del Ejército Libre de Polonia aquí, en Londres. Perdona por todo este jaleo, pero es que nunca se sabe».

En su lugar, aunque reconocieron que había acabado en suelo británico principalmente gracias a mi ingenio y determinación...

—¿Por qué te fugaste antes de que el personal de la embajada fuera a buscarte? ¿Te reuniste con alguien en Madrid antes de dirigirte hacia La Línea? ¿Te ayudó alguien a llegar hasta ahí abajo?

A lo que siguió la parte demoledora:

—No pareces judío. Llevabas un crucifijo, y la historia de tu viaje resulta tan increíble que estamos obligados a ponerte un interrogante. Es evidente que eres un joven muy brillante y lleno de recursos. Con tus idiomas y tu coraje podrías ser un gran recurso para el esfuerzo bélico, así que ahora mismo estamos un poco perdidos. Estamos realizando más averiguaciones, pero al menos de momento tendrás que quedarte aquí.

La noticia me dejó destrozado. Me bajé los pantalones, le mostré la polla al tipo y me puse a hablar en yidis. Lo cual no me acabó de ayudar.

—Gracias por mostrarme tu pene, Henryk, pero me temo que no demuestra nada. Hay muchos cristianos y gente de otras religiones que están circuncidados. No tener prepucio no es ninguna garantía de que no seas un agente nazi.

Asqueado hasta la médula, tuve que quedarme en la Escuela Patriótica Royal Victoria durante casi tres semanas. Hacia el final de mi estancia allí, un rabino adjunto al Ejército Británico —al fin una novedad— vino a verme. Era el rabino Israel Brodie, un australiano que después de la guerra se convirtió en el rabino jefe del Reino Unido. En yidis, se disculpó por haber tardado tanto en venir a Wandsworth, pero dijo que ya estaba allí. Me pidió que recitara algunas oraciones judías, cosa que hice, y a continuación hablamos de una serie de cosas que le dejaron claro que yo estaba familiarizado con todo tipo de detalles relativos a los rituales judíos, de las festividades judías y de la vida judía. Quedó claro que había leído una versión de mi historia, porque fue el tema principal de la charla. No tardó en convencerse de que las posibilidades de que yo no fuera judío eran mínimas y se desvanecían por momentos, y que por tanto la idea de que fuera un agente nazi resultaba ridícula. Se disculpó por el hecho de que me hubieran retenido como a un prisionero, pero dijo que esperaba que comprendiera los motivos por los que se tomaban aquellas precauciones. El rabino Brodie me contó el caso de un adolescente belga a quien los alemanes llevaron hasta La Línea con instrucciones para que cruzara a Gibraltar y fuera aceptado como refugiado. No pasó nada porque el muchacho belga lo soltó todo a la primera oportunidad, pero existía la posibilidad de que yo tuviera más carácter que él y de ahí el tercer grado.

Aun así, el principal interés del rabino Brodie pareció apuntar hacia mi viaje y la manera en que había sobrevivido en los diferentes lugares por los que había pasado. Más de una vez proclamó su absoluta perplejidad, pero a continuación dijo algo que me reconfortó y me convenció de que todo iría bien:

—He conocido a muchos pobres judíos que huyeron de Polonia y otros lugares después de la invasión nazi. Cuando tienes dinero u objetos valiosos que puedas intercambiar, todo es posible. Oficiales nazis, capitanes de barco, trabajadores ferroviarios... todos ellos pueden ser sobornados. Pero, cuando no dispones de ese tipo de bienes, cuando eres pobre, y sobre todo cuando eres pobre y joven, el hecho no tan simple es que cada una de las historias que he escuchado sobre la manera en que huyeron y llegaron a Gran Bretaña raya en lo increíble, en lo fantástico. Tu relato está más cerca del límite que la mayoría, pero, tal y como lo has contado, continúa resultando creíble. Yo te creo. Tu aspecto físico te ha salvado. De haber parecido judío, estarías muerto y esta conversación no estaría teniendo lugar. Tengo la seguridad de que no tardarás en salir de este lugar y se te concederá tu deseo. Te dejarán unirte al Ejército Libre de Polonia. Y que tengas toda la suerte con ello.

En aquel momento, que me deseara suerte con el ejército polaco no me pareció más que un lugar común o una fórmula de cortesía. Estaba a punto de descubrir que no había sido así.

XVII

El 4 de marzo de 1943, justo un mes antes de que cumpliera diecisiete años, visité el consulado polaco de Londres, en algún lugar cerca de Regent's Park, para alistarme como voluntario en el Ejército Libre de Polonia. El doctor Anthoni Bednarski me declaró apto para el servicio y me inscribió con un peso de cincuenta y seis kilos, y una altura de 156

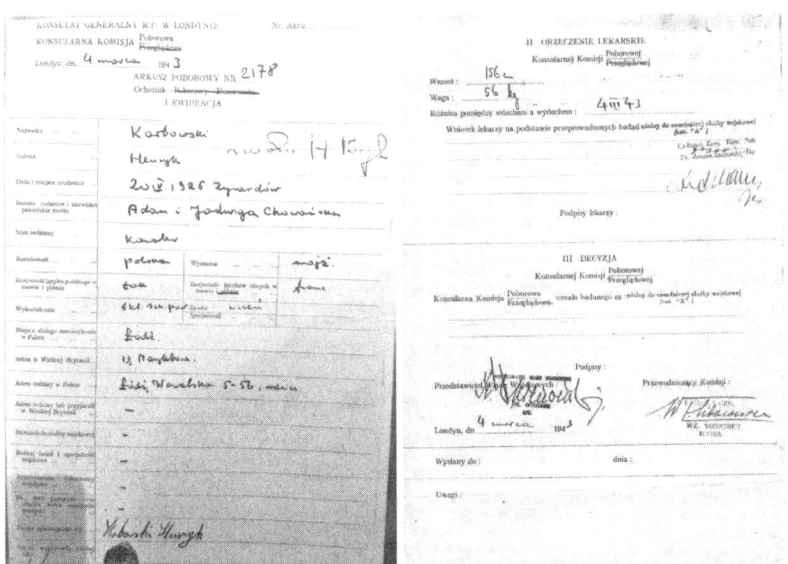

Registro del Consulado General Polaco, 4 de marzo de 1943.

centímetros. Con la edad iba a crecer un poco más, quizá como resultado de que comenzara a comer de manera más regular y cosas más nutritivas.

Me dieron un uniforme del Ejército Libre de Polonia y me destinaron a unos barracones militares polacos, que más bien eran un hostal, en Marylebone. Me sometí a diversas pruebas de aptitud y, junto a otros reclutas nuevos, me llevaron a diario al gimnasio y a correr alrededor de Regent's Park. Dejé de robar. Hubo dos motivos para aquel súbito giro virtuoso. Las comidas regulares en el hostal fueron el primero, pero es que también me daban una especie de salario. No era gran cosa, pero por primera vez en mi vida tenía algún tipo de ingresos regulares. Hasta aquel momento, todo se había debido al embuste, a mi morro o al crimen.

Nos explicaron que las autoridades polacas eran conscientes de que muchos de nosotros habían tenido que soportar todo tipo de penalidades y hacer todo tipo de cosas para llegar a Londres. Debíamos sentirnos orgullosos del impulso patriótico que nos había llevado a presentarnos y luchar. Los británicos así lo entendían y se sentían agradecidos, tal y como el alto mando polaco se sentía orgulloso y agradecido. Éramos un gran motivo de propaganda para el espíritu heroico polaco. No obstante, en ese momento también éramos representantes de Polonia en un país extranjero, no solo debíamos pensar en el espíritu de Polonia, sino en su honor. En caso de que no lo hiciéramos y nos pillaran robando o peleándonos por la calle o en algún pub, el castigo sería severo.

También nos explicaron que, en reconocimiento al tamaño y la importancia de las fuerzas polacas congregadas en el Reino Unido, el gobierno británico había acordado dejar el control de facto de las fuerzas polacas en manos de las autoridades polacas, aunque, en sentido estricto, permanecieran bajo mando británico. Eso quería decir que los británicos habían aceptado, de hecho, no meter la nariz en los asuntos militares polacos. Todos nuestros oficiales serían polacos, nuestros uniformes serían polacos y todas las comunicaciones serían en polaco.

No sabía cuánto tiempo iba a pasar en Londres antes de que me destinaran a mi primera unidad operacional, así que decidí aprovecharlo al máximo. Nunca había visto ni experimentado una ciudad tan grande y compleja como Londres. Berlín me pareció mucho más pequeña, y allí jamás me sentí como un turista. En Londres, me enamoré de Trafalgar Square y del río, sobre todo cerca del Parlamento.

Los daños provocados por el Blitz seguían siendo muy evidentes, en especial en la zona del East End, donde había una gran comunidad judía. La visité varias veces. No intenté ir a una sinagoga ni nada por el estilo, pero había cafés y clubes poblados casi en exclusiva por judíos en grado diverso de ortodoxia, donde vendían comidas y bebidas del este de Europa que me resultaban familiares o que se acercaban bastante a las mismas. Por todas partes se hablaba yidis, y el polaco también se usaba mucho. Era casi como estar en casa.

Fue en el East End, en lugares predominantemente judíos, donde vi por primera vez a otros polacos con el mismo uniforme que yo. Un par eran del mismo hostal de Marylebone en el que me alojaba, pero no me había dado cuenta de que fueran judíos. Les pregunté si en el ejército sabían que lo eran. Los dos me guiñaron un ojo y uno de ellos contestó:

—Es posible que cometiéramos algún error al rellenar los formularios. Dejémoslo así. Dios sabe que somos judíos. Nosotros sabemos que somos judíos, ¡y ahora tú también lo sabes!

Con una amiga en Trafalgar Square, mayo de 1943.

Usé el tiempo que pasé en Londres para mejorar mi nivel de inglés a partir de la variante ligeramente americanizada que había aprendido de Pierre en Voirons. En aquel momento no me imaginaba que en el futuro pudiera vivir en el Reino Unido. Cuando acabara la guerra, pensaba regresar a Polonia para reunirme con mi familia. Si Nathan no estaba aún allí, esperaríamos a que volviera de la Unión Soviética, o de allí donde hubiera ido a parar, y entonces nos marcharíamos todos a Palestina. No obstante, no tenía nada claro que la guerra fuera a acabarse pronto, así que podría pasar fácilmente en el Reino Unido un año o más. Aprender inglés tenía mucho sentido, y no me resultaba difícil. Incluso podría serme de utilidad después de la guerra. Si las cosas no salían bien en Palestina, había oído que Estados Unidos era un buen lugar para los judíos, y allí también hablaban inglés. Quizá podría ir a Canadá y buscar a Pierre. Conocía a tan poca gente en el mundo que sentía que tenía que aferrarme a aquellas personas con las que hubiera coincidido y me hubieran caído bien.

El 24 de marzo me notificaron que me habían destinado a la 1ª División Acorazada Polaca, y al día siguiente me enteré de que me habían asignado al 1er Regimiento de Tanques, que supuse formaría parte de la división. Eso significaba que iba a volver a Escocia. Otro par de tipos de Marylebone habían sido destinados también a diferentes sectores de la 1ª División Acorazada, así que unos días más tarde nos fuimos juntos en tren. Ninguno de los tres estaba esposado, y eso ya me pareció un avance.

Mi base se encontraba en un lugar llamado Duns. Pasé allí menos de tres meses, hasta que a principios de junio me enviaron a una unidad en Bury St Edmunds, en Suffolk, de nuevo al sur de Inglaterra, para adiestrarme con vistas a integrar una formación de infantería. En agosto de 1943 volvieron a enviarme a Duns, donde permanecí siete meses. Llevaba mucho sin pasar tanto tiempo en un mismo lugar. Por supuesto que pensaba mucho en Nathan y en mi familia de Lodz, pero la verdad era que no había forma de conseguir información fidedigna sobre lo que ocurría en casa. Dicho lo cual, la clandestinidad polaca informaba a los círculos polacos del Reino Unido y Estados Unidos acerca de las condiciones generales de Polonia y, más específicamente, sobre lo que les estaba pasando a los judíos. Nada de lo que oía era positivo o alentador, pero yo seguía aferrándome a la esperanza de que, de algún modo, los Herszman iban a sobrevivir.

Guardo recuerdos felices del tiempo que pasé en Escocia. La gente de la zona valoraba nuestra presencia, y me las arreglé para crear amistades con polacos de mi misma edad o algo mayores, incluyendo a algunos procedentes de Lodz.

Recuerdo de manera vívida la ocasión en que un grupo de soldados pudimos disfrutar de un permiso juntos y lo organizamos todo para que nos llevaran a Newcastle, una ciudad del norte de Inglaterra. Allí, la gente hablaba de manera casi ininteligible, eran mucho peores que los escoceses, pero no pudimos dudar de su carácter amigable, y en muchos de los pubs y cafés que visitamos nos recibieron con expresiones diversas de gratitud por formar parte del esfuerzo por derrotar a Alemania. Puesto que esto sucedía a menudo, mi respuesta habitual era decir que era yo quien se sentía agradecido por el hecho de que los británicos se hubieran enfrentado a los cabrones de los nazis y por lo que habían hecho en defensa de mi país. De hecho, estaba doblemente agradecido por tener la oportunidad de devolver el golpe en nombre de Polonia y de Inglaterra a la vez. O unas palabras similares. Eso siempre era recibido realmente bien.

Pasamos tres noches en Newcastle, y a la tercera uno de los chicos insistió en que fuéramos a lo que llamó un «picadero». Yo estaba bastante seguro de saber de qué se trataba, pero no puse objeciones ni hice pregunta alguna, no fuera a quedar como el ingenuo en cuestiones sexuales que era en realidad. Al llegar a aquella casa enorme, quedó claro que el tipo que había sugerido la visita y un par más habían estado antes allí y los conocían. Nos sentamos y nos pusimos a conversar con aire despreocupado, como si aquello fuera una cosa de cada día. A juzgar por sus movimientos nerviosos y su bravuconería falsa, estaba claro que para la mayoría de ellos no era así. Varias mujeres jóvenes entraron en la habitación, y los chicos fueron desapareciendo uno tras otro. Salvo yo. Cuando me convertí en la única persona dentro de aquella habitación, y antes de que otra joven pudiera entrar, me puse en pie, salí fuera y me fui a esperarlos a la vuelta de la esquina. Una media hora más tarde, la mayor parte de los muchachos estaban fuera, hablando de manera estridente sobre sus hazañas y sin aparentar la menor vergüenza. Les oí desde mi escondite, y me las arreglé para unirme al grupo sin que ninguno de ellos se diera cuenta de que me había escabullido. Intenté comportarme como si hubiera hecho exactamente lo mismo que suponía había hecho el resto, aunque sin entrar en muchos detalles. Es posible que dijera:

—Peggy ha estado fantástica.

Y que acto seguido sonriera, pero no fui más allá. Por suerte, nadie me presionó para que revelara más cuestiones acerca de mi encuentro con aquella Peggy ficticia.

Entonces metí la pata, fruto de mi ingenuidad. Me había dado cuenta de que en una esquina de la sala de espera había una mujer que no es que resultara repulsiva a la vista, pero sí que era mucho mayor que las demás. Nadie se había acercado a ella, nadie le había dicho nada. Ella se quedó en su asiento, sin realizar ninguna tentativa visible de promocionarse ante alguno de nosotros. Me imaginé que estaría allí para asegurarse de que nadie intentara robar algo del burdel, pero pregunté si lo había entendido bien. Siguió el estruendo de las carcajadas. Uno de los chicos me puso la mano en el hombro y me dijo:

—Juega a lo mismo que el resto, pero dispone de un talento especial. Podrías llamarlo un don. No tiene dientes.

Tardé un tiempo en caer en la cuenta de lo que me había querido decir. Me sentí muy ridículo. De vez en cuando recordaba ese momento y me sonrojaba en mi interior ante mi inocencia.

El 4 de marzo de 1944 me asignaron a la 3ª Compañía Transportada del Ejército Libre de Polonia en Escocia, y once días después, el 15 de marzo de 1944, abandoné el Ejército Libre de Polonia para siempre. Me había pasado un año exacto de uniforme, y lo dejé.

Por feliz que hubiera sido aquel episodio en Newcastle, y pese a que guardaba muchos otros grandes recuerdos, la felicidad no fue el sentimiento principal que asociaría a mi estancia de doces meses con los Polacos Libres. Ni mucho menos.

Mientras estaba aún en Londres había comprendido con rapidez el motivo por el que los dos soldados polacos y judíos a los que había conocido en el East End estaban tan decididos a mantener sus orígenes religiosos en silencio. No les pregunté cómo se las habían arreglado en las duchas o en los baños, ni lo que había ocurrido durante su examen médico. Habían dado con la manera de superar esas situaciones, así que ¿qué más me daba? En el hostal de Marylebone todo el mundo estaba al tanto de que yo era judío. El alma caritativa que me presentó en un primer momento a mis camaradas se encargó de asegurarse de que todo el mundo lo supiera:

—Sé que no lo parece, pero Henryk, aquí presente, es uno de los elegidos.

Aquello fue recibido con una mezcla de risas, por parte de quienes no creían lo que acababan de escuchar, y horror, por parte de quienes evidentemente sí se lo habían creído. No obstante, el acoso y el hostigamiento que experimenté mientras estaba en el pequeño hostal de Londres no fue nada comparado con lo que me encontré cuando me destinaron a las unidades operaciones de mayor tamaño en Escocia.

Evidentemente, yo no era el único judío objeto de ataques verbales y a veces físicos por parte de sus compañeros de armas. Se suponía que en el Ejército Libre de Polonia había ochocientos judíos «abiertamente reconocidos». Solo escribirlo es ya indicativo de lo mal que estaba la cosa, aunque más tardé escuché que los judíos podían haber constituido hasta el diez por ciento de todo el personal que sirvió en uno u otro de los brazos armados polacos. Fuera cual fuese el número, la gran mayoría de judíos que vestían el uniforme polaco parecieron pasar los mismos apuros que yo, y la alternativa fue que lo pasaran aún peor. Mi aspecto volvió a protegerme, cuando menos en el sentido de ayudar a que mi afiliación religiosa resultara invisible para cualquiera que no conociera aún el paño.

Puesto que las normas *kosher* no me preocupaban en lo más mínimo, resultaba imposible que me sintiera avergonzado por nada relacionado con la comida, pero no se podía decir lo mismo de todos los judíos en el ejército, y, aunque era imposible mantener ningún tipo de régimen *kosher* serio en términos prácticos, mis camaradas más religiosos sentían pavor hacia los días en que se servía beicon, ya que eso proporcionaba a nuestros perseguidores una diversión sin fin. Incluso sacrificaban parte de sus raciones para obligar a comer beicon a algún judío, por mucho que este protestara. Los suboficiales y subalternos que eran testigos de esos episodios rara vez intervenían para detenerlos.

—No es más que una pequeña diversión. Los judíos tenéis que aprender a encajar una broma.

No era difícil que los judíos con los que serví en el Regimiento de Tanques nos reconociéramos entre nosotros. Éramos aquellos a los que siempre se señalaba y cuya religión siempre se mencionaba. Los polacos cristianos pero no católicos también recibían algún ataque ocasional, pero la escala era muy diferente.

A veces me preguntaba si las cosas no me habrían resultado más sencillas si hubiera mantenido el numerito de ser católico. ¿Había cometido un error al revelar de entrada que era judío? Pero la suerte quedó echada en la cárcel de Miranda de Ebro. No tenía sentido seguir mortificándome continuamente por ello. No había tenido elección. Estoy convencido de que contarle al diplomático británico que era judío fue lo que me sacó de la cárcel y, por consiguiente, me mantuvo con vida.

En la base de Duns había un tipo algo mayor que solía hablar enfáticamente sobre el mal que representaba el antisemitismo, el hecho de que fuera una herramienta nazi y demás. Quizá fuera comunista. No se lo pregunté. Pero, a causa de su tamaño inmenso, cada vez que estaba por allí yo me pegaba a él para que nadie sintiera la tentación de atacarme. El tipo también tenía un acordeón, y decidió enseñarme a tocarlo. Un acto visible de solidaridad. Supongo que mi oído, el mismo oído del que provenía mi talento hacia los idiomas, hizo efecto y vino en mi ayuda, porque lo pillé con rapidez y, hacia la mitad de la segunda semana, ya estaba sacando canciones reconocibles y melódicas, aunque bastante alejadas de la perfección. Aquello llevó a que un par de antisemitas relajaran su actitud hacia mí, pero sin duda no sirvió para que me los ganara a todos. Para el sector duro yo no era solo un judío; había pasado a ser un judío listillo.

Circulaban rumores acerca de soldados judíos del Ejército Libre de Polonia que aparecían muertos en unas circunstancias que sugerían que con toda probabilidad los habían asesinado, y que el asesino solo podía ser alguien de la misma unidad o destinado cerca de la misma. En un caso, según la fábrica de rumores, se encontró muerto a un judío con varias lonchas de beicon extendidas sobre su cabeza. Yo ignoraba si esos rumores tenían algún fundamento, pero eran recurrentes y eso ya decía mucho.

Al parecer la ENSA, la organización que se encargaba del entretenimiento de las tropas, había recibido indicaciones de no mandar nunca sus números a una base polaca si esta contaba con judíos en su seno. A algunos nos habían dicho en un momento u otro que, a la que aterrizáramos en el continente para comenzar la batalla terrestre contra los nazis, en las pistolas de nuestros camaradas habría dos balas:

—Una para Fritz y la otra para ti, cerdo.

Aquel acoso constante nos tenía hartos. Yo llevaba allí demasiado poco tiempo, era demasiado pequeño y joven como para haber actuado como una especie de líder entre los judíos de uniforme en Escocia, pero, cuando nos reuníamos, me mostraba completamente a favor de hacer algo para acabar con lo que vivía como una persecución. Para muchos de nosotros, la sensación de que la gente que podía hacernos daño, que podía matarnos, no eran solo los del otro bando, los que llevaban un *Stahlhelm* y vestían de gris o con el negro de las SS, sino que podían estar a tu lado o a tu espalda resultaba profundamente enervante y perturbador a extremos indescriptibles.

Oí a soldados judíos que llevaban allí más tiempo que yo contar que las cosas habían empeorado en la tropa desde la derrota de Rommel en el norte de África, ya que entre los miles de soldados capturados había muchísimos *Volksdeutschen* de Polonia que habían sido llamados a filas y obligados a combatir. Fueran cuales fuesen sus actitudes hacia los judíos antes de 1939, una vez en la Wehrmacht habían absorbido de manera inevitable las ideas y actitudes del nazismo, o esa era la lógica. Yo no sabía qué pensar al respecto, pero sonaba plausible. Un gran número de aquellos *Volksdeutschen* había comenzado a llegar al Reino Unido a partir de finales de 1942, y poco después fueron absorbidos por las unidades de combate del ejército polaco. El problema había ganado intensidad más o menos sobre esas fechas.

Tras fracasar en su intento por obtener alguna respuesta efectiva para hacer frente al antisemitismo a través de los canales polacos establecidos y el alto mando, algunos de los soldados judíos con mejor nivel de inglés comenzaron a escribir a personas prominentes de Gran Bretaña, líderes eclesiásticos y políticos, señalando lo mal que lo estaban pasando los judíos en el Ejército Libre de Polonia, y contándoles que nadie estaba haciendo nada para detener esa situación. Les pedían a aquellos británicos prominentes que intervinieran. También mandaron cartas a los periódicos, pero, a causa de las regulaciones sobre la censura que seguían en pie, poco y nada acabó apareciendo en forma de carta o como información periodística. Nos dijeron una y otra vez que, a causa de las disposiciones acordadas con el gobierno polaco en el exilio, era imposible que las autoridades británicas tomaran cartas en el asunto. Se trataba de un problema polaco y los polacos deberían solucionarlo por su cuenta.

Aquella no era una respuesta que estuviéramos dispuestos a aceptar, porque significaba que nada cambiaría. Oí que mencionaban el nombre de tres miembros del Parlamento británico. Habían aceptado ser nuestros paladines. Por lo que entendí, hasta la fecha la mayor parte de su actividad se había desarrollado entre bambalinas. Eran reacios a hablar en público. Habría sido un regalo para los propagandistas nazis y en general habría socavado el mensaje bélico de un frente unido contra el enemigo común.

Uno de los diputados, Samuel *Sydney* Silverman, judío, pertenecía al Partido Laborista. El segundo era Tom Driberg, quien, pese a su apellido, era en realidad un cristiano devoto y, en aquel momento, técnicamente un diputado independiente, aunque más tarde entró en el laborismo. Se decía que el tercer diputado era un conservador, Bob Boothby. Les ayudaba un periodista llamado Michael Foot, que luego sería diputado laborista y, muchos años después, líder del partido. Por último, oí que se mencionaba a un prominente metodista, un pastor ordenado llamado Donald Soper. Yo no sabía bien lo que era un metodista, pero me encantó oír que al menos teníamos a un líder cristiano de nuestro lado.

El objeto de la campaña resultante fue que los judíos del Ejército Libre de Polonia obtuvieran el derecho de trasladarse a otras unidades del Ejército Británico sin deshonor; es decir, sin tacha para su honor ni para su expediente. Nos pidieron a algunos grupos que obtuviéramos un permiso o que nos ausentáramos del campamento. Debíamos dirigirnos a Londres para presionar a los diputados y hablar con otras personas influyentes. Yo me sumé a un grupo que se reunió con Tom Driberg en el East End. Más tarde asistimos a una reunión multitudinaria en la Stoll Opera House de Kingsway, en Holborn. Todo fue muy emocionante, y se recolectaron mil libras para ayudar a financiar nuestros esfuerzos. Nunca había estado en un mitin como aquel. La mayoría de oradores eran británicos —Michael Foot, Eleanor Rathbone, otro diputado independiente y Driberg estaban entre ellos— y, aunque no entendí todo lo que dijeron, sí que capté su espíritu.

Al parecer se daba el caso de que, aunque no se pudiera

decir ni reconocer nada en público, tanto el alto mando polaco como las autoridades del Reino Unido habían acordado hacer la vista gorda y permitir a los judíos que así lo desearan trasladarse de sus unidades polacas a una unidad británica sin alharacas.

Todo eso funcionó bien con los primeros dos grupos de judíos polacos, en un total estimado de doscientos —creo que yo estaba en el segundo—, pero se torció con el tercero. En aquel grupo solo había treinta soldados. Igual que los que ya se habían marchado, no mantuvieron en secreto sus intenciones de unirse al Ejército Británico pero, al parecer, en el ínterin las autoridades polacas habían cambiado de idea sobre los acuerdos previos, de carácter informal, y ya no estaban dispuestas a autorizar el traslado de más judíos. Cuando aquel grupo tiró adelante de todos modos, la cosa estalló por los aires.

Durante la primera semana de abril de 1944, las policías militares británica y polaca asaltaron de manera conjunta los hostales y demás lugares de Londres en los que se sabía que estaban alojados los soldados polacos judíos. Los arrestaron por deserción. Se celebraron juicios en cámara, y cada uno de ellos fue sentenciado a entre uno y dos años de prisión. Teniendo en cuenta que ninguno de aquellos enemigos quería evitar combatir contra el enemigo —al contrario, todos deseaban entrar en las unidades de combate activo del Ejército Británico—, aquello acabó llevando a Tom Driberg a rebelarse y presentar la cuestión en el Parlamento, haciendo que constara en acta en el Hansard del 6 y el 26 de abril. Al mes siguiente escribió un panfleto titulado «Ausentes por la libertad», y que publicó el Consejo Nacional de las Libertades Civiles. La palabra «ausente» tuvo una importancia enorme. Los hombres de aquel grupo eran como nosotros, estaban ausentes, pero no eran cobardes y desertores. Habíamos querido ausentarnos de un entorno antisemita, pero solo para poder desausentarnos y centrarnos de manera más efectiva en la principal amenaza antisemita, la que aguardaba al otro lado del canal de la Mancha y del mar del Norte.

Así, aunque quizá el público en general no llegó a tener constancia de forma masiva de aquella situación espantosa, no quedó duda de que entre las élites gobernantes de Gran Bretaña prendió con fuerza la idea de que Polonia y los polacos tenían un problema de antisemitismo. Algo que influyó en la actitud hacia Polonia de muchas personas influyentes hasta mucho después del fin de la guerra.

No escuché el discurso de Tom Driberg en la Cámara de los Comunes, pero la información sobre lo que había dicho nos llegó con rapidez. Sus palabras fueron un eco del discurso que le oí pronunciar en la Stoll Opera House. Entre mis correligionarios, los líderes de la campaña de Ausentes por la Libertad lograron adquirir una botella de coñac y se la llevaron al señor Driberg como muestra de gratitud por sus esfuerzos. Al tratarse de una rareza en aquellos momentos, nos dijeron que fue recibida con gratitud y consumida con entusiasmo.

Para entonces, yo ya vestía el uniforme caqui del Regimiento Real de Fusileros del Ejército Británico, una compañía de infantería que se había fundado en el siglo XVII. Fui transferido a los Fusileros tras un breve período en el Cuerpo Real de Pioneros. Al parecer, las raíces de los Pioneros se hundían más en el tiempo, hasta el siglo XIV. Como judío, esos lapsos de tiempo no tenían un significado especial para mí, pero experimentaba una sensación bastante reconfortante al relacionarme con cuerpos tan antiguos, que incluso tenían un vínculo aparente con la realeza. Me sugerían solidez, certidumbre y permanencia, cualidades de las que mi vida reciente había carecido por completo. Siempre me provocó una gran tristeza que, en un momento en que Polonia misma se enfrentaba a una crisis existencial, aquellos prejuicios y odios antiguos siguieran teniendo tanta fuerza sobre tanta gente, posiblemente una mayoría de hombres que en realidad deberían haber estado preocupados con otras cosas.

XVIII

La unidad del Cuerpo Real de Pioneros a la que me uní, en Buxton, Derbyshire, era un grupo maravillosamente políglota. Había extranjeros por todas partes. Como colectivo, a menudo se referían a nosotros como «Los extranjeros enemigos más leales a Su Majestad», o a veces como «La Legión Extranjera de Gran Bretaña». Entre otras cosas, el Cuerpo se usaba para proporcionar un puesto inicial a gente que deseaba luchar contra Hitler pero que no cumplía con los requisitos para entrar de manera convencional en una unidad operativa del ejército; por ejemplo, porque eran alemanes o austriacos. Aunque algunos permanecieron en el Cuerpo durante largos períodos de tiempo, muchos otros, como yo, pasamos allí lapsos cortos, hasta que pudimos encontrar un puesto apropiado en alguna otra parte.

Inglaterra y el Ejército Británico resultaron estar llenos de sorpresas. En la sala de literas de mi barracón de Buxton había varios alemanes y austriacos, algunos de los cuales —pero no todos— eran judíos. Uno era socialista y otro, artista, un pintor, en apariencia sin un posicionamiento político marcado, pero quería que todo el mundo supiera que era ateo. Decía odiar el autoritarismo, la intolerancia y el antiintelectualismo del régimen que gobernaba a su pueblo en ese momento. Nunca había conocido a nadie que se proclamara ateo y se publicitara a sí mismo como tal. Fue una novedad y me dio que pensar. Yo solía decirle a la gente que pensaba que Dios era un timo, o que no nos prestaba atención, pero aún no había decidido de manera definitiva que en realidad Él no estaba ahí.

En el Ejército Libre de Polonia había aprendido a disparar un rifle, técnicas de combate cuerpo a cuerpo y otras cuestiones básicas, del tipo que te imaginarías que todo soldado debe conocer. Con los Pioneros, esos asuntos continuaron formando parte de nuestra dieta diaria, pero también pude, aunque de manera breve, desarrollar mis habilidades como carpintero, anticipando la posibilidad de que en el campo de batalla pudiera formar parte de un escuadrón que ayudara a crear o improvisar puestos de armas u otros artefactos necesarios para que los soldados pudieran combatir en las mejores condiciones posibles, y también en las más seguras.

Entre los que no éramos británicos se desarrolló una tremenda sensación de camaradería. Simpatizamos entre nosotros y establecimos unos vínculos tan intensos como evidentes. No solo éramos todos refugiados o fugitivos de nuestros propios países, y por lo general habíamos llegado allí solos, sino que casi todos habíamos tenido que llevar a cabo cosas increíbles por el camino. Nos sentíamos extraordinariamente agradecidos a los británicos por aceptarnos, por habernos dado refugio y por ayudarnos en nuestra venganza contra el régimen que había arruinado nuestras vidas, las vidas de nuestras familias y nuestros países.

También había un toque cómico compartido, dentro de nuestra difícil situación. De manera simultánea, todos intentábamos mejorar nuestro dominio de la lengua inglesa, así como nuestra comprensión de las costumbres y tradiciones del Ejército Británico y de la gente entre la que vivíamos.

Dentro de los Pioneros había varias personas francófonas, pero si había una lengua franca entre los no británicos con toda probabilidad era el alemán. Aunque, dadas las circunstancias, pasearse por Gran Bretaña hablando la lengua del enemigo más odiado no parecía una gran idea. El inglés era el medio que preferíamos. Cuando alguien se encontraba con un obstáculo, cuando no sabía cómo decir algo en inglés, se pasaba a su lengua materna y, cuando esta era el alemán, intentaba asegurarse de que nadie más le oyera.

El tiempo que pasé con los Pioneros resultó muy intenso por el entrenamiento militar al que tuve que someterme. Pero, frente a eso, Buxton mismo representó una gran compensación. Era un lugar hermoso, igual que la campiña que lo rodeaba. Además, habiéndome librado al fin de los Polacos Libres, el alivio absoluto de poder caminar por un lugar donde no temía que pudieran asesinarme o herirme solo porque era judío me llenaba de dicha. Al llevar uniforme británico, tampoco recibía miradas de reojo por parte de transeúntes curiosos. Eso también estaba bien.

Otro motivo por el que nunca podré olvidar el tiempo que pasé con los Pioneros fue que, el día antes de cumplir los dieciocho, al fin admití ante mis amigos que en realidad nunca había practicado el sexo con nadie. Había tenido un amor, había besado a una chica, Martha, pero, en un momento de honestidad absoluta, opté por contarlo todo y realicé aquella vergonzosa revelación. Me salté, eso sí, la experiencia casi-sexual de Newcastle.

El fin de semana siguiente, algunos miembros de mi grupo habitual y yo conseguimos pases para ir a Mánchester. Había un flujo constante de camiones y autobuses que salían del campamento con destino a aquella ciudad. Y nos fuimos.

Uno de los chicos dijo que había oído hablar de un lugar nuevo que ofrecía cosas interesantes, y conocía a una de las personas que lo llevaban, así que podría entrarnos a todos. Me imaginé que iríamos a un pub o a algún tipo de bar clandestino, así que acepté acompañarles de buen grado. Acabamos frente a un edificio que parecía haber sido unos grandes almacenes, un depósito o algo parecido, pero que había quedado dañado por las bombas y había sido abandonado. Varios de los edificios circundantes parecían haber corrido la misma suerte. Algunos tenían unas vallas sólidas para mantener a la gente alejada, presumiblemente porque las estructuras no eran seguras o existía riesgo de saqueo. Pero no era el caso de aquel edificio en particular. Aunque el oscurecimiento implicaba que no había luces procedentes del interior que pudieran ayudar a alguien que volara por encima o que paseara por allí a averiguar lo que tenía lugar dentro, el barullo indicaba sin duda que sí ocurría algo. Al parecer, para entrar en el edificio había que seguir un ritual complejo. Lo llevó a cabo el tipo que conocía a alguien que trabajaba allí. Cuando nos permitieron entrar, quedó claro que toda la acción tenía lugar en un sótano amplio y bien iluminado.

No tardé en darme cuenta de que me habían conducido a una mezcla de burdel y club nocturno. En aquella época se conocían como *pop ups*. Llevábamos diez minutos plantados en el bar improvisado cuando una joven muy atractiva, que no me dijo su nombre, se acercó y me contó que le habían dicho que se ocupara de mí. Me cogió de la mano y me llevó consigo mientras los demás aplaudían, cantaban el *Cumpleaños feliz* y realizaban gestos diversos que acabaron con cualquier posible duda sobre lo que iba a pasar.

No entraré en detalles sobre lo que ocurrió después, pero sí diré que lamenté mucho no haberlo hecho antes, y que me quedé con muchas ganas de volver a hacerlo lo antes posible.

Cuando volví a salir, mis amigos, que seguían en el bar, me recibieron con más aplausos y una nueva interpretación del *Cumpleaños feliz*. A continuación nos desplazamos hasta uno de los extremos del sótano para unirnos a un grupo de gente que resultó ser el público de un espectáculo de *striptease* que involucró a cinco señoritas en diversas poses complejas, algunas de las cuales fueron de naturaleza extremadamente anatómica. Cuando abandonaron el escenario estaban desnudas del todo y yo comenzaba a tener conocimiento de un mundo cuya existencia ignoraba apenas unas semanas antes.

Al día siguiente, de nuevo en Buxton, me notificaron que me transferirían a los Fusileros Reales a finales de aquella semana. Mi nuevo puesto estaba en Blackpool, así que pensé que tendría la posibilidad de regresar al mismo sitio de Mánchester y ver si encontraba a la misma chica. De camino a Blackpool me dieron permiso para pasar la noche fuera y logré llegar hasta el edificio de Mánchester. Estaba completamente desierto, sin señales de vida, ni un sonido brotaba de él. Un guardia de vigilancia antiaérea amigable me miró, negó con la cabeza con expresión triste y me dijo:

—Lo siento, hijo. Se han ido todos.

Pasé tres meses con los Fusileros en Blackpool. Aquel fue otro gran destino, porque se trataba de uno de los principales centros turísticos británicos al lado del mar, y muchos soldados de toda la zona norte de Inglaterra y de la zona sur de Escocia se escapaban hacia allí cada vez que tenían la oportunidad. Dediqué parte del tiempo que pasé allí a enseñar a varios hombres y mujeres de otras unidades a hablar y leer en alemán, aunque en la mayoría de casos ya sabían hablarlo y leerlo un poco, así que en realidad les ayudé a mejorarlo. A veces se nos sumaba algún alemán o austriaco, y estos rara vez corregían mi alemán oral, lo cual resultaba muy gratificante.

En julio de 1944 me transfirieron al Regimiento Real de Kent del Oeste de la Reina, y pude conocer buena parte del Reino Unido. Estuve destinado un tiempo en Ashford, en Kent; en Lerwick, Shetland, y en Hastings, en la costa sur, antes de que me transfirieran al Regimiento Real de Berkshire en 1945.

Mis etapas con los Fusileros y los Kent Occidentales fueron una sucesión de ejercicios, entrenamiento y trabajos pesados, como hacer guardias. Mis principales distracciones consistieron en mejorar mi técnica con el acordeón y mi dominio del inglés, tanto hablado como escrito. Me las había arreglado para adquirir un acordeón con el que seguir practicando, y me gusta pensar que me convertí en un intérprete bastante dotado. Lo cierto era que, cada vez que pasaba por algún sitio me pedían que tocara, y yo lo disfrutaba una inmensidad. Quizá no conociera la letra de las canciones que podía tocar —aunque cada vez más—, pero por lo general parecía ser capaz de pillar y tocar cualquier tema después de haberlo escuchado una sola vez, y siempre tras escucharlo dos veces.

Durante el tiempo que pasé con los Kent Occidentales tomé una decisión importante. Por todo lo que oía acerca de la guerra en el este de Europa, comencé a pensar que resultaba muy improbable que algún día pudiera vivir de nuevo en Polonia, que en ese momento estaba mayoritariamente —sino del todo— ocupada por las fuerzas soviéticas, de las que nadie esperaba que fueran a dar media vuelta para regresar a Moscú y dejar atrás una Polonia libre e independiente. Volvería, pero solo el tiempo necesario para reunirme con mi familia antes de marcharme con ellos a Palestina o a Estados Unidos. Si acababa en Palestina, Chaim Herszman haría su reaparición, pero ya me enfrentaría a eso cuando tocara. De momento, decidí anglicanizar el nombre de Henryk Karbowski. Henry Carr subió al escenario. En parte, fue un intento de pasar un poco a un segundo plano y dejar de llamar la atención como extranjero. Evidentemente tenía un acento que de manera instantánea transmitía el hecho de que no era un nativo británico, pero, para enterarse, la gente tendría que dirigirse a mí y oírme hablar. Cambiarme el nombre por otro inconfundiblemente británico implicaba que ni en mis documentos ni en mis placas de identificación apareciera un nombre extranjero. Tomé nota mentalmente de que debía explicarles todo aquello a Cesek y a sus padres, suponiendo que siguieran con vida. El documento de identidad Karbowski había cumplido con el propósito deseado y durante tanto tiempo anticipado.

Así, cuando me transfirieron a los Berkshire Reales, en febrero de 1945, lo hice como Henry Carr. Al fin iba a tener la oportunidad de disparar un arma contra los alemanes. Esperaba darles solo a los nazis, no a ningún Walther.

Descubrí que uno de los motivos por los que me asignaron a los Berkshires fue que estos contemplaban tener que colaborar estrechamente con el enemigo en un futuro cercano, y la idea, siempre que fuera posible, era disponer de gente que pudiera leer y escribir alemán, tanto para tratar con posibles prisioneros como para examinar y obtener documentos. Estos podrían hallarse en posesión de individuos a los que hubiéramos capturado con vida o encontrado muertos en las localidades del terreno que invadiéramos. Alguien tenía que ser capaz de realizar una evaluación rápida de la importancia de cualquier documento que hubiera a mano. No

Xanten, 1945.

podíamos llevarnos todos los papeles que encontráramos e inundar las oficinas de la comandancia de campo con ellos.

Me uní al 5º Batallón de los Berkshire Reales, que en ese momento estaba en Lille, Francia, y se desplazaba hacia Waterscheide, al este de Bélgica, donde se reconstruyó después de las severas pérdidas que había sufrido en Normandía y los demás lugares donde había estado. A continuación iban a desplazarse hacia el Rin, cerca del pueblo alemán de Xanten, ligeramente al oeste del río. Nuestra tarea consistiría en ayudar a la 15ª División Escocesa a cruzar el Rin, hacia lo que cabría considerar la Alemania continental.

Y así fue como me volví a encontrar en suelo alemán, esta vez mirando hacia el este, dirigiéndome hacia el Rin y cruzándolo. El primer día se produjeron algunas escaramuzas menores pero aun así letales con unidades alemanas que permanecían en nuestro lado del río. Vi a soldados alemanes que caían como resultado de unas balas que habían salido de la dirección de mi pelotón, aunque fue imposible determinar si mi arma había provocado ese daño o no. El cuarto día, mi pelotón se desplazó entre unas casas, usándolas como refugio para disparar a través del río contra una patrulla alemana que parecía empeñada en volver a nuestro lado para atacarnos, quizá juntándose con otras unidades que seguían aquí y a las que aún no habíamos desalojado. En esa ocasión sí estuve bastante seguro de haber alcanzado a un par de ellos, pero contaban con el apoyo de la artillería ligera y esta apuntó contra la casa en la que estaba yo. Un par de proyectiles golpearon contra la planta baja. Yo me encontraba en el piso de arriba. Pensé que si no salía rápido de ahí me mata-

Compañía B, julio de 1945 en Alemania.

rían. Salté por la ventana superior en el momento justo en que otro proyectil golpeaba el techo de la casa.

No sé cuánto tiempo pasé inconsciente, pero al despertar estaba en un hospital de campaña, con conmoción cerebral y pitidos en los oídos. Tenía la muñeca derecha vendada, sujeta con una correa, y me dolía horrores. Se habló sobre la posibilidad de mandarme de vuelta a Blighty para que me recuperara, pero les dejé claro que quería quedarme y continuar luchando. Estaba exactamente donde quería estar: con un arma en la mano, disparando contra los enemigos de Polonia y los judíos y, al parecer, matándolos. Al final, me desautorizaron en parte y me enviaron a un hospital de Bruselas. Me enteré de que, mientras mi pelotón efectuaba un barrido algo más al norte, uno de mis mejores amigos había muerto en Emmerich, no muy lejos de donde yo había estado a punto de ir a reunirme con el creador. Otro murió al hacer detonar una mina terrestre cerca de donde el pelotón se había instalado para hacerse un té.

Después de la guerra, la muñeca comenzó a darme muchos problemas, y acabaron diagnosticándome la enfermedad de Kienböck. Los médicos dijeron que se podía atribuir directamente a la herida que sufrí en Xanten. Me dieron una funda de cuero rígido con el envés de acero, que me ponía cuando comenzaba a sentir la muñeca y el brazo pesados y doloridos. La funda debía inmovilizarme la muñeca, y me la dejaba puesta hasta que el dolor desaparecía. A mis hijos les encantaba jugar con ella, así que tuvo ese beneficio inesperado. Pero me estoy adelantando.

Tras limpiar el otro lado del Rin de fuerzas alemanas, el Ejército Británico avanzó hacia Berlín mientras que los Berkshire Reales se quedaron en Xanten hasta el final de la guerra. Yo seguía en Bruselas cuando llegó la noticia de que Hitler había muerto y la guerra había acabado. Fue un momento maravilloso. Perdí la cuenta del número de gente a la que besé o que me besó aquella noche, hombres y mujeres de todas las edades —y que me aclamaban al nombre de Tommy—, y al final de la misma tenía una borrachera de cuidado, pero a nadie le importó.

Bruselas, mayo de 1945.

A medida que avanzaba la noche, al pensar en todo lo que había tenido que vivir para llegar a ese momento, volví a derramar un mar de lágrimas. También habían estado llegando numerosas noticias sobre los horrores y la escala de lo que los nazis habían hecho con los judíos de Europa en general y de Polonia en particular. Durante las últimas fases de la guerra se hablaba de eso constantemente, pero mucha gente no podía o se negaba a creerlo. En ese momento ya no se trataba de rumores ni de filtraciones. No había la menor controversia sobre aquellos hechos, y no faltaba mucho para que quedara clara la escala de lo sucedido. Los soviéticos habían liberado Auschwitz, al sur de Polonia, en enero de 1945, y más recientemente, en abril de 1945, los británicos habían llegado a Bergen-Belsen. Todo el mundo sabía lo que había ocurrido, y la gente comenzaba a asimilar la enormidad de aquellas atrocidades.

Mi sensación inicial de enojo por el hecho de que se hubiera permitido que pasara algo así se convertía a veces en una rabia ciega, pero me di cuenta de que con toda probabilidad aquello no le sería útil a nadie, y aún menos a mí. Tenía que averiguar dónde estaba Nathan y encontrar a mi familia. ¿Habría llegado a la Unión Soviética? ¿Habría sobrevivido? ¿Y mis padres, Srulek y mis tres hermanas, allí, en Lodz? ¿Cómo demonios iba a hacer eso en el caos y la destrucción que se interponían entre Lodz y yo?

Volví a Xanten, con mi unidad, pero consideraron que no estaba completamente recuperado y me asignaron tareas ligeras. Me pasé un montón de tiempo haciendo recados en una motocicleta. Los oficiales pensaron que eso ayudaría a que ganara fuerza en la muñeca, y tuvieron razón. Así fue. Hacia finales de junio, mi batallón se disolvió. Me transfirieron a otra parte del regimiento, pero no hay palabras para describir lo aburrido que era el trabajo allí.

Fue durante esa época cuando tuve mi primer encuentro con los procesos disciplinarios del ejército. Me confinaron en el barracón durante catorce días, a partir del 27 de julio de 1945, por no hacer cumplir las restricciones del toque de queda con unos civiles alemanes, por asociarme con civiles alemanes después del toque de queda y por ausentarme sin permiso, consistiendo esa ausencia sin permiso en el tiempo que había pasado bebiendo con los civiles alemanes, ninguno de los cuales, hasta donde yo sabía, había luchado en la guerra, y todos los cuales maldecían a Hitler con un grado de entusiasmo que no creí que se pudiera falsear. Es más, después de que Alemania fuera humillada, reducida a escombros y condenada a la inanición, no era difícil encontrar y sentir la rabia genuina del pueblo alemán hacia lo que los nazis habían hecho caer sobre ellos. Todos podríamos haber lamentado que no se hubieran dado cuenta antes y que no hubieran hecho nada al respecto, pero teníamos que tratar con las personas tal y como las encontrábamos en el presente, no como nos habría gustado que fueran en el pasado.

Unos meses más tarde volví a meterme en problemas cuando me pillaron enviando una carta en la estafeta de Correos del ejército para un civil alemán. Por ello me enviaron al centro de detención desde el 20 de octubre hasta el 2 de noviembre. La naturaleza mezquina de la vida militar me estaba cansando. No estaba hecho para aquello.

Como judío polaco, no tenía ningún motivo para sentir el menor compromiso de amistad o compasión hacia los alemanes, pero, igual que cuando conoces a gente normal y tienes que interactuar con ellos cara a cara, me parecía un error no procurar las atenciones y amabilidad normales ante todo el mundo a menos que alguna persona me diera una razón específica para dejar de hacerlo. Y si un anciano me pedía que le ayudara a hacerle llegar una carta a su hijo, que era prisionero de guerra en Londres, qué demonios... ¿A quién le hacía daño? Sabía, tanto desde los tiempos de mi infancia en Lodz como, de manera más concreta, por la época que pasé huyendo, que no todos los alemanes eran malos; de hecho, los alemanes me habían salvado la vida más de una vez. La idea de que se pudiera tildar de malvada a toda una raza o clase de gente, y de que se los metiera en una caja bajo esa etiqueta, me parecía tan erróneo y estúpido que no quería saber nada del tema.

No sentía la misma generosidad hacia aquellos que tuvieran vínculos con las SS o el partido nazi mismo, ni hacia quien siguiera sintiendo simpatías por las ideas nazis. Por escasos que fueran y dispersos que estuvieran, los seguía habiendo. Poco después de que la guerra acabara de manera oficial, hubo rumores acerca de un movimiento secreto desarrollado y puesto en marcha por elementos del partido nazi cuando se dieron cuenta de que iban a darse de bruces con la derrota. Esa organización clandestina habría adoptado el nombre alemán de Werwolf, y pretendía llevar a cabo una guerra de guerrillas hasta que el pueblo alemán se alzara y acabara con el yugo de la opresión decadente bolchevique y judeo-occidental. Pero los hombres y mujeres predominantemente ancianos con los que bebía y conversaba y a los que ayudaba a mandar cartas... Ellos no iban a derrocar ningún yugo, ninguna opresión decadente, nada judeo-occidental. Sus únicas preocupaciones consistían en conseguir algo que comer y algo que beber, y en encontrar un lugar abrigado en el que dormir y donde no hubiera peligro de que la muerte cayera del cielo, viniera hasta tu puerta o entrara por tu ventana.

Tras salir del centro de detención, en noviembre, me enviaron de vuelta al Reino Unido y llegué a Londres para Navidad y Año Nuevo. Disfruté mucho estando en un lugar que por entonces ya consideraba como mi segundo hogar. Para todo el mundo yo era un Tommy. Eso me gustaba. Me otorgaba una especie de capa protectora.

En ese momento empezó una parte extremadamente dolorosa de mi vida, que iba a prolongarse durante muchos años. Comencé a intentar seguir el rastro de mi familia, sobre todo a través de la Cruz Roja Internacional. Les di mi nombre, los de mi clan familiar en Polonia y mis datos de contacto. Hice lo mismo con las autoridades polacas de Londres, pero, cuando mencionaba los nombres de las personas por las que preguntaba —los Herszman, los Lewkowicz, los Levinson y los

Londres, 1946

Blumowicz— y decía que habían estado en el gueto de Lodz, me contestaban que allí habían ocurrido cosas absolutamente terribles y que no debía albergar demasiadas esperanzas. Yo esperaba oír algo parecido, pero no por ello resultaba sencillo. No era una confirmación de que todos habían muerto, pero temía que muy probablemente significara eso.

Por otro lado, tenía la sensación de que no dejaban de prestarme a diferentes apartados del ejército o del servicio civil británico que necesitaban gente que pudiera hablar, leer y escribir en alemán. Entonces, en abril de 1946, recibí órdenes de regresar a Alemania y presentarme en el cuartel general del Ejército Británico en el Rin, donde el mariscal de campo Montgomery estaba al mando, aunque no por mucho tiempo. El CG EBER se encontraba en un pueblo llamado Bad Oeynhausen, sobre el río Weser, a 240 kilómetros al este de Xanten. Una idea comenzó a cristalizar en mi cabeza.

Ninguna de las agencias con las que me había puesto en contacto me había dicho nada sobre mi familia en Polonia ni sobre Nathan. Yo no hacía más que molestarles y suplicarles. Ir y volver de Bad Oeynhausen a Lodz era un viaje de 1.600 kilómetros. Sería casi imposible intentar llegar allí usando trenes y autobuses, y lo más probable era que las carreteras siguieran estando impracticables para vehículos que no fueran militares o especialmente resistentes. Por otro lado, con una motocicleta quizá se podría hacer. Era verano, así que si durante el viaje tenía que dormir al raso no lo pasaría tan mal. Muchísimos polacos y gente de otras nacionalidades estaban realizando viajes similares. Pedí una semana de permiso, me la concedieron, y mi jefe me dijo que, si no le contaba que había cogido una moto prestada con dos garrafas llenas de gasolina, él nunca se enteraría. Me largué.

Más adelante, cuando vi películas sobre la guerra y sus secuelas inmediatas, mi sensación de malestar se centró no solo en las partes que se habían embellecido, sino en el hecho de que nunca transmitieron debidamente el espanto absoluto de aquella situación. Pathé News logró acercarse alguna vez;

Hollywood, nunca. Mi travesía hacia el este desde Bad Oeynhausen fue una ilustración gráfica y terrible de los motivos por los que llegué a tener esa opinión. Durante buena parte del viaje estuve recorriendo lugares de Alemania conquistados por los soviéticos. Estos no se habían contenido. La escala de la devastación era inmensa. Hubo imágenes que nunca iba a olvidar de las colas ante los hidrantes para conseguir agua y frente a los centros de alimentación a la espera de que repartieran algo. Con el uniforme británico, el idioma polaco y un poco de ruso que había pillado de los prisioneros en Miranda de Ebro logré llegar a Lodz. Habían dado indicaciones a todas las fuerzas aliadas en la zona ocupada para que les facilitaran el paso a las personas como yo, así que por el camino no encontré grandes obstáculos ni dificultades.

Me sorprendió el escaso daño que había sufrido la estructura básica de la ciudad. De hecho, en aquel momento Lodz se había convertido en la capital de facto de Polonia. El nuevo gobierno polaco se había establecido allí porque buena parte de Varsovia había sido reducida a escombros y había quedado inutilizable. En cambio, el avance soviético sobre Lodz fue tan rápido que los alemanes no tuvieron tiempo de hacer estallar las fábricas y los edificios principales de la ciudad durante su retirada, y tampoco se atrincheraron para defenderla.

No obstante, lo que resultó verdaderamente deprimente desde mi punto de vista fue enterarme de que, cuando llegaron los rusos, en Lodz quedaban menos de novecientos judíos vivos, y no todos ellos eran en realidad de Lodz o Polonia siquiera. Entre aquellos novecientos, al liquidar el gueto los nazis mantuvieron con vida a varios centenares para que pudieran formar parte de una brigada de limpieza encargada de destruir las pruebas de lo que había ocurrido allí. No obstante, los supervisores de la misma huyeron al acercarse el ejército rojo. Junto a la brigada de limpieza, el resto de los novecientos lo componían aquellos judíos que de alguna manera se las habían arreglado para esconderse en el gueto, además de un pequeño número que había vivido en el lado ario durante la guerra y que al fin se sentía a salvo para salir a la luz y volver a vivir abiertamente. Más tarde me enteré de que, entre la toda la población judía de Lodz anterior a 1939, solo unos diez mil habían sobrevivido huyendo antes de que llegaran los alemanes o escondiéndose aquí y allá.

Al llegar a Lodz vi que habían vuelto a abrir una oficina judía en Zachodnia, donde antes había algunos edificios comunitarios judíos. La única noticia que pudieron darme fue que no había registros de ningún superviviente bajo los apellidos de Herszman, Levinson, Lewkowicz o Blumowicz. Debía asumir que estaban todos muertos.

Evidentemente, sabiendo lo que había sucedido con los judíos polacos en Auschwitz, Chelmno, Belsen y demás, había sospechado que existía la posibilidad de que me dijeran lo que me acababan de decir, pero era muy diferente que me lo hubieran confirmado de manera tan categórica, con tan poco margen para la esperanza. Pregunté específicamente si alguien llamado Nathan Herszman se había puesto en contacto con ellos o había dado noticias. Les conté que creía que había logrado llegar a la Unión Soviética. No se había puesto en contacto con ellos, pero me contestaron que los judíos que habían huido a Rusia estaban regresando a Lodz con cuentagotas. Tal y como había hecho con las autoridades polacas de Londres, les dejé mis datos. Nadie volvió a ponerse en contacto conmigo.

Antes de irme intenté encontrar a Cesek Karbowski o a sus padres, o a cualquiera de los polacos no judíos a los que conocía de antes de la guerra. No encontré a nadie, pero me enteré de muchas cosas sobre lo mal que lo habían pasado los polacos que quedaron atrás. Durante la guerra murieron muchos más polacos que judíos, pero la proporción respecto al total de sus respectivas poblaciones indica que los judíos fueron borrados casi por completo: el diez por ciento sobrevivió, el noventa por ciento no lo hizo.

Me quedó claro como el agua que en Polonia ya no había nada para mí. Entonces comencé a oír que, entre el pequeño número de polacos que estaban regresando a Lodz, algunos de ellos habían sido atacados y asesinados por polacos que, suponiendo que estaban muertos, habían decidido adueñarse de sus propiedades. No querían tener que devolver nada a sus dueños legítimos. De vuelta en mi unidad del Ejército Británico, me hice la promesa de no volver a pisar nunca más suelo polaco. Es una promesa que he mantenido y de la que nunca me he arrepentido.

Mientras volvía a Bad Oeynhausen, me las arreglé para tener un accidente con la moto y, aunque no resulté herido, supe que me había metido en un problema. Así llegó mi siguiente encuentro con el código disciplinario del ejército. Reconocí que me había mostrado negligente con una posesión del ejército. Calcularon el daño en cincuenta libras, pero me ordenaron solo que contribuyera con tres a modo de compensación, y me las descontaron de la paga.

Pasé cuatro meses en Bad Oeynhausen, donde trabajé principalmente con cosas relacionadas con los consejos de guerra que se estaban celebrando bajo el auspicio del Tribunal de Crímenes de Guerra de Hamburgo. Me ascendieron dos veces, primero a soldado de primera y luego a cabo. Entonces, en septiembre de 1946 me destinaron al Centro de Control de Carretera en Helmstedt. Helmstedt era uno de los lugares más occidentales de Alemania a los que había llegado el ejército rojo, en mayo de 1945, y era por tanto uno de los puntos en los que el este se encontraba con el oeste. Más tarde iba a convertirse en uno de los principales cruces fronterizos con la Alemania del Este.

Estuve en Helmstedt bajo las más terribles condiciones invernales, cuando casi no había tráfico de ningún tipo en ninguno de los dos sentidos, así que lo único que hacía era pasar el rato intentando no enfriarme. En febrero de 1947 volví a meterme en problemas. Perdí una bicicleta valorada en algo más de cinco libras. Creo que debió de caerse en la nieve y quedó cubierta por esta, pero en esa ocasión, a diferencia de la motocicleta, tuve que reembolsar el importe total, que de nuevo me descontaron de la paga, y me mantuvieron bajo arresto abierto. Nunca supe muy bien lo que significaba aquello, ya que yo seguí con mis labores y actividades como siempre, solo que no podía abandonar los confines de los barracones y el campamento.

En aquella bicicleta.

Durante aquella época también añadieron a mi expediente dos reprimendas severas. La primera, el 9 de mayo, se debió a mi falta de cuidado. Un oficial vio que tenía una botella de *schnapps* en mi poder y me negué a contarle cómo y cuándo la había adquirido. Por ello volvieron a ponerme en arresto abierto. Había un mercado negro de comercio y trueques entre los alemanes del lugar, los rusos y varios británicos. De ninguna de las maneras iba yo a delatar a nadie y arriesgarme a que aquello se acabara.

Una semana más tarde, el 16 de mayo, me denunciaron de nuevo por dejar el rifle desatendido y en malas condiciones en el puesto fronterizo de la *autobahn*, y por efectuar un comentario acerca de la estupidez de las órdenes de la compañía. Sin duda, había llegado el momento de pasar página.

Tuve un altercado con otro oficial a raíz de su aversión extrema a los soldados y oficiales soviéticos. Se trataba de un anticomunista virulento a quien se oía murmurar a veces que íbamos a necesitar a los alemanes para que nos ayudaran a derrotar a los rojos, así que cuanto antes nos pusiéramos a ello mejor para todas las partes. Yo era tan anticomunista como el que más, pero aquel tipo me dio la impresión de que, a fin de cimentar una alianza temprana contra los rojos, estaba dispuesto a pagar el precio de pasar por alto los más viles e inexcusables crímenes de los nazis. Yo veía las cosas de manera diferente. Los nazis tenían que pagar por lo que habían hecho. También le molestaba que yo hablara un poco de ruso y que estuviera avanzando en mi dominio del idioma de manera bastante evidente con el paso de los días.

Algunas semanas antes de que la tomara definitivamente conmigo se produjo lo que solo se podría describir como un incidente misterioso en el cruce fronterizo de la *autobahn*. Quizá aquello explicara su manifiesta aversión hacia mí. Estando yo de servicio a altas horas de la noche, el oficial en cuestión se presentó sin avisar con un hombre de mediana edad vestido de civil. Era imposible saber quién era o por qué estaba allí. Nadie me lo dijo. Yo no lo pregunté. Él no habló.

El oficial me llamó y me dijo que escoltara al caballero hasta el control ruso y que lo dejara allí. Le pregunté si debía traer de vuelto algo o a alguien.

—Negativo.

¿Tenía que firmar algo?

—Negativo. Hazlo de una vez. Le están esperando.

Como suele pasar, comenzó a hablarse de lo sucedido por doquier. Todo tipo de rumores circulaban acerca de la identidad del hombre al que habíamos entregado y sobre los motivos para que se hubiera hecho en circunstancias tan poco habituales. Mi preferido era el que decía que era un georgiano, de la tierra natal de Stalin, pero que había sido oficial jefe de las Waffen-SS como voluntario. A Stalin le habían contado que el tipo estaba bajo custodia británica y se acordó que nos saltaríamos el proceso normal porque al entregarlo el tío Joe se lo tomaría como un enorme favor personal. Nunca descubrí la verdad, pero supuse que el tipo habría muerto menos de una hora después de que se lo entregáramos a los soviéticos.

En septiembre de 1947, tras un permiso prolongado, acabé a unos 110 kilómetros de distancia, en el Centro de Detención de Criminales de Guerra de Fischbeck. Los juicios de Núremberg contra los principales criminales de guerra nazis, que habían concitado la atención mundial de los medios de comunicación, estaban llegando a su fin. Se ejecutaron más de veinte sentencias de muerte, pero hubo muchas más a raíz de los juicios por crímenes de guerra que se celebraron en otras partes de Alemania, sobre todo en Hamburgo, donde los aliados habían requisado la Curiohaus, que había permanecido intacta, como cuartel general. En aquellos juzgados brotó un catálogo de la miseria y el sufrimiento humanos a través de ejemplos concretos de lo que había conjurado la ideología llena de odio y racista de los nazis. El flujo constante de negaciones por parte de los acusados, la excusa de que «yo solo seguía órdenes», resultó tan nauseabundo como inverosímil.

El 23 de enero de 1948 me ascendieron a —y comenzaron a pagarme como— sargento en activo, pero aquello no duró demasiado. El 10 de agosto, a raíz de un incidente ocurrido

Sargento durante poco tiempo.

el 31 de julio, volvieron a rebajarme a cabo. En aquella ocasión tan solo me negué a ayudar a un oficial a mover su coche, que se había quedado atascado en el barro. Al parecer, aquello representó una negativa a obedecer una orden legítima. De nuevo me pusieron en arresto abierto, pero poco después me mandaron otra vez al Centro de Control de Carretera de Helmstedt. Era consciente de que estaba harto de Alemania. Allí todo era demasiado difícil y complicado. Tenía que regresar al Reino Unido, proseguir la búsqueda de Nathan, intentar determinar si todo mi clan familiar había muerto de verdad y, en tal caso, descubrir cómo, cuándo y dónde. Y, si no estaban todos muertos, ¿dónde estaban los supervivientes? Tenía que seguir adelante con el resto de mi vida. Y no sería como soldado.

El 28 de octubre de 1948 fue mi último día en el Ejército Británico, aunque me mantuve en su órbita a través de la Reserva del Ejército o la Lista de Reserva Activa hasta junio de 1951. Salir de allí representó un proceso bastante enrevesado. Técnicamente no abandoné los Berkshire Reales hasta febrero de 1949, momento en que ya estaba con el 15º Batallón Voluntario Escocés del Regimiento de Paracaidistas, que formaba parte de la Reserva del Ejército. La cuestión principal era que había salido de Alemania, cruzando el mar del Norte, para llegar a la parte del Reino Unido que con toda probabilidad mejor conocía, que era Escocia.

Acabar en un regimiento de paracaidistas, y aún menos en un regimiento de paracaidistas en Escocia, nunca había formado parte del plan, aunque me encantaba la imagen de tipo duro que acompañaba a la Boina Roja. No fue fácil que me aceptaran, pero aquello me permitió volver al Reino Unido, lejos de las escenas de devastación que eran —y que continuarían siendo durante un tiempo— la norma en el continente.

Aprender a saltar desde un avión con apenas una franja de tela entre tú y una muerte segura fue sin duda escalofriante, pero por fortuna nunca tuve que hacerlo en verdaderas condiciones de combate, y estar en un regimiento escocés me permitió, al menos con cierto grado de legitimidad, que me tomaran una foto bastante maravillosa con el traje completo de las Tierras Altas. No sé bien si se trataba en realidad del uniforme reglamentario de mi regimiento o, en caso de que lo fuera, si yo estaba autorizado para ponérmelo, pero el fotógrafo del estudio de Aberdeen al que acudí lo tenía a mano y me aseguró que no había ningún problema:

—A muchos hombres destinados aquí les gusta que los fotografíen con la falda escocesa y rara vez preguntan por las formalidades, las conocen o les importan. Tenga la seguridad de que dentro de mi tienda no hay ninguna. Pero usted pertenece a un regimiento escocés, así que sin duda está legitimado para ponérsela.

El 1 de noviembre de 1948, la policía de la ciudad de Aberdeen me entregó la credencial de registro de extranjero, número de referencia A285406. A finales de noviembre de 1948 ya me habían contratado en la sastrería Winetrobe and Sons, en la calle Glyde de Glasgow, como aprendiz de cortador. ¿Quién lo habría dicho? Que un joven judío polaco acabara en el negocio del *schmatter* (la ropa). Obtuve el puesto, claro, hablando yidis con el gran *macher* (el jefe) y contándole un poco de mi historia.

Los Winetrobe me animaron a apuntarme a la escuela nocturna de la calle Sauchiehall para aprender los aspectos más delicados del corte de tela y otras cuestiones relacionadas con la industria textil. Ingresé a principios de 1949, y en aquella escuela nocturna mi vida iba a dar otro giro dramático.

En ella entró una joven irlandesa, Elizabeth Angela Cassidy, a quien todo el mundo llamaba Angela y que estudiaba para ser costurera. Coincidimos y conversamos por primera vez en la cantina. Angela era algo más alta que yo, un par de años menor, esbelta, con unos ojos marrones y brillantes, el cabello oscuro, la piel de un blanco cremoso y unas mejillas encantadoras y sonrosadas sobre unos huesos de fina estructura. Pensé que era la mujer más hermosa que hubiera visto nunca. Incluso el recuerdo de Martha comenzó a desvanecerse. Cuando Angela se lanzó a cantar en el pub donde todos solíamos ir a pasar el rato después de clase, pensé que me había muerto, que estaba en el cielo y que la vocalista principal de la Banda Divina estaba interpretando un tema solo para mí.

En cuanto me di cuenta de la intensidad de la atracción que sentía por Angela y constaté que había al menos un chispazo de interés hacia mí por su parte, le dejé claro que yo era católico. Ella no me preguntó directamente por mi religión, cuando menos no en ese momento ni durante muchos años. En 1949 solía evitar tales conversaciones fingiendo que era católico desde el principio. Un polaco rubio de ojos azules. ¿Qué más podía ser? No hizo falta que me preguntara nada porque yo ya lo había contestado.

Pero con Angela viví una mentira, y esa mentira comenzó justo en aquel momento. ¿Por qué le mentí? Esa pregunta tiene dos respuestas posibles. Una es simple y evidente; la otra no era nada simple, pero se fue volviendo cada vez más evidente, al menos para mí.

La simple y evidente era que me había enamorado de Angela. Estaba embelesado. Me había tragado el anzuelo, el sedal y la plomada. Era jovial, divertida, sensual e inteligente. Un sueño hecho realidad. No podía afrontar la posibilidad de perderla. Detestaba la idea de volver a estar solo. Simplemente no me atreví a poner a prueba sus sentimientos hacia mí de la manera más extrema imaginable para una católica devota, pidiéndole que considerara la posibilidad de liarse con alguien que no solo no era católico, sino que ni siquiera era cristiano.

La razón no tan evidente por la que pensé que no era inteligente mostrarme demasiado sincero acerca de mi religión tuvo que ver con lo que estaba sucediendo en Gran Bretaña. Por increíble que pueda parecer, los grupos nacionalistas vinculados con la Unión de Fascistas de antes de la guerra —o que hablaban con afecto de ella— iban en aumento y volvían a estar en las calles. En una fecha tan temprana como 1947 aparecieron noticias en la prensa sobre peleas callejeras entre grupos fascistas y organizaciones comunistas y judías en un lugar llamado Ridley Road, en Hackney, en el East End londinense. La columna vertebral de la organización fascista era un cuerpo llamado La Liga Británica de Hombres y Mujeres Exmilitares. Los paralelismos con los primeros tiempos del partido nazi en Alemania eran demasiado obvios y siempre se había dicho que algunos sectores de las élites británicas sentían ciertas simpatías hacia las ideas de Herr Hitler, aunque, obviamente, habían tenido que ponerlas en barbecho con el inicio de la guerra. Ahora que la guerra había terminado, ¿quién sabía cómo iba a resurgir aquel tipo de ideas?

Mientras en Oriente Medio crecía la presión judía para que se fundara un Estado judío, unos agitadores judíos en Palestina pasaron a la acción directa. El Irgun Zvai Leumi, un grupo paramilitar judío, colgó a dos sargentos británicos, Mervyn Pierce y Clifford Martin. Los líderes judíos de Gran Bretaña condenaron aquellos asesinatos, pero la prensa británica se puso como loca. Poco después, durante el puente de agosto de 1974, se produjeron unos disturbios antisemitas que fueron especialmente violentos en Mánchester y Glasgow. Se informó que algunos trabajadores de matadero en Birkenhead se negaban a procesar la carne destinada a las tiendas judías. Varios periódicos mostraron una imagen especialmente expresiva de un negocio judío de Liverpool al que los alborotadores le habían roto las lunas. Ecos de la *Kristallnacht*. Costaba creerlo, pero ahí estaba. De repente no parecía muy inteligente que te identificaran como judío. Otra vez.

Pero volvamos a Angela. La cuestión con las mentiras, en especial con las grandes de verdad, es que pueden cobrar vida propia con mucha rapidez, y se vuelven autónomas. Cada día que pasa sin que las repudies suma y profundiza en el engaño original.

Fue un romance apasionado, y al poco tiempo Angela anunció que estaba embarazada. A mí me ilusionaba la idea de formar mi propia familia y, en aquel momento, instalarme de manera permanente en el Reino Unido con Angela, un nombre inglés y una pensión de guerra del Ejército Británico no me pareció mala idea. Pensé que quizá, con una familia propia, podría crear algo que me había perdido por culpa de Hitler.

Pese a su ubicuidad, el sexo premarital no estaba bien visto por la Iglesia católica, así que una chica soltera y embarazada estaba destinada a llevar la vergüenza a su familia. Angela y yo estuvimos de acuerdo en que teníamos que hacer dos cosas: casarnos y largarnos de Dodge, ambas lo antes posible.

Decidimos marcharnos a Inglaterra, a Leeds, en Yorkshire, donde había una amplia industria textil, lo cual quería decir que ninguno de los dos debería tener problemas para encontrar trabajo. Yo iría primero para solucionar el tema del alojamiento. Angela no informó a sus padres de sus planes hasta unos instantes antes de partir. Tal y como me lo contó más tarde, se limitó a entrar en la cocina del piso de la calle North para anunciar, maleta en mano, que se marchaba a Inglaterra porque su empresa le había ofrecido un empleo mucho mejor allí. Se negó a decirles en qué parte de Inglaterra. Su padre, John *Pop* Cassidy, la siguió hasta la estación de tren, rogándole que no se marchara. Fue en aquel momento, estando los dos en el andén al lado del tren al que ella estaba a punto de subirse, cuando ella se volvió y le contó a su padre que estaba embarazada. Bien por Pop, ya que le contestó que no era motivo para que abandonara a su familia. Que encontrarían la manera de que funcionara. Angela hizo oídos sordos.

Al llegar a Leeds, Angela lucía algo parecido a un anillo de bodas. De manera natural, todo el mundo se imaginó que éramos marido y mujer. Aquello le prestó a nuestra relación un punto de picardía. Pero no estábamos casados, y había que corregir esa situación. Creo que Angela pensaba que las fauces del infierno se abrirían para tragársela si daba a luz sin estar casada. Fuimos a la catedral de St. Anne, en el centro de Leeds, y vimos a un cura. Le expliqué que no podía presentar una partida de bautismo ni ningún otro documento para probar que era católico, y que no podría conseguirlos en un futuro cercano porque estaban en Polonia, donde de todos modos lo más probable era que hubieran sido destruidos durante la guerra.

El cura me hizo entrar solo en una habitación y me preguntó por algunas cuestiones de la doctrina católica. Mi interpretación no acabó de convencerle y salimos de la habitación cuando, pese a las amargas protestas de Angela, se negó a casarnos. Un mes más tarde, después de casarnos en el Registro Oficial de Leeds, con dos desconocidos de la calle como testigos, volvimos a la catedral, donde Angela le dijo lo que pensaba al mismo cura, pobre hombre, que me llevó otra vez a un aparte.

En una pequeña habitación me repitió que se encontraba en una posición muy difícil. Muchos exmilitares estaban intentando casarse con mujeres británicas e irlandesas a fin de poder quedarse en Inglaterra, pero era consciente de que la angustia que afectaba a Angela era obvia y abrumadora, y le preocupaba que pudiera llegar a afectar al niño que llevaba en su vientre, quizá precipitando un parto prematuro, ¡amenazando la vida de Angela e incluso poniendo en peligro la del bebé! Dios no quisiera que algo así pasara en aquel momento y en aquel lugar, en el recinto santificado de la catedral de Leeds.

El cura me preguntó si me importaría que me bautizara de inmediato, para ser al menos, técnicamente, católico ante los ojos de Dios. Le dije que no tenía ninguna objeción. Él me volcó un poco de agua sobre la cabeza, dijo algo que no acabé de escuchar y me condujo de vuelta con Angela, ante la que anunció:

—Ahora estoy convencido de que Henry es católico. La boda puede tener lugar.

Y así fue como, poco después, el 5 de diciembre de 1949, en la catedral de St. Anne de Leeds, Angela y yo nos casamos según el rito de la Iglesia católica romana. Nuestro hijo John nació exactamente dos semanas más tarde. Iba a ser el primero de los seis niños que tuvimos Angela y yo, uno de los cuales murió a los dos días de nacer. Todos fueron bautizados por la Iglesia católica.

Epílogo

En 1957, mis esfuerzos por encontrar a Nathan acabaron por dar resultado. Estaba casado, vivía en Israel, tenía una hija llamada Sarah y pronto iba a tener tres hijos más, dos niñas y un niño.

A finales de 1958, Nathan vino a Inglaterra. La visita iba a ser inevitablemente problemática. ¿Cómo podría yo explicar la existencia de un hermano llamado «Nathan Herszman» que vivía en Israel? La respuesta simple es que no podía.

Le expliqué mi situación por carta y le pregunté si no le importaría convertirse en Michael Karbowski mientras estuviera con nosotros en Leeds. Nathan contestó diciendo que, si yo pensaba que iba a funcionar, él me seguiría el juego. También tuvo la gentileza de decirme que había oído todo tipo de historias sobre la forma en que miles de judíos habían sobrevivido durante la guerra y se habían abierto camino al finalizar esta. La mía no establecía exactamente una nueva clase o categoría de artificio. Tan solo se alegraba de que me hubiera funcionado. Que hubiera logrado mantener esa fachada durante tanto tiempo les daba un pequeño giro a las cosas, pero nada más que eso.

Si alguien manifestaba interés, acordamos que Nathan le contaría que se había casado con una mujer judía a la que había conocido en un campamento para personas desplazadas después de la guerra. Ella quería irse a Israel, así que allí acabaron los dos. Aquello debía bastar. Pocas personas que hubieran vivido la guerra disfrutaban hablando de ella, ciertamente no en detalle. No debería costar demasiado eludir a cualquier persona que mostrara signos de ser demasiado inquisitiva.

Quienes me preocupaban no eran Angela o su familia. Nathan no hablaba nada de inglés, así que eso impondría una especie de límite natural al interrogatorio. Eran los otros polacos que vivían en el barrio, muchos de los cuales se habían convertido en amigos míos y venían de visita con regularidad. Si tenían alguna sospecha relacionada con mis antecedentes, esta no había salido a la superficie aún, al menos no que Angela y yo supiéramos. Al principio me había preocupado de asistir a algunas misas católicas celebradas por un cura polaco para la amplia comunidad polaca de la ciudad. Me aseguré de que me vieran varios de los polacos que vivían cerca de nosotros antes de que mi nivel de asistencia a misa se redujera... a cero. Pero, cuando «Michael» llegara de Israel... ¿Cómo se vería eso? Tendría que limitarme a probar suerte, ya que estaba absolutamente decidido a reunirme con mi hermano mayor.

Como podrás imaginar, cuando Nathan llegó a Inglaterra, el encuentro fue intenso y lacrimógeno. Era la primera vez que nos veíamos desde que siendo pequeños nos habíamos despedido en aquella esquina de Lodz, en septiembre de 1939. Lloramos por todo aquello que habíamos perdido: las personas, la familia, el estilo de vida. En aquel momento seguíamos sin conocer el destino exacto que habían corrido nuestros padres, nuestras hermanas y Srulek, pero imaginábamos que todos los Herszman habrían muerto, ya en el gueto, ya en un campo de concentración. No se podía decir nada nuevo al respecto. Solo cabía esperar que de algún modo alguno o algunos de ellos hubieran escapado y sobrevivido en algún lugar, y no hubieran encontrado aún la manera de ponerse en contacto con nosotros. Aquella esperanza no iba a concretarse nunca.

La buena noticia que Nathan trajo consigo fue que dos de nuestros primos Lewkowicz habían sobrevivido. Heniek era ahora Henry Lee y vivía en Estados Unidos, mientras que Yehuda era policía en Tiberias, Israel. Más tarde se marchó a Estados Unidos y se instaló allí bajo el nombre de Irving Lee. Varios años después, Heniek y su esposa, Nadja (Nancy) Ginsberg, vinieron a verme a Londres, y poco después lo hizo también su hermano Yehuda, acompañado por su esposa, Regina Mandel.

Así que eso fue todo. Ningún Levinson sobrevivió, y solo dos Herszman y dos Lewkowicz lo lograron, además del Blumowicz que se había ido a Palestina antes de que comenzara la guerra.

Nathan y yo hablamos sobre las cosas horribles que habíamos vivido o testimoniado durante la guerra, intentando no obsesionarnos demasiado con los condicionales. Nathan no me dirigió un solo reproche por haber abandonado el gueto. Todo lo contrario: dijo que estaba loco por el simple hecho de pensarlo. Al fin y al cabo, Nathan también se había ido, y también había sido incapaz de cumplir las promesas que hizo antes de partir. La guerra confundió los caminos de todo el mundo, pero sobre todo el de los judíos. Me reconfortó mucho que Nathan dijera eso, pero no por ello logré liberarme por completo de la sensación de que, si me hubiera quedado en el gueto, las cosas habrían sido diferentes para los Herszman de Lodz.

Nathan había logrado cruzar el río Bug, fue capturado por los guardias soviéticos y se pasó el resto de la guerra en Siberia, cuidando de los caballos en unos establos del ejército rojo, cosa que le permitía comer parte del alimento destinado a los animales. Nathan estaba convencido de que, si no hubiera podido hacer eso, habría muerto igual que tantas otras personas que estuvieron retenidas contra su voluntad en Siberia durante la guerra. Para los soviéticos, mantener a los caballos con vida era más importante que mantener a los judíos con vida.

Tras el final de la guerra hizo lo mismo que yo: volvió a Lodz para ver si podía seguir alguno de los rastros de nuestra vida previa, encontrar a alguien de nuestra familia u obtener noticias de ella. No logramos averiguar si estuvo allí antes o después de mí. Incluso nos preguntamos si nos habríamos cruzado por la calle. Con mi uniforme británico, Nathan no habría tenido motivo para mirarme dos veces, y yo podría no haberle visto o reconocido por muchas razones.

Tras pasar un par de semanas con nosotros, Nathan volvió su casa. Aunque lamenté su marcha, en otro nivel pude soltar un enorme suspiro de alivio. Mi secreto parecía haber aguantado. Mis antecedentes judíos, mi identidad judía, no habían quedado expuestos.

Estaba equivocado. Otros polacos a los que Nathan había conocido durante su visita no se tragaron lo de «Michael Karbowksi». Después de que volviera a Israel, no tardaron en contarle a Angela las conclusiones que habían sacado sobre él, y por tanto sobre mí.

No creo que mi religión o el hecho de que mintiera acerca de ella jugaran un factor determinante en nuestra separación y posterior divorcio. Por entonces eran muchas las cosas que habían salido mal en nuestro matrimonio. Yo me había pasado más de diez años viviendo en medio de un trocito de la Irlanda católica trasplantado a Inglaterra. Vivir aquella mentira a diario me había pasado factura. Hacia el final de nuestro matrimonio, lo más probable es que yo no fuera un buen marido ni un buen padre. Pero esa es otra historia, que dejaremos para otro momento.

Antes de que se certificara el divorcio, en septiembre de 1963, dejé Yorkshire y acabé en Londres, donde volví a casarme a finales de los sesenta. Hylja Muhonen había venido a Inglaterra desde Finlandia para formarse como enfermera. Tuvimos dos hijos juntos, un niño y una niña, Paul y Helen, pero esta murió cuando tenía cinco meses.

Durante uno de sus viajes a Polonia para investigar el trasfondo de la historia de mi vida, John se quedó en casa de Cesek y su esposa Zofia en Lodz. En 1988, Cesek y Zofia vinieron a Londres para pasar unos días conmigo y luego se dirigieron hacia el norte, donde seguían viviendo cuatro de mis cinco hijos y Angela, por entonces en Holmfirth, un pueblecito de West Yorkshire. Peter, el pequeño, acababa de comprarse una propiedad que bautizó como «Casa Hershman», ya que pensó que la versión fonética en inglés de nuestro apellido funcionaría mejor que la original. Al año siguiente, Nathan volvió a venir al Reino Unido. A Londres, en aquella ocasión, de vacaciones, y lo hizo como Nathan Herszman. No hizo falta ningún tipo de subterfugio. Aquello se había acabado definitivamente.

Durante su estancia fuimos a visitar a John a su casa de Hackney, donde, entre otras cosas, nos mostró una fotografía de *Las crónicas del gueto de Lodz,* de Lucjan Dobroszycki. Esta mostraba a un hombre dentro del gueto, tirando de un carro. Algo en el rostro de aquel hombre le había llamado la atención. Le había recordado a su hermano Frank. El hombre de la foto era Chil Herszman, nuestro padre (ver la página 120). Como tal, se trata de la única foto que ha sobrevivido de los Herszman mientras vivimos en Lodz. Ninguno la habíamos visto antes. Aquello hizo que los dos volviéramos a llorar a lágrima viva al recordar las tragedias y las pérdidas que ambos habíamos sufrido, y el destino de nuestra familia. John también se contagió de la emoción del momento, aunque quizá no con la misma intensidad que Nathan y yo.

Llevé a Nathan a Holmfirth para que viera a mis hijos de Yorkshire y conociera a sus esposas e hijos. Nathan se emocionó muchísimo al pisar la Casa Hershman. En 1992 viajé por primera y única vez a Israel para visitar a Nathan y a su familia, y dos de sus hijas y maridos vinieron varias veces a visitarme a Londres o a ver a sus primos de Holmfirth.

Debo admitir que, en cierto sentido, al haber suprimido la verdad sobre mi historia y familia judías durante tanto tiempo, la Segunda Guerra Mundial acabó más tarde para mí que para el resto de la gente. Encontrar a Nathan, verle, visitar Israel y, en el transcurso de mis conversaciones con John, sacar a la luz toda la verdad sobre lo que hice durante mi camino hacia Gibraltar y después me ha permitido procesar lo que no había procesado antes y hacer una especie de punto y aparte. Mi esfuerzo y mi determinación para sobrevivir no me devolvieron a mis padres, a Srulek, ni a mis hermanas, pero en mi nueva vida en Inglaterra, acompañado por mi nueva familia inglesa, encontré la paz y una gran felicidad. Al fin.

Los descendientes de Chaim Herszman, reunidos en 2005 alrededor de la placa que se erigió en su memoria en el cementerio de Lodz.

Heniek y Cesek en la dacha de este último cerca de Lodz, en 1988.

Posfacio

Mis raíces culturales se hunden en Irlanda y Yorkshire. Me crie en los años 1950 y 1960 en el norte de Inglaterra, en Headingley, Leeds, en el seno de una comunidad católica más o menos devota y muy unida. Era una comunidad que no estaba completamente desprovista de sentimientos antisemitas, aunque estos pertenecían a la variante irreflexiva, poco original y por completo pasiva. Por ello me dejó un pelín conmocionado descubrir, cuando tenía once o doce años, que papá al final no era católico. Era, en realidad, judío.

Aquello no representó la gota que colmó el vaso para el matrimonio de mis padres. Descubrir que papá era judío sin duda añadió un poco de color al asunto, pero cuando la verdad salió a la luz el matrimonio ya estaba acabado a todos los efectos. No obstante, yo sentía curiosidad por saber por qué papá había mentido para comenzar, y por qué había guardado aquel secreto durante tanto tiempo. ¿Habría algo en aquella mentira y en su longevidad que pudiera ayudarme a explicar lo que viví como una falta de amor y un distanciamiento por su parte cuando yo era pequeño? Tenía que averiguarlo. Quizá «curiosidad» no sea la palabra adecuada. Mi motivación era algo más intensa.

Tanto durante los años previos al divorcio de mis padres

como en los que siguieron al mismo, la relación con mi padre difícilmente podría haber sido peor. Le tenía miedo. Él elogiaba constantemente mi inteligencia, una cualidad que valoraba mucho, pero a la vez era irascible e impredecible. Aunque no bebía, le costaba muy poco recurrir a una bofetada o al cinturón para castigar cualquiera de los numerosos delitos menores y graves de los que yo era sin duda culpable.

Tras el divorcio, papá se fue a Londres y volvió a casarse. Yo me quedé en Yorkshire con mi madre. Entonces me fui a estudiar a la London School of Economics and Politica Science. Por entonces, papá vivía en un piso enorme en la calle Rupert del Soho, a escasa distancia caminando de mi nuevo centro de estudios. Me ofreció una habitación y comidas gratuitas siempre que mi enérgica vida social me permitiera estar allí para consumirlas. No pude rechazarlo. Reconocí de qué se trataba y respondí a ello. Yo también quería retomar el contacto.

Fue entonces cuando nuestra reconciliación comenzó en serio. Una vez, una sola vez, me preguntó cómo me había sentido al descubrir que mi padre era judío. Le aseguré que me había parecido sumamente irrelevante. Él era mi padre, no había más. Yo no era la persona indicada para ejercer de cura o de juez, sobre todo respecto a unas cuestiones que habían surgido durante la guerra o que eran resultado de la misma. No tengo la seguridad de que papá me creyera del todo. Al menos no en un primer momento.

Aunque nunca lo dijo de manera explícita, me fue quedando claro que papá se sentía apenado y avergonzado por la parte de su conducta que le había llevado a mentir a sus cinco hijos católicos acerca de sus orígenes. Al haberse criado como judío en la Polonia de 1930, tenía plena consciencia, cuando menos, de los numerosos sentimientos encontrados de los católicos en relación con los judíos. ¿Los habría adoptado yo también? ¿Y mis hermanos? ¿Estábamos alguno de nosotros resentido, al menos hasta cierto punto, tras descubrir que debíamos reajustar, y no poco, una parte en apariencia importante de lo que creíamos saber acerca de nosotros mismos?

Me alegra poder afirmar que al final, y tampoco es que tardara mucho, papá se convenció por completo, y con razón, de que la «conexión judía» no era en absoluto importante para sus hijos. Por el contrario, en todo caso disfrutamos bastante de aquel giro extra y exótico que se había añadido a una historia familiar tan vulgar. De haber resentimiento, se trataba de un resentimiento mezclado y ligado de manera indisoluble a la vorágine del divorcio. Y no perduró.

Cuando comencé a escribir este libro, logré que papá se sincerara y me contara lo que has leído en estas páginas. Yo fui su psicólogo; él fue el mío.

Repetí el viaje entero de papá, desde Lodz hasta Gibraltar, deteniéndome en todos los puntos claves del camino. Visité Israel, donde conocí al Blumowicz que se marchó de Lodz antes de la guerra, y por supuesto al tío Nathan, ya bajo su nombre de verdad, tras haberle conocido como «tío Michael» más de diez años antes. También realicé varios viajes a Polonia. Durante uno de ellos descubrí el momento y el lugar en que murieron mis abuelos, y la localización de sus tumbas.

A la hora de realizar ese descubrimiento conté con la ayuda enorme de Heniek, que por entonces vivía en San Diego. Cuando me enteré de que planeaba visitar Lodz en 1988, lo organicé todo para coincidir con él. Heniek pudo dirigirse en polaco a la gente que estaba a cargo del registro funerario.

Chil y Chaja-Sura Herszman murieron en un plazo de pocos meses, a principios de 1941. La localización exacta de sus tumbas anónimas quedó registrada en una cuadrícula de las autoridades judías. De manera asombrosa, aquel registro había sobrevivido.

Heniek y yo visitamos Zagajnikowa y la zona del gueto. Durante el tiempo que pasamos juntos en aquel viaje me contó el grueso de la historia de la huida de Chaim del gueto, aunque esta cobró cuerpo con otros detalles que fueron surgiendo durante encuentros posteriores, tanto en Estados Unidos como en Londres.

Al volver a Londres le conté a papá que había encontrado el lugar donde estaban enterrados sus padres. Rara vez lloraba en mi presencia, pero en aquella ocasión lo hizo. En su conjunto, toda la actividad relacionada con el libro cimentó el desarrollo de aquella relación nueva y mucho más íntima entre mi padre y yo. Mantuvimos numerosas conversaciones acerca de su vida en Lodz, prolongadas y salpicadas de carcajadas, mientras que la historia de su huida del gueto y el viaje hasta Gibraltar, y de sus experiencias como soldado que quiso devolverles el golpe a los nazis, no llevaban a nuestros rostros más que alguna sonrisa efímera.

Tras todo lo que vivió y testimonió, no es que papá mereciera exactamente que le dieran carta blanca, pero sí que le entendieran y le aceptaran de manera incondicional. Las cosas como son. Si alguien puede decir que su vida se vio moldeada por acontecimientos ajenos a su control, ese fue papá.

La familia Carr al completo se benefició de un nuevo aire de satisfacción, de la conciliación que fue brotando a medida que el trabajo en este libro progresaba. Tratar todo en detalle, de la manera en que lo hicimos, permitió que papá se sintiera cómodo consigo mismo. Volvió a ser judío. No un judío que fuera a la sinagoga o que respetara lo *kosher*, sino un judío que se dejó crecer la barba y que buscaba la compañía de otros judíos; por ejemplo, jugando a las cartas o en la logia masónica a la que se unió. Durante la cena de su «Noche femenina» anual, tras el brindis de lealtad, llegaba un brindis por el presidente del Estado de Israel. No, nunca me uní a los francmasones. Uno tiene sus límites.

Los elementos principales de la historia —por ejemplo, la huida inicial— fueron confirmados por testigos presenciales, por los registros del ejército que me proporcionó el Ministerio de Defensa británico, por los recuentos de la prensa polaca del momento y otros registros polacos, por los registros del gueto de Lodz que sobrevivieron a la guerra, por la Oficina de Registro Público británica y, en último lugar pero no por ello menos importante, por el Hansard, el registro de las sesiones del Parlamento británico. Como dije al principio de este libro, no cabe duda de que la de mi padre fue una historia notable. Es la historia de una determinación tenaz e ingeniosa por sobrevivir, por derrotar unas probabilidades que estaban completamente en su contra, a menudo de maneras originales. Pero es que todas las historias de los judíos polacos que sobrevivieron al Holocausto rayan lo milagroso.

En 2005, coincidiendo con el décimo aniversario del fallecimiento de papá, todos los Carr fuimos a Lodz para colocar una placa en una de las paredes del principal cementerio judío de la ciudad. En ella se puede leer: «En memoria de Henry Carr, nacido como Chaim Herszman el 20 de abril de 1926. Fallecido en Londres el 22 de abril de 1995. Y en memoria de nuestros abuelos y de todos los Herszman que fallecieron en el gueto de Lodz o en cualquier otro lugar durante el Holocausto. Dedicada por los seis hijos de Chaim y sus esposas, por sus dieciocho nietos y (de momento) tres bisnietos».

Papá no quiso regresar a Polonia en vida, pero a nosotros, sus hijos, nos pareció una forma adecuada de cerrar un capítulo de nuestras vidas y de reconocer a la familia que nunca conocimos. Estoy bastante seguro de que en realidad a papá no le habría importado.

John Carr,
Londres, 2020

Papá tocando el acordeón.

Una bibliografía muy incompleta

No tomé nota de cada uno de los libros o artículos que leí mientras comprobaba el trasfondo de la historia y durante mi investigación. Nunca pensé en este libro como una obra académica en la que sería necesario citar mis fuentes. Pero aquí sigue una lista incompleta de algunos de los numerosos libros que consulté mientras escribía la historia de mi padre:

— *German Concentration Camps.* World War 2 Investigators Ltd.
Adelson, Alan (ed.). *The Diary of Dawid Sierakowiak.* Bloomsbury.
Adelson, Alan y Lapides, Robert. *Lodz Ghetto: Inside a Community Under Siege.* Viking Press.
Altman, Linda Jacobs. *Warsaw, Lodz, Vilna: The Holocaust Ghettos.* Enslow Publishing.
Beevor, Antony. *La Segunda Guerra Mundial.* Pasado y Presente.
Bessel, Richard (ed.). *Life In The Third Reich.* Oxford University Press.
Bielenberg, Christabel. *El pasado soy yo.* Debate.
Boyd, Julia. *Viajeros en el Tercer Reich.* Ático de los Libros.

Breitburg, Victor con Krygier, Joseph. *A Rage to Live: Surviving the Holocaust So Hitler Would Not Win.* BookBaby.
Browning, Christopher. *Aquellos hombres grises: El Batallón 101 y la Solución Final en Polonia.* Edhasa.
Bullock, Alan. *Hitler: Estudio de una tiranía.* Grijalbo.
Carswell, Allan. *For Your Freedom and Ours: Poland, Scotland and the Second World War.* National Museums of Scotland.
Darling, Donald. *Sunday at Large: Assignments of a Secret Agent.* HarperCollins.
Dawidowicz, Lucy. *The War Against the Jews, 1933–45.* Penguin.
Dobroszycki, Lucjan (ed.). *The Chronicle of the Lodz Ghetto, 1941–1944.* Yale University Press.
Driberg, Tom. *Absentees for Freedom.* NCCL.
Driberg, Tom. *Ruling Passions.* Jonathan Cape.
Foot, M.R.D. y Langley, J.M. *MI9: Escape and Evasion, 1939–1945.* Bodley Head.
Foot, M.R.D. *Resistance.* Paladin.
Gilbert, Martin. *Auschwitz and the Allies.* Pimlico.
Gilbert, Martin. *The Holocaust: The Jewish Tragedy.* Fontana.
Gilbert, Martin. *The Righteous: The Unsung Heroes of the Holocaust.* Black Swan.
Goldhagen, Daniel. *La Iglesia Católica y el Holocausto.* Taurus.
Grabowski, Jan. *Hunt for the Jews: Betrayal and Murder in German-Occupied Poland.* Indiana University Press.
Heiber, Helmut. *Goebbels.* Robert Hale & Company.
Horwitz, Gordon. *Ghettostadt: Lodz and the Making of a Nazi City.* Harvard University Press.
Keneally, Thomas. *El arca de Schindler.* Edhasa.
Kershaw, Ian. *El final: Alemania, 1944-1945.* Península.
Koskodan, Kenneth. *No Greater Ally: The Untold Story of Poland's Forces in World War II.* Bloomsbury.

Manvell, Roger. *SS y Gestapo: Dominación por terror.* San Martín.

Moorhouse, Roger. *First to Fight: The Polish War 1939.* Bodley Head.

Moorhouse, Roger. *The Devils' Alliance: Hitler's Pact with Stalin, 1939-1941.* Vintage.

Overy, Richard. *The Third Reich: A Chronicle.* Quercus.

Roy, Jennifer. *Estrella amarilla.* Ámbar.

Sands, Philippe. *East West Street.* Weidenfeld & Nicolson.

Scheyer, Moriz. *Un superviviente.* Siruela.

Stourton, Edward. *Cruel Crossing: Escaping Hitler Across the Pyrenees.* Black Swan.

Sword, Keith con Davies, Norman y Ciechanowski, Jan. *The Formation of the Polish Community in Great Britain, 1939-50.* School of Slavonic and East European Studies.

Zimering, Sabina. *Hiding in the Open: A Holocaust Memoir.* North Star Press.

Agradecimientos

Este libro no habría sido posible sin la insistencia y el apoyo constantes de mi esposa, Glenys Thornton. Glenys se dio cuenta antes que yo mismo de la importancia de contar la historia de Chaim de la manera más extensa posible, y cuidó de nuestros hijos heroicamente mientras yo realizaba prolongadas excursiones calcando la ruta que siguió Chaim. Muchas otras personas me ayudaron en distintos momentos, en especial Sir Mark Jones, que opinó lo mismo que Glenys. Me apena que el rabino Abraham Pinter no haya vivido para ver el libro publicado. No me espoleó tan a menudo como Glenys o Mark, pero a veces tuve la sensación de que apenas les iba a la zaga. Otro gran espoleador fue Danny Silverstone, que, como amigo querido y judío, se sintió comprometido con el libro de otra manera. Mi tía Eileen Boyle (Cassidy de soltera) tiene una memoria extraordinaria. Sus recuerdos vívidos de lo que pasó antes de que yo naciera y durante mi primera infancia iluminaron sin duda diversos rincones de la vida de Chaim en el Reino Unido después de que conociera a la mujer con la que habría de casarse: su hermana mayor. Gracias a mi madre, Angela Cassidy. En un nivel más práctico tengo que darle las gracias a Jutta Croll, residente en Hamburgo y Berlín; a Szymon Wójcik, de Varsovia, y a Agnieszka Wrzesien-Gandolfo, de Varsovia y París, quienes intervinieron en momentos clave, si bien ninguno de ellos puede ser responsabilizado de cualquiera de los numerosos errores que sin duda habré cometido como autor.

La primera edición
de este libro se terminó de imprimir
en Sant Llorenç d'Hortons
en enero de 2022.